文學研究叢書・兒童文學叢刊

臺灣兒童圖畫書的興起與發展史論（1945-2016）

陳玉金　著

目次

表目錄

圖目錄

自序

　　筆者長期擔任童書編輯，曾參與圖畫書企劃、執行等編輯工作，長期與臺灣原創圖畫書創作者合作。對於臺灣圖畫書發展，既參與其間，也持續關注。一九九〇年代以降，政府機構配合相關政策宣導，常採用圖畫書形式與民間合作出版。筆者因緣際會擔任「兒童文化資產叢書」執行編輯工作。此套書採用圖畫書形式編輯製作，由文化建設會委員（於二〇一二年升格為「文化部」）策劃、雄獅圖書股份有限公司製作發行。由於整套書文、圖皆為本土原創，因此認識許多臺灣兒童文學作家以及插畫家。

　　除了參與編輯圖畫書，筆者在雄獅圖書任職期間，曾企劃一系列與圖畫書相關介紹書籍，包含由鄭明進撰寫的《傑出圖畫書插畫家──歐美篇》、《傑出圖畫書插畫家──亞洲篇》、《傑出科學圖畫書插畫家》等。當時觀察出版界缺少繪本教學製作書籍，從二〇〇〇年至二〇〇四年間，邀請鄧美雲、周世宗、陳璐茜分別編寫一系列繪本創作 DIY 系列書籍。在企劃與編輯過程，深感所學不足，於是在二〇〇一年報考進入臺東大學兒童文學研究所就讀，畢業論文以〈漢聲小百科研究〉為題，《漢聲小百科》套書雖不符圖畫書定義，但其內容製作與圖文搭配，皆以歐美日圖畫書做為參考，培育出許多臺灣重要的圖畫書編輯與插畫家，例如：編輯郝廣才、王明雪，以及插畫家劉宗慧、王家珠、唐唐（唐壽南）等人，繼一九六五年臺灣省政府教育廳兒童讀物編輯小組推出的「中華兒童叢書」之後，又一次透過書籍企劃與編輯培育童書、特別是圖畫書創作人才。

　　為了進一步研究臺灣兒童圖畫書發展程，筆者於二〇〇四年向國家文藝基金會申請進行《用圖畫說故事的人——臺灣資深圖畫書插畫家訪談錄》計畫，獲得補助，採訪鄭明進、趙國宗、曹俊彥、洪義男、奚淞、劉宗銘、劉伯樂、徐素霞等人。二〇〇五年九月起，整理採訪於《國家新書月刊》發表〈用圖畫說故事的人〉系列報導。二〇〇六年再繼續第二階段中生代圖畫書插畫家：何雲姿、李瑾倫、邱承宗、張又然、賴馬、陳璐茜、陳麗雅、陳致元等人訪談計畫。

　　從第一階段到第二階段專案，透過插畫家訪談與作品研究，逐漸拼湊出臺灣童書插畫家經歷的出版環境，以及參與圖畫書的創作過程。發現資深圖畫書插畫家在創作初期，有關圖畫書的概念和形式大都參考西方或日本圖畫書，其中不乏佳作。

　　二〇〇五年十二月中，筆者參加美國賓州大學兒童及青少年文學學者 Dr. Daniel Hade 在誠品書店敦南館兒童館舉行的講座，他提到，「在美國童書店沒有這麼多非本國語言之外的翻譯圖畫書，臺灣很特別，在主流童書店裡可以看到這麼多種圖畫書並列。」一語道破臺灣圖畫書市場現象。在美國由新自由派自由市場理論居主流，主導全球經濟學界以全球化加速世界各項流通的潮流之下，臺灣蒐羅世界經典圖畫書變得容易，資深圖畫書插畫家羨慕年輕插畫家，除了印刷條件在電腦輔助之下有長足進步，使得作品質較佳之外，出版社大量引進國外翻譯圖畫書，資訊透過網路取得便利，年輕畫家可以「站在巨人肩膀上」，創作出優秀圖畫書。相對的，年輕插畫家卻也面臨，書籍上市就必須和經典圖畫書競爭的嚴苛考驗。

　　二〇〇九年筆者再度向國家文藝基金會申請獲得補助進行《臺灣原創圖畫書推手》計畫，採訪原創圖畫書在產製與發展過程中，值得關注的關鍵推手。其中有童書出版社負責人，或是總編輯，也有圖畫書的故事書寫者，或者身兼多重角色，相較於圖畫書插畫創作者，對

於臺灣圖畫書發展，扮演更為關鍵角色。此次採訪十一位幕後推手：鄭明進、馬景賢、曹俊彥、黃永松、張杏如、蘇振明、林訓民、邱承宗、方素珍、郝廣才、陳璐茜等（按出生年由年長排列）。記錄受訪者之口述資料，包含曾參與過的原創圖畫書圖文創作、企劃或編輯、推廣實施等相關事跡。希望經由時空背景的爬梳，呈現受訪者在臺灣圖畫書發展的事跡，作為認識臺灣原創圖畫書發展史參考。

一九九七年開始，臺灣圖畫書市場已經出現下滑端倪。二〇〇〇年起，銷售數量逐步下滑，二〇〇三年 SARS 事件更是打擊嚴重，到二〇〇五年急速下滑。而在出版銷售低迷市場中，也有如二〇〇八年，和英出版社的《米米說不》（周逸芬著、陳致元圖），售出義大利、法國、美國、以色列（希伯來文）、阿拉伯等十餘種語言版權，更是芬蘭、丹麥、以色列首度引進中文圖畫書。可見圖畫書是最有可能藉助優秀圖文創作，達到與全球接軌的能力，因此需要更多研究鑑往知來，提供業界和創作者參考。

二〇一三年七月，國立臺灣文學館出版《經眼・辨析・苦行——臺灣文學史料集刊第三輯》曾刊登筆者撰文，以洪義男（1944-2011）為題的〈民俗・草根・鄉土情——談洪義男的鄉土圖畫書〉（頁233-252），此文雖為受邀撰稿，在刊登之前卻曾引起編輯委員會質疑，「『繪本』中的繪是否為文學？」為此特別召開審查會議做專案討論。承辦員同時寫信詢問吳玫瑛教授，於二〇一三年五月十五日得到回覆提到：「關於『兒童文學』的論述似乎仍停滯在『兒童讀物』的初淺認識，因此，出現『無字』難以為『書』（文學）的概念。」可見在臺灣成人對於圖畫書在臺灣兒童文學的定位仍有疑慮，有必要藉由圖畫書在臺灣階段性的發展論述推廣，更為大眾認知。

而有關臺灣兒童圖畫書研究，多由圖畫書的閱讀、教學以及作品進行研究，但專論圖畫書發展歷史論述，從二〇〇二年賴素秋的碩士

論文《臺灣圖畫書發展研究（1945-2001）》，到二〇〇四年洪文瓊出版《臺灣圖畫書發展史——出版觀點的解析》，未有關於圖畫書發展史專書論述。筆者在臺東大學兒童文學研究所攻讀博士學位期間，以《臺灣兒童圖畫書發展史論（1945-2013）》為題，作為畢業論文，本書即根據博士論文增修編潤而成，期望透過研究梳理，達到下列目的：

一、了解「臺灣兒童圖畫書」之意義與界說，以及隱含讀者（implied reader）之流變，提供研究、創作與出版者參考。

二、釐清兒童圖畫書從一般大眾毫無概念，到成為臺灣兒童文學的熱門文類其發展關鍵事件以及脈絡。

三、經由文獻探討與關鍵事件等史料研究，了解臺灣圖畫書發展受社會環境影響之脈絡與推手扮演角色。

四、經由文本研究，了解本土兒童圖畫書形式與美學風格，以及插畫家之經歷和作品特色。

五、在全球化的壓力下，為臺灣兒童圖畫書的未來發展以及人才培育提出建議。

　　最後，筆者多年來在進行臺灣兒童圖畫書研究期間，感謝兒童文學界眾多教授、圖畫書文、圖創作者、出版社以及文友們大力協助與鼓勵（按姓氏筆畫）：方素珍、田立民、吳玫瑛、吳娉婷、呂游銘、李公元、李瑾倫、杜明城、周逸芬、林文寶、林良、林訓民、邱各容、邱承宗、洪文瓊、洪義男、洪韡聿、徐素霞、桂文亞、郝廣才、馬景賢、高明美、張又然、張子樟、張杏如、張悅珍、曹俊彥、郭建華、陳志賢、陳致元、陳素真、陳璐茜、曾堃賢、曾謀賢、游珮芸、華霞菱、黃莉貞、楊茂秀、趙天儀、趙國宗、劉宗慧、劉旭恭、劉伯樂、劉宗銘、蔡孟嫻、蔣竹君、鄭明進、鄭淑華、賴馬。此外，負責本書審查的兩位學者給予寶貴意見和肯定，僅在此致上最誠摯的謝意！

第一章
臺灣兒童圖畫書發展史的建構與分期

本章共計四節，第一節「兒童圖畫書的名詞界說」，分述西方學者與國內學者對圖畫書的分類與定義。第二節「從隱含讀者看臺灣兒童圖畫書的理念流變」，分析：「隱含讀者理論與兒童文學」、「從名稱演變觀看理念流變」、「從文本形式觀看理念流變」，以及「圖畫書背後的成人集團」。第三節「臺灣兒童圖畫書的發展與分期」，討論「臺灣兒童文學與圖畫書發展分期文獻探討」、「臺灣兒童圖畫書發展分期的條件」，以及說明本書依據上述分析發展分為四期：「臺灣戰後到經濟起飛前（1945-1963）」、「經濟起飛到解嚴前（1964-1986）」、「解嚴前到政黨輪替前（1987-1999）」、「政黨輪替時期（2000-2016）」，最後於第四節「小結」。

第一節　兒童圖畫書的名詞界說

一　西方學者對圖畫書的分類與定義

約翰・洛威・湯森在《英語兒童文學史綱》提及約翰・阿莫斯・寇米紐斯（John Amos Comenius）的《世界圖象》（*Orbis Pictus*或*Visible World*）是一般認知專為兒童設計的第一本有圖畫的書（頁125）。而現代圖畫書的起源，則是十九世紀後三十年，英國的刻畫家與印刷

圖一　**筆者攝於韓國** Book Museum，R. Caldecott's Picture books **系列。**

商，艾德盟・伊凡斯（Edmund Evan, 1826-1905），將彩色印刷提高到藝術水準，並且找到三位藝術家帶入圖畫書創作的領域：華特・柯倫（Walter Crane, 1845-1915）、倫道夫・凱迪克（Randolph Caldecott, 1846-1886）和凱特・格林威（Kate Greenaway, 1846-1901）（頁127-128）。

　　凱迪克生前從一八七八年開始出版的《傑克蓋的房子》（*The House that Jack Built*）和《約翰吉平的快樂生活》（*The Diverting History of John Gilpin,* 中譯書名為：瘋漢騎馬）受到讀者喜愛，和伊凡斯持續合作，每年在聖誕節前夕出版兩本童書，以「R. Caldecott's Picture Books」為名出版十六本作品。之後是二十世紀初，碧雅翠絲・波特（Beatrix Potter, 1826-1905）出色的圖畫書《小兔彼得的故事》（*The Tale of Peter Rabbit*），她為幼兒創作的作品，至今仍受到喜愛。而英國圖畫書發展，一直到一九六〇年代，因為印刷業技術進步，圖文和印刷質量高於過去的圖畫書，開始大量產生[1]。

　　美國在二十世紀曾經締造兩次圖畫書黃金時期，首先是一九三〇年代，為加強公立圖書館的設置和充實所需，加上表彰童書繪者而設置的凱迪克獎（The Caldecott Medal）創立，鼓勵更多人才投入，創造美國圖畫書的第一個黃金時期。二次世界戰後，在一九四五到一九六三年間，為發展國民教育透過教育政策的制定，吸引出版社找到更

1　轉引大衛・路易斯著，卓淑敏譯：《解讀當代圖畫書——文本圖像化》，未出版，頁8。

多人才，配合教育所需和兒童發展為基礎的圖畫書，又因為印刷技術的進步，造就出版快速興盛，是第二個黃金時期。（約翰‧洛威‧湯森，頁325）

　　一九六〇年代，歐美各國藝術設計者和來自學院的創作者加入繪本創作行列，將圖畫書提升至藝術與文學的表現類型，受到後現代、女性主義等多元思潮衝擊，主題越見反省與批判，逐漸擺脫「為兒童而寫」的限制。在各國重視教育之際，圖畫書的出版於近世紀逐漸創造生產出前所未見的數量。

（一）圖畫書的定義

　　「圖畫書」既是兒童文學的文類之一，西方學者對於圖畫書又有何定義？以下表列幾位學者的想法。

表格一　西方學者對圖畫書的定義列舉

出版年	作者	書名	內容	頁碼
一九七六	貝德（Barbara Bader）	*Picturebooks to the Beast Within*	圖畫書是一種包含文字、插圖，以及整體設計、人為製作的商品；一種社會、文化與歷史的記錄；更重要的是，它是孩子的一種經驗。這種藝術形式憑藉著圖象與文字的相互依存、左右兩頁的同時陳列，以及翻頁的戲劇效果。圖畫書本身即有無限的可能。[2]	11

2　譯自下文：A picturebook is text, illustrations, total design; an item of manufacture and a

出版年	作者	書名	內容	頁碼
一九七七	蘇瑟藍與亞布瑟納（Zena Sutherland, May Hill Arbuthnot）	《兒童和書籍》（暫譯，*Children and books*）	給幼兒（young children）的書大都直指圖畫書（picture books），真的圖畫書（the true picture books），其插畫（illustrations）是主要的特色，搭配少量文字或完全沒有文字，不一定要有一個「故事」存在其中。而圖畫故事書（picture story book）是具有結構性的情節（structured plot），這個結構雖是規模較小，但是它真的在說一個故事，在圖畫故事書的插畫是故事內容不可缺少的一部分，兒童可以經由「讀」圖來知道故事[3]。	62-63
一九九〇	約翰·洛威·湯森	《英語兒童文學史綱》	圖畫書自成一類，是一種不純粹的藝術型式。它包含一個故事或（偶爾）傳達知識；兩者都是這年頭的「純」畫不必要的任務。	325

commercial product; a social, cultural, historical document; and, an foremost an experience for a child./As an art form it hinges on the interdependence of pictures and words, on the simultaneous display of two facing pages, and on the drama of the turning of the page./ On its own terms its possibilities are limitless.

3 轉引自林德姮碩士論文：《圖畫書故事書中的後設策略》，頁20-21。

出版年	作者	書名	內容	頁碼
一九九七	哈克（Charlotte S. Huck）等人	*Children's Literature in the Elementary School*	圖畫故事書（picture storybook）透過插畫藝術和文學藝術兩個媒體傳達訊息。在一本良好設計的總體版式書中，不只反映了故事的意思，插畫（illustrations）與文本（text）必須共同承擔敘述（narration）的責任[4]。	198
二〇〇九	Carol Lynch-Brown和Carl M. Tomlinson合著	《兒童文學理論與應用》	圖畫書（picture books）為：「蘊藏豐富的圖畫，書中的文字與圖畫一起建構故事的意義。一本標準的圖畫書，其故事的完整性會因缺乏圖畫而消失，有時還會使讀者對故事感到困惑。	vi
二〇一〇	培利・諾德曼	《話圖——兒童圖畫書的敘事藝術》	圖畫書這種以年幼孩子為取向的書，它和其他言辭或視覺藝術的形式有所不同，主要是因為它透過一系列的圖畫，結合較少的文字或甚至沒有文字，以傳達訊息或說故事，這些書裡的圖畫和文字傳達訊	4

4　譯自下文：The picture storybook conveys its messages through two media, the art of illustrating and the art of writing. In a well-designed book in which the total format reflects the meaning of the story, both the illustrations and the text must bear the burden of narration.

出版年	作者	書名	內容	頁碼
			息的方式和其它形式裡的圖畫和文字不一樣。	

　　上述西方學者對於圖畫書的定義，可看出學者從圖畫書的構成元素，從外在的外觀形式設計，以及內容的構成：圖畫、故事，以及圖文結合的設計和傳達，到作為商品的產出，和透過閱讀對象兒童讀者的閱讀互動，以達到教育功能和藝術教育等，都是圖畫書受到關注的議題。

（二）兒童文學中的圖畫書

　　傳統文學中的文類（genre），以寫作形式作為分類依據，而圖畫書是以圖文結合的方式呈現，可容納不同的藝術形式和寫作文體。在西方兒童文學中，圖畫書與其他文類的相對位置為何？如何分類？以下列舉幾則學者的分類：

表格二　西方學者對圖畫書在兒童文學的分類列舉

出版年	作者	書名	內容	出處頁碼
一九九一	葛雷茲（Joan I. Glazer）	《幼兒文學》（暫譯，英文書名為：*Literature for young children*）	依照書籍的物質性（physical qualities）和內容（content）以版式（formate）和文類（genre）將書分類。其中文類（genre）分成詩和散文，散文類下又分虛構和非虛構。以版式（formate）分類則有多種不同形式：1.玩具書和硬紙板書（Toy	22-23（轉引自林德姮碩士論文）

出版年	作者	書名	內容	出處頁碼
			and Board Books） 2.無字圖畫書（Wordless Picture Books）。 3.圖畫書（Picture Books） 4.插畫書（Illustrated Books）。 5.章節書（Chapter Books）。	
一九九六	傑克柏斯（J. S. Jacobs1）	《兒童文學大綱》（暫譯，*Childern's Literature, Briefly*）	圖畫書是依照版式（format）而不是依照內容（content）來分類定義。圖畫書可以包含詩等不同的文類（genre）。而圖畫書之獨特，在於插圖和文字共同擔任說故事或教導內容（teaching content），這也是其他的文學作品沒有的寫作方式。	146
一九九六	蘇瑟藍與亞布瑟納（Zena Sutherland, May Hill Arbuthnot）	《兒童和書籍》（暫譯，*Children and books*）	將兒童文學分為： 1.圖畫書（Picture Books） 2.民間故事（Folktales） 3.寓言、神話、史詩（Fables, Myths, Epics） 4.現代幻想故事（Modern Fantasy） 5.詩（Potery） 6.現代小說（Modern Fiction） 7.歷史小說（History Fiction）	35-39

出版年	作者	書名	內容	出處頁碼
			8.傳記（Biography） 9.資訊性讀物Informational Books）	
一九九七	哈克（Charlotte S. Huck）等人	*Children's Literature in the Elementary School*	分為「幼兒讀物」（Books to Begin On）、「圖畫故事書」（Picture Storybooks）、「傳統文學」、「現代幻想故事」、「詩」、「當代寫實小說」、「歷史小說」、「資訊性讀物」等類型。	Vi
一九九九	路肯絲（Rebecca J.Lukens）	*A critical Handbook of Children's Literature*	將兒童文學分為「寫實」（Realism）、「奇幻」（Fantasy）、「民間傳奇故事」（Traditional Tales）、「知識類讀物」（Nonfiction）等類型。未將「圖畫書」列入類型討論，而是另起專章討論「圖畫書」（Picture Books）	297
二〇〇九	Carol Lynch-Brown、Carl M. Tomlinson合著	《兒童文學理論語應用》	分為「詩與戲劇」、「圖畫書」、「傳統文學」、「現代幻想作品」、「寫實小說」、「歷史小說」、「非小說類：傳記和知識性書籍」、「多元文化和國際文學」等。	Vi

根據上表顯示，早期關於圖畫書討論，著重在依照版式（format）而非依照內容（content）來分類定義，認為圖畫書可以包含許多文類，也強調有事性的圖畫故事書，藉以區隔以認知為主的幼兒讀物，

並且認為圖畫書是幼兒文學重要類型。近期則大多接納「圖畫書」為兒童文學文類之一，並不因為它的形式特別，亦即圖象佔書籍的頁面多餘文字，甚至沒有文字，而排除在兒童文學之外。因此關於圖畫書是否為「文學」的疑慮，如果兒童文學已被認知為——為兒童而存在的文學，那麼圖畫書作為兒童文學的一員，已毋庸置疑。

（三）圖畫書的類型分類

　　「圖畫書」經常被視為是「幼兒文學」的同義詞，而幼兒文學類型中，有許多內容強調配合幼兒發展設計，有些內容提供概念，未必有「故事」，學者們對於這類書籍是否也視為圖畫書呢？林德姮在碩士論文《圖畫故事書中的後設策略》曾討論「圖畫書」（Picture Books）與「圖畫故事書」（Picture Storybooks）兩者的關係，整理西方學者的想法分為：一、「圖畫故事書」被置於「圖畫書」的大範圍下討論。二、「圖畫書」與「圖畫故事書」分屬並置的兩類，各有特定的涵義。三、「圖畫書」大都指「圖畫故事書」。可見圖畫書呈現形式與內容之多元。以下試列舉學者的分類：

表格三　西方學者對圖畫書定義列舉

出版年	作者	書名	內容	出處
一九七七	蘇瑟藍與亞布瑟納（Zena Sutherland, May Hill Arbuthnot）	《兒童和書籍》（暫譯自 *Children and books*）	圖畫書依內容分成七大類： 1. 鵝媽媽童謠（Mother Goose）。 2. 字母書（ABC Books）。 3. 數數書（Counting Books）。 4. 概念書（Concept Books）。 5. 無字書（Books without Words）。	62-100（轉自林德姮，頁21）

出版年	作者	書名	內容	出處
			6.給初學讀者的書（Books for Beginning Reader）。 7.圖畫故事書（Picture Story Books）。	
一九九六	傑克柏斯（J. S. Jacobs1）	《兒童文學大綱》（暫譯，英文書名為：*Childern's Literature, Briefly*）	將圖畫書分成下列幾個類別 1.字母書（ABC books）。 2.數數書（Counting books）。 3.概念書（Concept books）。 4.互動書（Participation books）。 5.無字書（Wordless Picture Books）。 6.可預測書（Predictable Books）。 7.給初學讀者的圖畫書（Beginning Reader Picture Books）。 8.圖畫故事書（Picture Story books）。 9.立體書（Engineered Books）。 10.嬰兒／硬紙板書（Baby／Board Books）。	146-152
二〇〇九	Carol Lynch-Brown、Carl M. Tomlinson 合著	《兒童文學理論與應用》	1.幼兒書（Baby Books）。 2.互動書（Interactive Books）。 3.玩具書（Toy Books）。 4.無字書（Wordless Books）。 5.字母書（Alphabet books）。 6.數數書（Counting books）。 7.概念書（Concept books）。 8.句型書（pattern books）。	105

出版年	作者	書名	內容	出處
			9. 圖畫故事書（Picture Story-books）。 10.易讀書（Easy-to-read-books） 11.較高年級讀者的圖畫書（Picture Books for Older Readers）。 12.圖象書（graphic novels） 13.橋梁書（Transitional Books）。	

　　上述三者對圖畫書類型分類，多以適合幼兒發展所需，協助幼兒學習、認知提供的內容和形式作為分類基礎，例如字母書（Alphabet books）顯然主要目的是幫助幼兒學習認識字母。而以文字故事富有情節內容的圖畫書，則是再依照適讀年齡區分。在《兒童文學理論與應用》中，甚至把適合高年級閱讀，以及一九八〇年代盛行的青少年小說讀物「圖象書」、「橋梁書」都納入。可見儘管年代不同，各種插圖在書中佔有一定分量的類型書，也被納入圖畫書的範疇。

二　國內學者對圖畫書的分類與定義

　　一九四五年左右，西方圖畫書已發展建構完成，而在臺灣實際見過「圖畫書」實體書者，或是對圖畫書有概念者，僅少數參與出版或與論述兒童文學及教育相關工作人員，或是年少時期曾透過日文閱讀繪本者。隨著圖畫書概念的成型、書籍譯介、出版和推廣，曾出現過相關名稱：圖畫書、圖畫故事、幼兒畫本、幼兒圖畫書、兒童圖畫書、繪本等，直到二十世紀末，「圖畫書」和「繪本」成為大眾熟知

的文類，也成為兒童文學的文類名稱。

筆者在二〇〇九年撰寫〈臺灣博碩士論文圖畫書相關研究趨勢觀察〉以該年十二月三十日，經由國家圖書館所建置的碩博士論文網站搜尋關鍵字：「圖畫書」和「繪本」，分別搜尋相關論述書目，扣除成人繪本相關論述，總計得到五六〇篇，標題分別以「圖畫書」（含圖畫書、無字圖畫書、科學圖畫書、兒童圖畫書、圖畫故事書）為名的有二八〇篇、「繪本」（含繪本、兒童繪本、生態繪本）二八〇篇。在文類名稱的流變，八十七學年度，首次出現以「繪本」為題目之碩士論文：《不同年齡層學生對童話繪本中友誼概念之詮釋研究》，在此之前的論文，皆以「圖畫書」為名，之後則呈現混用的狀態。而二〇一四年七月二十一日再次以圖畫書、繪本等關鍵字搜尋，補充從八十學年度至一〇二學年度，累計前次檢索書目，共計六〇四篇，其中有關「文學類型研究」有一七五篇，「教學應用類型研究」為四〇八篇，「閱讀外在環境分析」共二十一篇。

按國家臺灣文學館於二〇一〇年委託臺東大學研究報告：《臺灣兒童文學評論分類資料目錄編輯計畫結案報告書》第四本B類碩博士論文書目，收錄一九五三至二〇〇八年，第九類「幼兒圖畫書；繪本」論文，整體而言，越近期採用「繪本」為題，明顯多於以「圖畫書」為題。本書題目以「兒童圖畫書」為名稱，是以文法結構，強調討論內容以「兒童」為主要隱含讀者之圖畫書，再者，一般兒童文學概論，以及兒童發展教育論述書籍，大都以此為總稱，本書題目亦採此名稱，行文間則視需要使用「圖畫書」或「繪本」。

（四）理論中的「圖畫書」

由於圖畫書為引自西方的兒童文學類型，最初在臺灣主要透過學者專家的文章介紹，而後由出版社引用作為圖畫書系列名稱，逐漸為

大眾認識。一九六五年十二月，國語日報出版「世界兒童文學名著」，當時取材多來自美國的圖畫書，出版十年後「圖畫書」的名稱尚未在臺灣廣泛採納。

　　林文寶在《臺灣兒童圖畫書精彩100》的前言〈臺灣圖畫書的歷史與記憶〉提及：

> 出版社正式使用圖畫書者，是始於鄭明進，即是一九七八年四月將軍出版社的《新一代幼兒圖畫書》。但「圖畫書」這個用語的流行，則首推英文漢聲出版公司，一九八三年一月起，漢聲以幼兒為對象每月推出「漢聲精選世界最佳兒童圖畫書」兩冊（心理成長類及科學教育類各一），並委由臺灣英文雜誌總經銷。由於印刷及內容、裝訂都有一定水準，且行銷造勢成功，漢聲這一套精選圖畫書為國內幼兒圖畫書市場打開一片天地，「圖畫書」這個詞彙也成為兒童文學界的普遍用語。

　　林文寶亦提到，在出版社使用「圖畫書」名詞之前，學術界早已有引用。並以臺灣師範專科學校（簡稱師專）時期，五本兒童文學教材為例，列表並整理書中與圖畫書相關論述頁數（頁6），筆者轉引其論述資料，並補充分析其與圖畫書相關論述文字，重新整理如下：

表格四　師專時期兒童文學教材與圖畫書

出版年	作者	書名	與圖畫書相關內容	出處
一九六三	劉錫蘭編著	《兒童文學研究》	第六章「歐美兒童文學的發展及其趨向」第四點「現代兒童讀物的開始」提及「卡德考特（Rondoph Caldecott, 1846-1886）……他的畫	頁31-32

出版年	作者	書名	與圖畫書相關內容	出處
			所敘述的故事的性質及幽默感，時至今日，仍為兒童最喜愛的……他給孩子們畫的十六本**圖畫書**，已經證明是他作品中的最佳作品。」	
一九六四	林守為編著	《兒童文學》	將兒童文學分為三大類：散文、韻文、戲劇，散文又分為：1.兒童故事（包括生活故事、自然故事、歷史故事、民間故事、**圖畫故事**等。）2.童話3.神話4.寓言5.小說6.遊記7.傳記8.笑話。	頁24-25
一九六五	吳鼎編著	《兒童文學研究》	第五章「兒童文學的形式與內容」第一節「兒童文學的形式」將兒童文學分為「散文形式的」、「韻文形式的」、「戲劇形式的」、「圖畫形式的」，其中「圖畫形式的」又分為「連環圖畫」和**「故事畫」**。	頁79
一九七三年二月	葛琳編著	《師專兒童文學研究（上、下）》	將兒童文學分為**圖畫書**、詩歌、故事（生活、童話、神話、民間、歷史、隱喻）、遊記、傳記、日記、謎語、笑話、小說、戲劇、小品文等。	頁1-2
一九七七	許義宗著	《兒童文學論》	兒童文學的分類：寫實故事、童話、神話、民間故事、寓言、兒童小說、遊記、傳記、日記、笑話、謎語、小品文、兒歌、童詩、兒童劇、**兒童圖畫書**、連環圖畫。	頁1-2

上述兒童文學教材，按出版順序排列，劉錫蘭編著《兒童文學研究》出版最早，而第九章註明其「兒童文學的種類及其價值」是參考

吳鼎在民國四十八年連續於《臺灣教育輔導月刊》上發表的十二篇論文，將兒童文學分為「童話、故事、詩歌、寓言、神話、傳記、遊記、日記、謎語、笑話、小說、戲劇」等十二文類。其中未出現「圖畫書」，而在第六章「歐美兒童文學的發展及其趨向」第四點「現代兒童讀物的開始」則提及「圖畫書」。（頁31-32）

　　林守為編著的《兒童文學》同樣出版較吳鼎的書為早，也將吳鼎發表過的文章列為參考書目。文中出現「圖畫故事」為「故事除用文字表達以外，又可用圖畫來表達。所以叫做圖畫故事。如曾在臺灣國語日報兒童版上連載過的由童叟編繪的『破棉襖』『我們六個』都是。」（頁86）參照出版樣式，可說是接近漫畫，而非當代定義的「圖畫書」形式。本書在第一章「兒童文學與兒童」第二點「兒童文學的重要」則提及圖畫書：「推孟（Terman）曾研究不同年齡的而同的閱讀興趣，其中小學階段的兒童興趣歸納起來：（甲）五、六、七歲時愛看圖畫書，愛聽兒歌，愛讀短篇故事……」（頁15）。

　　一九六五年，吳鼎集結他發表於雜誌的兒童文學相關文章編著出版《兒童文學研究》，在第五章「兒童文學的形式與內容」、第一節「兒童文學的形式」、第四點「圖畫形式的兒童文學」區分為「連環圖畫」與「故事畫」，亦即前述為林守為引用「圖畫故事」的概念。吳鼎認為：「故事畫與連環圖畫不同之點，前者是單獨的，後者是連續的。幼年兒童識字不多，經驗不豐，看不懂有文字的讀物但卻看得懂圖畫的讀物。所以幼兒的讀物，都是用圖畫表現的。故事是以一幅畫面上表現一個簡短的故事……」（頁90）吳鼎在第九章「兒童文學插畫之演進」、第二節「早期兒童讀物之插畫」參考英文兒童文學著作介紹，「正式的第一本兒童圖畫書……」（頁177）以及「卡德可蒂（Randolph Caldecott）的畫……」（頁183）也可見當時圖畫書出版極少，很難看到，以致成為理論中的名詞。

　　葛琳的《師專兒童文學研究（上）》首次將「圖畫書」與「連環圖畫」切割，納入兒童文學分類，定義「圖畫書」為：「在兒童文學的範圍內，圖畫書與圖畫故事被認為是一種視覺的藝術形式。／所謂圖畫書，是指故事內涵較簡單而多畫片的書，所謂圖畫故事書，則是指內涵較深而畫片較少的書。」（頁55）而她也對圖畫故事做了解釋，「圖畫故事自能較完整地敘述一個文字性的故事，但畫片使它更為生動，圖畫故事的圖片與文字是不可分割的。因此圖畫故事書被歸納在圖畫書的範疇之內。這個範疇的特色，是強調了敘述性故事與視覺藝術的合一。」（頁55-56）該文強調圖畫書的視覺藝術，也說明故事和圖象的圖文密切關係，點出近代圖畫書重要的表現形式。

　　一九七七年許義宗出版《兒童文學論》，距離臺灣第一本兒童文學專書出版已有十餘年。他在第五章「兒童文學的分類探討」、第四節「兒童圖畫書」提及：「圖畫書是一種視覺的藝術形式，使兒童有了最初的藝術和文學經驗，是引導兒童進入『閱讀』的鑰匙，更是幼兒的恩物。它是由作家、插畫家、編者和印刷者合作完成的。／就兒童心理的觀點來說，培養幼兒閱讀，最初應該提供『幼兒圖畫書』。什麼是幼兒圖畫書呢？簡單的說，就是一本書裡頭的每一頁或每一面，有大幅的圖畫和一些簡單的文字說明，相互配合，成為井然有序，賞心悅目的版面。這樣的圖畫書最能迎合幼兒的胃口。」（頁112）許義宗的定義，則是強調圖畫書與幼兒的關係、圖畫書的閱讀功能和藝術形式，以及圖畫書的出版是團隊合作的產物。

（五）「圖畫書」、「幼兒文學」與「繪本」

　　圖畫書在引入臺灣之初，詞彙翻譯使用並不一致，例如在國語日報社引入「世界兒童文學名著」出版之前，林桐（傅林統）曾在一九七五年五月十八日，於《國語日報》「兒童文學週刊」參考日文資

料，發表〈談幼兒畫本〉。他將適合幼兒閱讀的圖畫書以「畫本」稱呼，內容取材自日本福田清人等著《兒童文學概論》，所稱的「畫本」也就是「世界兒童文學名著」的作品。提及：「美國幼兒畫本作家——麥基羅斯基和威廉，對動物的姿態有深入的觀察，所以是寫實的畫法，他們作品裡的動物好像要從畫面跳出來似的。」

內文對「畫本」的定義如下：

> 畫本是幼兒的恩物，也是圖畫和語言的綜合藝術，它有機的結合了圖畫和語言，而創造了兒童文學中的一個小宇宙。／畫本和一般圖畫書不同的是：它的圖畫具有故事性、連續性，以及傳達意義的特性。／所謂故事性，就是透過圖畫，而可以認識事件、事物的情形。連續性就是圖畫和語言（文字）同時進行。意義的傳達就是由於圖畫的媒介，而使兒童領會了含義。大部分的畫本都可以單獨從圖畫中想像它的故事，為了使兒童容易領會，所以畫本的內容大多是具象的。

文中對於「畫本」中的內容和圖象提到：

> 幼兒畫本的畫法，有寫實的，有描出本質而採取單純省略的象徵法，也有去除明確形狀的抽象描繪法。雖然作家們採取的方法不同，但成功的作品，在形態方面，必須充分的表現事物的本質，在色彩方面則必須是鮮麗明朗。／至於畫本的文字，大都是屬於韻文，也是近於詩的，因為幼兒能感覺到韻律給人的快感。不過幼兒的語言有限，所以畫本的文字必須能用這有限的語言，寫得生動美妙，也就是要有文學性。／成功的幼兒畫本應該兼有文學性（語言）和美術性（圖畫）兩方面的特質。

也就是說文學和美術，雙方要融合在一起，形成一個調和的小宇宙。

此篇文章引自日文作者福田清人的著作，可見日本當時也以西方思潮，作為討論圖畫書的主要想法來源。而此篇之後，未見到再以將繪本翻譯成「畫本」者。反倒是鄭明進開始直接引用日本漢字，使用「繪本」一詞，在一九七六年十一月七日《國語日報》「兒童文學週刊」上發表〈簡介日本的繪本之發展〉，日後更在多本刊物採用「繪本」一詞發表相關文章，形成印象。

由將軍出版社出版的「新一代幼兒圖畫書」八冊出版，是「圖畫書」首次從兒童文學的討論名詞進一步成為兒童讀物出版品的系列名。洪文瓊在《鄭明進畫集1950-1993》收錄的〈為天下藝術家養魚——鄭明進老師側記〉提及鄭明進是：「臺灣最早在正式的兒童出版物上使用『圖畫書』一詞者的人（一九七八年，他為將軍編寫兩輯『新一代幼兒圖畫書』八冊，首先開啟標用『圖畫書』的記錄）」他認為：

> 「兒童圖畫書」這個名詞能夠在臺灣普遍流行，兒童圖畫書出版、創作能夠在臺灣蔚為風潮，從而使兒童文學受到社會更大的重視，鄭老師可說貢獻最大。（頁6）

而對照鄭明進最初參與編寫，於一九七九年十月出版的「新一代幼兒圖畫書」，與當代認知的圖畫書並不相同，以系列書中的《水》為例，內容是由「小水滴去旅行」等和水有關的十四個小單元組成，每個畫面搭配插畫，比較像是以主題為主的插畫書。反倒是一九七五年十月，早於這套書出版的「新一代兒童益智叢書」當中的《小紙船

看海》是以單一故事為主，圖文關係緊密，符合當代認知的「圖畫書」定義。

　　圖畫書與幼兒文學的關係密切，洪文瓊在刊載於《中華民國兒童文學學會會訊》（1993年2月）的〈兒童文學與幼兒文學的分化——國內圖畫書和幼兒文學發展的一些觀察〉，指出在臺灣「圖畫書」詞彙的流行普及，早於「幼兒文學」，而兩者都是以幼兒為訴求對象。最早在刊物上正式標示「圖畫書」一詞，是將軍出版社。以幼兒（三到八歲）為推廣對象的「漢聲精選世界最佳兒童圖畫書」（1984），準確的閱讀對象應為幼兒，但書系名稱以「兒童圖畫書」為名。洪文瓊認為，受到一九八七年一月信誼基金會宣布設置「信誼幼兒文學獎」，徵選內容設定三到八歲幼兒適讀圖畫書的影響，是臺灣開始出現「幼兒文學」的概念，且逐漸成為通行詞彙的主要原因。

　　至於「繪本」使用漸多，劉鳳芯在〈1984-2000兒童圖畫書在臺灣的論述內涵、發展與轉變〉認為郝廣才以「繪本」為系列名，促使本地讀者以全新的文類來看待此類書籍。一九九二年由郝廣才企劃的「繪本童話中國」系列，促銷廣告文案強調暗示繪本的意涵，包括繪本的精緻與質感，其意義已逸出繪本原來意涵，脫離文類層次，代之以商品角度看待（頁73）。

　　而「繪本」一詞使用的流行，劉鳳芯接著指出，在一九九九年，林真美企劃和遠流出版合作的多本經典歐美兒童圖畫書「大手牽小手」系列告一段落後，和小大讀書會成員共同撰寫的《在繪本花園裡：和孩子共享繪本的樂趣》小書，「林真美至此已經開始改以『繪本』稱呼圖畫書，而繪本與圖畫書二詞，也成為至今臺灣指稱兒童圖文書時，經常交互使用的兩種主要名詞，內容已無二致。」（頁83），此一說法可以從林真美在二〇一〇年出版的專書《繪本之眼》，以繪本取代圖畫書為名獲得印證。

第二節　從隱含讀者看臺灣兒童圖畫書的理念流變

　　本節繼上一節「兒童圖畫書名詞界說」，再以讀者反應理論之隱含讀者為基礎，從其與兒童文學的關係、文本形式，以及其背後的成人集團，觀看臺灣兒童圖畫書理念流變。

一　隱含讀者理論與兒童文學

　　一九七八年，伊瑟爾（Wolfgang Iser, 1926-2007）在他的著作《閱讀行為：審美反應理論》（*The act of reading : a theory of aesthetic response* 暫譯）深入討論作者透過文本策略（textual device），將「隱含讀者」寫入文本，其理論隨後被多位兒童文學學者運用到兒童文學評論與解析，因而有越來越多學者關注和解析兒童文學的生成與內涵。例如：彼得‧亨特在其主編的《理解兒童文學》提及，「圖畫書通常被認為是嬰幼兒或學前兒童的閱讀領域，形式簡單，不值得嚴謹評論。然而，它們卻是兒童文學貢獻給一般文學最純然、最具原創性的一種創作形式；由於它們具有多音和絃的特質，因而能包容很多符碼、文體、文本手法以及種種互文指涉；它們還經常將慣用手法的疆域往外推展……」（頁230）他認為兒童文學涉及的三個元素——文本、兒童以及成人評論者，所謂「為兒童」而創作的文本，其中隱含的「兒童」，不可避免是作者所建構出來的。

　　培利‧諾德曼在《閱讀兒童文學的樂趣》整理隱含讀者理論，認為文本至少以三種重要的方式暗示讀者。首先，是配合讀者的喜好興趣而進行。其次，是文本假設讀者擁有某種文學和人生的知識，其知識能讓隱含讀者了解該文本。最後，是隱含讀者在某種程度上，讓自己成為了文本所隱含的對象。（頁31-32）如以上述觀點細究圖畫書在

臺灣發展歷經的文類型態與詞彙的變化，也透露了其中隱含的對象。

「圖畫書」在臺灣被認識的過程，有過多種名詞使用的變化，期間對文類的概念變化與認知過程有所不同，目前又以「繪本」為大眾熟悉。若從「隱含讀者」的指涉觀看，其文類名稱變化、理念和界域也隨之移動，而整體流變之軌跡為何？以下將透過圖畫書文類名稱以及文本形式變化，解析其中隱含讀者的流動。

二　從名稱演變觀看理念流變

關於臺灣兒童圖畫書理念流變討論，有幾則文獻提供流變討論。首先是林文寶曾在〈兩岸兒童文學文體分類比較研究〉一文，說明臺灣兒童文學文體分類的沿革。戰後臺灣師範學院體系承襲民國初年的教育體制，而最早在一九二一年，江蘇省立第一師範學校已經設立兒童文學課程，當時有多本兒童文學通論教材出版，有些教材已經出現「圖畫書」的介紹，其中部分書籍在戰後臺灣仍然流通。

一九六〇年間，教育部將「師範學校」改制為「師範專科學校」，並於分組選修課程中設定「兒童文學研究」科目，擔任該門學科的授課者，需要更多新資訊，當時有兩位從美國來訪者：知名圖畫書《猛牛費地南》（*The Story of Ferdinand*）作者蒙羅・李夫（Munro Leaf, 1905-1976）透過美國國務院安排，在一九六四年四月來訪，帶來美國兒童讀物資訊與教學理念。美國兒童文學家石德萊博士（Dr. Helen R. Sattley, 1908-1999），在一九六六年八月，應教育廳聘請，在臺中師專舉辦兒童文學研究班，主講「兒童文學研究及兒童圖書館」課程，提供系統化的兒童文學觀念和兒童閱讀心理研究，也列舉美國知名圖畫書為例。

前文曾提及洪文瓊認為「圖畫書」詞彙的流行普及，早於「幼兒

文學」，而兩者都是以幼兒為訴求對象。受到一九八七年信誼基金會宣布設置「信誼幼兒文學獎」，徵選內容設定三到八歲幼兒適讀圖畫書的影響，「幼兒文學」在一九九〇年代成為通行詞彙。洪文瓊在《臺灣圖畫書發展史——出版觀點的解析》，於「圖畫書的指涉意涵」認為，關於讀者層面的圖畫書界域，「學者或業界較普遍的說法，認為圖畫書是學齡前幼稚園到小學二年級的讀物，年齡約三到八歲。唯由於認知心理學的促動，在圖畫書的應用上，已有向下、向上延伸的趨勢。」（頁6）文中再提到「信誼幼兒文學獎」從二〇〇二年開始，增加零到三歲組的創作獎，可見圖畫書的隱含讀者也向下延伸。再者，他認為圖畫書讀者，主要訴求是低齡兒童，但也因此強調由大人念給孩子聽的共讀方式，因此「圖畫書的讀者，其實還要寓含『共讀者』大人」。（頁7）他提醒創作、研究圖畫圖者，必須關注這種現象。

賴素秋的碩士論文《臺灣兒童圖畫書發展研究——1945-2001》，在「臺灣『圖畫書』的理念流變」章節，討論兒童讀物中「插圖」觀念的演進和發展，分別從理論和實際出版兩個方向，探討臺灣兒童讀物從「插圖」進入「圖畫書」的過程，以及「圖畫書」在臺灣變遷的脈絡。論文雖未就隱含讀者提出討論，但從其引述資料，仍可看出不同階段所設定之隱含讀者。如指稱一九六〇年起，臺灣出版兒童文學相關論著分類，曾出現畫刊、畫本、圖畫故事、兒童圖畫故事等名詞，訴求對象為低年級或更幼小的兒童。一九六五年省政府教育廳兒童讀物編輯小組出版「中華兒童叢書」，低年級部分為圖畫書形式，以及一九七〇年再為托兒所所需，編輯出版「中華幼兒叢書」，採用圖畫書形式，從叢書設定閱讀年級，已明確設定隱含讀者。以一九七四年洪建全兒童文學創作獎設置「圖畫故事」為例，獎項為配合低年級及學齡前兒童閱讀，而信誼幼兒文學獎或同時出版的圖畫書，都明

確設定幼兒為適讀年齡等。(頁29-58)

　　林德姮的碩士論文《圖畫書故事書中的後設策略》,在第二章、第三節「圖畫故事書的滑動類型」以「圖畫故事書的隱含讀者」就國外學者的論述提出討論,「大多學者認為圖畫書最初的隱含讀者是學齡前不具文字識讀能力的幼兒。然而卻也有少數學者隱然嗅出圖畫故事書改變的氣息。……圖畫書已有成人化的趨向……」這和西方有越來越多創作者突破兒童專屬藩籬,許多後現代圖畫書的隱含讀者具有大人和小孩雙重性,創作出跨越性的書籍(Crossover Books)有關。(頁57-58)

　　劉鳳芯在〈1984-2000兒童圖畫書在臺灣的論述內涵、發展與轉變〉一文,以英美圖畫書自一九七〇年代以降的論述方向與內涵作為對照討論,認為「漢聲精選世界最佳兒童圖畫書」為套書行銷而製作的「媽媽手冊」,其中倡議親子共讀的概念,影響臺灣民間出版社和一般認知甚深,她以命名來看此套書,「以幼兒作為兒童圖畫書所設定的閱讀對象,其年齡層的界定顯然不同於英美圖畫書概念中所指涉的兒童讀者,因為英美的圖畫書討論中通常未言明讀者年齡,重視個別圖書所指涉的讀者對象,因此顯然是受到日本繪本概念下所設定的讀者群……」(頁63)。說明了臺灣圖畫書的閱讀觀念受到日本系統影響甚深。

　　收錄在二〇〇六年日本財團法人大阪國際兒童文學館出版的《「臺灣圖畫書與日本圖畫書」研討會報告集》,由成實朋子(大阪教育大學副教授)以及張桂娥(當時為東京學藝大學研究所博士生)發表的相關論文。成實朋子的〈世界華文兒童文學中的「臺灣圖畫書」──歷史轉折中的圖畫書概念的演變〉列點論述:一、「國語」政策與臺灣圖畫書的關係。二、「圖畫書」與「繪本」的用法以鄭明進為中心。三、兩岸交流與臺灣圖畫書。四、「本土化」圖畫書臺灣

圖畫書的文化認同。她提出，在一九七○年代，臺灣圖畫書的名稱與概念還沒有發展完成，「圖畫書」和「繪本」名詞的使用，在一九七○年代後半期才出現。所謂「臺灣圖畫書」真正開始出版的是在一九八○年代後期。臺灣解嚴後，圖畫書隨著民主體制化的建立，正式進入開放期。而以世界華文為觀點，她也提到進入一九九○年代，透過臺灣與中國的出版和學術交流，臺灣圖畫書的概念與作品逐漸傳到中國。成實朋子將「本土化」圖畫書定義為以臺灣文化為題材的圖畫書，認為臺灣兒童文學在「世界華文兒童文學」中擁有重要地位，特別是圖畫書方面。（頁167-171）此論文將臺灣圖畫書置放在世界華文兒童文學的範疇中談論，開拓了新視野。

　　張桂娥的〈日本兒童圖畫書在臺出版發展史與其影響力──臺灣圖畫書發展從「圖畫書」時代邁向「繪本」時代的推手〉，以日本兒童圖畫書翻譯引入臺灣為分期，認為是日本兒童圖畫書的引進讓臺灣圖畫書從「圖畫書」時代邁向「繪本」，而所謂「圖畫書」時代與「繪本」時代之不同，她以一九九五年為分水嶺，認為之前臺灣把「圖畫故事書」稱作「圖畫書」，在此之後，外國圖畫書開始普及，讀者接受度也很高，只不過原創作品能獲得國際肯定者寥寥可數。（頁191）此文點出臺灣圖畫書發展中的實質問題。

　　上述成實朋子與張桂娥對於臺灣在「圖畫書」與「繪本」名稱發展的理解，強化日本兒童圖畫書翻譯的影響，然而二○○四年劉鳳芯在〈1948-2000兒童圖畫書在臺灣的論述內涵、發展與轉變〉認為，「八○年代後期，隨著翻譯兒童圖畫書大量出現，在諳曉日文或接觸日文圖畫書推動者如鄭明進等人宣揚傳介下，繪本一詞開始見諸文字，不過更頻繁使用『繪本』一詞，使之蔚為流行，並促使本地讀者以一種全新文類來看待此類書籍者，約起自一九九二年郝廣才轉任遠流出版公司兒童館副總編輯，編企出版『繪本童話中國』系列。過

往，圖畫書在本地總予人童稚的刻板印象，於是郝廣才從市場行銷角度出擊，援引日本『繪本』一詞，藉由新的意符賦予全新符指。而郝氏在引用繪本一詞時，其意義已逸出繪本原來意涵……」（頁72-73）顯然兩者有不同見解。

　　此外，「幾米現象」引發的「成人繪本熱」，也引起很多討論，游珮芸在二〇〇六年發表的〈解讀臺灣的「幾米現象」〉，思索幾米繪本吸引成人讀者，在兒童文學領域的定位問題，認為在一九九〇年代後期開始，「幾米雖然獲得不少『童書獎』的肯定，我們卻很難在『兒童書』的框架下檢視他的作品。筆者認為，應該將幾米的作品定位在介於成人與孩童間的青少年作品較為妥當。」（頁185）

　　確實，當一九八八年幾米的《森林裡的秘密》和《微笑的魚》出版時，市面上並沒有為大人而作的繪本，他一開始就將作品設定為大人而作。（頁40）幾米在二〇〇八年出版的《幾米故事的開始》，明確說明他在創作時的想法，「畫童書時，我會考慮到小讀者，試圖了解他們的理解力與疑問，會有為他們創作的感覺。畫成人繪本時，則完全忠於自己的直覺。」（頁204）幾米刻意將《森林裡的秘密》和《微笑的魚》作品頁數設計較兒童圖畫書為多、開本較小，以比較像成人讀物的面貌出版。然而《森林裡的秘密》得到中國時報開卷和好書大家讀年度最佳童書，《微笑的魚》得到聯合報讀書人年度最佳童書獎，可見大眾對於圖畫書（繪本）的認知，仍停留在兒童專屬。

　　上述幾則論述發表時間為一九九三至二〇〇六年，是臺灣圖畫書發展過程，對圖畫書進行文類概念進行釐清，討論最熱烈的時期。而透過關於圖畫書詞彙的理念流變與隱含讀者相關者，可見歸納戰後從以「兒童」為大範疇，到與「幼兒」的分化、「幼兒與成人」共讀，大抵圖畫書仍是以「幼兒」為主體。至郝廣才企劃製作的「繪本」並不強調「幼兒」，將適讀年齡設定為「兒童」，而到幾米的成人繪本創

作，又將隱含讀者擴大至青少年與成人讀者。不論是否加上「兒童」，「圖畫書」都傾向將幼兒或兒童視為隱含讀者。而「繪本」則可能將成人或兒童視為隱含讀者，在特別強調將成人視為隱含讀者時，則以「成人繪本」加強說明。

三　從文本形式觀看理念流變

除了從圖畫書相關詞彙的變化，其理念與隱含讀者有關之外，圖畫書文本的形式，是否也與隱含讀者有關？法國結構主義學者傑哈‧簡奈特（Gerard Genette, 1930-2018）曾經提出「側文本」（paratext）的概念，指出為正文之外，如序文、編按、宣傳文案、廣告、書名、作者介紹、副標、引言等等文本外部文字，其功能可以對照文本來另作檢驗，有助解釋的出版品附加訊息等。這些圍繞著文本的「側文本」，可以讓讀者了解，以及歸納出與文本相關的延伸訊息。

以下分別就圖畫書文本外部形式，特別是文本中的「側文本」現象，分別以圖畫書的「注音符號」以及「導讀文」現象，討論其中的隱含讀者：

（一）注音符號

圖畫書的發展和教育脫離不了關係，而注音符號的出現，正是基於語文教育需要。二〇〇〇年六月出版的《彩繪兒童又十年——臺灣1945-1998兒童文學書目》在圖畫書部分收錄最早的書單是一九五七年三月出版的《舅舅照像》（林良著、林顯謀圖）。此書為戰後因為臺灣面臨語言轉換所需，由臺灣省國語推行委員會主編、寶島出版社發行的「小學國語課外讀物」（12冊當中的一本），標示適讀年齡為一年級用。

　　「小學國語課外讀物」以「注音符號」輔助兒童閱讀，封面裡的「前言」由臺灣省國語推行委員會屬名發表〈我們為甚麼編印小學國語課外讀物？〉內容提到：「……幸而現在從開始入國民學校一年級的時候起，就先學八個星期的注音符號和說話。小孩子在這八個星期裡取得了閱讀的工具—注音符號，此後他們就可以利用國字旁邊的注音符號閱讀，從閱讀中可以記住國字的音，認識國字的形和義。我們編這種課外讀物，就是適應這個需要，教小孩子在閱讀中不但能學到課本以外的字，而且還可以學到大量的國語詞彙和表現方法。這種讀物，我們是分年級編的。內容和文字逐年加深，我們的計畫是在四年裡教小孩子認識而且會寫六千七百八十八個常用字。這就是我們編輯這種課外讀物的目的。」清楚說明利用注音符號標示可習得閱讀的教育功能。

　　洪文瓊在《臺灣圖畫書發展史──出版觀點的解析》，曾以臺灣圖畫書出版總體發展動向的出版行銷層面觀察，認為「臺灣的圖畫書文本，以繁體漢字加注音橫排（由左而右，由上而下）的版式已成為圖畫書的主流典範，文字由直排改為橫排，為的是方便與國際接軌。」（頁51）而此種編排版式，至今仍是臺灣圖畫書文本的主流範式。

　　由於注音符號可輔助兒童加快獨立閱讀的能力，只要是標示小學低年級適讀的課外讀物，在編排上都會附加，這也成為臺灣戰後兒童讀物版式的特色。許多標示適合學齡前閱讀，亦即需要由大人陪讀的圖畫書，或者標示適合中高年級閱讀的圖畫書，在內文同樣有注音符號，此舉固然是出版者為了將讀者群延伸擴大，然而一旦加上注音符號，出自對注音符號的功能認知，即有先入為主的觀念，認為其隱含讀者為低年級學童。例如有些標示為「人文繪本」的作品，仍須加上注音，將適讀者標示為中高年級以上，以擴大適讀年齡。

（二）導讀文

　　臺灣圖畫書另一特色為「側文本」中的「導讀文」現象。綜觀一九八〇至九〇年代，圖畫書此文類在臺灣從陌生到流行，主要緣於翻譯圖畫書以套書行銷，為讓購買者快速了解圖畫書，另編「導讀」為附冊，將成人設定為兒童伴讀或引導者，導讀行銷策略的奏效使得圖畫書開始熱門。而導讀引起較大的注意，是從一九八四年「漢聲精選世界最佳兒童圖畫書」附贈的「媽媽手冊」開始。由於當時家長對圖多、文少的童書接受度仍低，透過內容豐富的單元設計，經由直銷人員的解說，以及「媽媽手冊」提供豐富的導讀內容，促使當時原本對「圖畫書」文類十分陌生的消費者願意購買，此舉的成功，引起後續更多出版社以附冊導讀作為贈品。在一九九二到一九九五年的報章雜誌，對此現象有許多討論，爭議重點為圖畫書以成人為隱含讀者的各種導讀，是否有存在的必要？

　　一九九六年起，隨著部分圖畫書必須以套書方式購買，引發消費者爭議，而在套書解套之後，針對套書特別製作的導讀並沒有因此消失，儘管多家出版社採取不再製作附加導讀的方式編輯，仍有許多出版社持續製作別冊，作為鼓勵整套購買的贈品，也有出版社將自行編製的導讀到單本圖畫書中。不論翻譯或原創圖畫書，邀請專家撰寫，或由作者、繪者以自我詮釋的方式書寫，閱讀對象多數設定為成人讀者，而「導讀文」也成了許多圖畫書附加編排設計的常態，形成一本圖畫書中兼具兒童與成人隱含讀者。

　　此外，信誼幼兒文學獎出版得獎作品時，在正文之外，編排文、圖作者介紹，以及「評審委員的話」。從第一屆獲獎出版的《媽媽，買綠豆！》以簡潔條列的方式呈現，到二〇一〇年四月出版的第二十一屆得獎作品《亂78糟》以三頁篇幅、三篇專文來呈現，顯然這類側

文本，是由出版社認定作品「需要導讀」的程度不同，而有調整。

四　圖畫書背後的成人集團

　　參照歐美在一九五〇年代圖畫書的發展，可發現有越來越多藝術設計者參與圖畫書創作。其文本視覺運用更富變化，藝術技法更為多元，而透過文字傳達的意義和訊息比重漸少，使圖畫顯得更為重要。一九六〇年代，歐美各國藝術設計者和來自學院的創作者加入繪本創作行列，更將圖畫書提升至藝術與文學的表現類型。以英國為例，有大批來自藝術學院的畫家，參與圖畫書創作，強調個人風格以及自我表現，使作品藝術和文學表現越來越豐富，例如安東尼·布朗（Anthony Browne, 1946-）和大衛·麥基（David McLee, 1935-）等人的作品，在主題選擇打破禁忌，對社會進行批判和反思，讓成人讀者和兒童讀者能從閱讀中得到不同的訊息。綜觀此一年代，圖畫書已提升至藝術與文學的表現類型，又受到後現代、女性主義等多元思潮衝擊，主題越見反省與批判，逐漸擺脫「為兒童而寫」的限制。

　　而圖畫書的撰寫、製作和閱讀，涉及的「成人集團」包含以成人為主的作者、繪者、出版者、文字編輯、美術設計，至銷售、閱讀推廣者以及購買者等，都是隱藏在背後的成人勢力。所有的文本都有隱含讀者，是由作者所建構的讀者，並非真實的讀者。一般認為，「兒童」是圖畫書存在於作、繪者以及製作者心中的「隱含讀者」，因此成人集團心中的兒童觀，亦即成人觀看兒童的態度，對圖畫書的發展和創作有關鍵性的影響。而這也是本書在觀察臺灣兒童圖畫書發展的重點之一。

第三節　臺灣兒童圖畫書的發展與分期

本節說明臺灣兒童圖畫書的發展分期，分別討論：一、「臺灣兒童文學與圖畫書發展分期文獻探討」，二、「臺灣兒童圖畫書發展分期的條件」而歸納本書發展分為四期：「臺灣戰後到經濟起飛前（1945-1963）」、「經濟起飛到解嚴前（1964-1986）」、「解嚴前到政黨輪替前（1987-1999）」、「政黨輪替時期（2000-2016）」等分期的理由。

一　臺灣兒童文學發展分期文獻探討

臺灣兒童圖畫書發展與兒童文學發展脫離不了關係，在討論臺灣兒童圖畫書發展分期之前，首先檢視有關臺灣兒童文學史發展分期相關文獻與專書。

洪文瓊以臺灣為討論主體，於一九九四年著述《臺灣兒童文學史》、一九九九年出版《臺灣兒童文學手冊》，以「出版觀點」作為分期和論述依據，並未對圖畫書提出論述。二〇〇四年再以「圖畫書」為題，出版《臺灣圖畫書發展史──出版觀點的解析》。而邱各容在二〇〇五年出版《臺灣兒童文學史》，以「史料」立史，從一九四〇年代開始，到一九九〇年代截止，按每十年為階段。而在「作家與作品」未列圖畫書相關創作者，對圖畫書也未專文討論。

林文寶在二〇〇一年《兒童文學學刊》第五期發表〈臺灣兒童文學的建構與分期〉，羅列分析有關臺灣兒童文學史論述專書（14冊）、教科書中提及臺灣兒童文學史者（8冊），以及兩篇單篇論述，綜觀資料認為，「以邱各容、洪文瓊兩人最為用心，且成果亦較為豐碩，但皆屬史料未能稱之為史。」（頁15-19）並引述洪文瓊在〈「兒童文學史料初稿」評介──兼談臺灣兒童文學史的方法與途徑〉評論邱各容

的著作《兒童文學史料初稿1945-1989》，認為該書並未說明擷取史實角度（頁150）。而林文寶認為洪氏著作《臺灣兒童文學史》與《臺灣兒童文學手冊》，雖未能稱為「史」，但頗具「史識」。（頁20）洪氏於《臺灣兒童文學史》，曾論及「觀察視點」：「本文即是以這種較為宏觀的角度，把臺灣置於歷史大環境中，觀察二次世界大戰結束（民國34年，1945年）以後，迄至民國八十二年（1993年）這一段期間臺灣地區兒童文學的發展動向，並試著給予歷史分期。」（頁1）可見文學史的發展研究，必須具備「歷史觀點」，並以此作為論述分期依據。

　　林文寶在〈臺灣兒童文學的建構與分期〉以「後殖民論述」對照陳芳明的《臺灣新文學史》分期，將兒童文學區分為三大歷史階段：「日據的殖民時期、戰後的再殖民時期，以及解嚴迄今的後殖民時期。」（上、頁27）將一九四五年以後的臺灣兒童文學發展分為：萌芽期（1945-1963）、成長期（1964-1979）、發展期（1980-1987）、多元共生期（1988-）。

　　二〇〇四年，林文茜於《兒童文學學刊》發表〈臺灣兒童文學發展史的研究現況與課題〉（頁174-195），彙整臺灣兒童文學發展史相關研究和史料，提出臺灣兒童文學發展研究的問題點：「一、關於研究主體部分，應純粹以兒童文學作品為研究對象。二、關於發展時期的部分，應強化日本統治時期臺灣兒童文學之研究。三、關於國民政府播遷來臺後臺灣兒童文學發展之研究，應該進行更深入的分析探討。」並且在第三點列出應強化「圖畫書、童話、少年小說、兒童戲劇等其他兒童文學體裁發展歷程的研究」、「重視作品主體變遷史的研究」，以及「積極研究在臺灣兒童文學各個發展時期中，具影響力之作家的作品特色、作家的兒童文學觀等」，林文茜所言重點也是本書借鏡研究的參考。

二　臺灣兒童圖畫書發展分期文獻探討

　　洪文瓊在《臺灣兒童文學史》提出，「一個地區的兒童文學發展，牽涉到社會環境（政經、教育體制等）、兒童文學工作者」作家、插畫家、編輯、理論研究者等）的素質，和市場成熟度（圖書、期刊出版量、國民所得、文化消費指數、圖書館普及率、版權保護程度等）等因素。」（頁1）為歷史發展分期的原因，綜合上述發展進行，並非僅從作品創作角度觀察。

　　最早以臺灣兒童圖畫書發展史研究發表碩士論文的賴素秋，將發展史分為三期，而界定第二期：「臺灣圖畫書進入萌芽期」，是以一九七四年「洪建全兒童文學創作獎」設立為分界（頁25），第三階段則選擇一九八八年報禁解除作為起始點。

　　洪文瓊在《臺灣圖畫書發展史──出版觀點的解析》參照大環境，依實際出版狀況作為分期依據，按圖畫書與時代大環境兩個軸線來做定位與詮釋分為三期：一九四五至一九六九「依隨醞釀期」、一九七〇至一九八七「譯介、創作萌芽期」、一九八八至現在（2004年）「交流開創期」。第二期的時間點一九七〇年，該年省政府教育廳兒童讀物編輯小組接受委託著手編輯「中華幼兒叢書」，到一九八七年臺灣解嚴，他認為此時期臺灣出版界開始以精緻印刷、裝訂譯介國外較著名的圖畫書。（頁82）

表格五　洪文瓊與賴素秋對臺灣兒童圖畫書發展之分期對照

賴素秋著《臺灣兒童圖畫書發展研究（1945-2001）》（2002年）	洪文瓊著《臺灣圖畫書發展史──出版觀點的解析》（2004年）
一、一九四五至一九七三孕育中的臺灣圖畫書	一、一九四五至一九六九依隨醞釀期

| 二、一九七四至一九八七臺灣圖畫書的萌芽期 | 二、一九七〇至一九八七譯介、創作萌芽期 |
| 三、一九八八至二〇〇一臺灣圖畫書的快速成長期 | 三、一九八八至現在（2004年）交流開創期 |

　　賴素秋以產生文學的大環境作為分析，分為外部因素：觀念轉變、政經環境及市場、內部因素：印刷裝訂技術、人才的培養等項目，並且「不論及『殖民』及『後殖民』等理論」（頁23）。筆者認為，由於兒童文學的特殊性，很難自外於政治因素，特別在「發現臺灣」之後，大量有關臺灣的兒童圖畫書，都是源自政治因素而有的文本。

　　二〇〇三年，賴素秋在《兒童文學學刊》第十期發表〈臺灣兒童圖畫書理念流變〉，再就臺灣圖畫書發展過程、學者對於圖畫書的定義，及相關理論書籍中的界定進行觀察。前言提出臺灣圖畫書之發展分為三期：中華兒童叢書出版（1965年）、洪建全兒童文學創作獎設置（1974年，包含圖畫故事一項）、臺灣解嚴（1987年）等，又為「插圖很多的書（1965-1973）」、「圖畫故事書」、「繪本」與「幼兒圖畫書」（1974-1986），以及現況（1987-）採取分期依據以圖畫書形式和觀念流變呈現，但筆者認為並未所有的文本都能按此概念劃分，難以作為分期依據。

　　二〇〇四年，洪文瓊在著作《臺灣圖畫書發展史──出版觀點的解析》評論賴素秋的碩士論文：「在緒論『研究問題及範圍限制』中說，『在眾多的歷史現象、事件之下，透過選擇，研究者期待能解決以下問題：一、圖畫書在臺灣的演變脈絡？二、推動臺灣圖畫書發展的力量？三、一九四五年以來，臺灣圖畫書有哪些成果？四、隱藏在臺灣圖畫書發展背後的歷史意義？』」（頁4）但對應論文的六個章節，洪文瓊認為兩者之間似乎未十分扣合，「整體的內容更為薄弱的是，作者缺乏自己的史觀，歷史分期資料大部分引用筆者在《臺灣兒

童文學史》中的說法，在內容上偏重事件陳述或出版品的內容介紹，而較少背後『史』的解釋，相對要稱『史』的研究，就稍薄弱。」（頁4）儘管如此，筆者認為賴素秋的論文是臺灣首次出現論述臺灣圖畫書發展的專論，為後續相關論述砌磚，開研究風氣之先。

林文寶發表於二〇一〇年十一月《全國新書資訊月刊》一四三期〈臺灣圖畫書的歷史與記憶〉（頁4-12），提供了珍貴的歷史檔案資料，填補臺灣早期圖畫書發展空缺，是本研究重要參考史料。再者，鄭明進在一九九二年《精湛》十七期發表的〈雖然晚了二十年——從日本看國內圖畫書的出版〉（頁4-12），以及一九九八年一月，由國立臺灣藝術教育館發刊的《美育雜誌》「兒童插畫特輯」，其中由郝廣才撰述的〈油炸冰淇淋——繪本在臺灣的觀察〉，兩篇觀察雖未以歷史分期論述，卻從創作、推廣和從業者的角度，提點出觀察，亦可作為本書在分期論述的參考。

二〇一一年，由林文寶與邱各容合著《臺灣兒童文學一百年》，表列整理林良（1981年）、邱各容（1989年2月）、陳木城（1989年8月）、洪文瓊（1999年8月）、林文寶（2001年8月）等人在兒童文學的分期（頁29），而該書有別於洪文瓊以「出版觀點」和邱各容以「史料」為憑藉作為歷史分期的依據，採取以「事件」作為分期的依據，將「影響臺灣兒童文學發展的重要指標事件」作為歷史分期的基準點，分為：一九八九至一九四四（日治時期）、一九四五至一九六三（臺灣光復前到經濟起飛前）、一九六四至一九八七（經濟起飛到解嚴前）、一九八七至一九九六（解嚴到兒文所通過設置前）、一九九六至二〇一〇（兒童文學研究所成立到二〇一〇年）。

按洪文瓊在《臺灣圖畫書發展史——出版觀點的解析》所列影響近六十年臺灣圖畫書發展的關鍵事件為：一、省政府教育廳設立兒童讀物編輯小組。二、洪建全教育文化基金會設立「洪建全兒童文學創

作獎」。三、信誼基金會設立「信誼幼兒文學獎」。四、台英與漢聲產銷合作推出「漢聲精選最佳兒童圖畫書」。五、國立臺東師範學院成立「兒童文學研究所」。此書出版於二〇〇五年，而上述關鍵事件受到政治、教育以及經濟等大環境所影響，筆者認為從二〇〇五年至二〇一六年，參照本書附錄「臺灣兒童圖畫書發展大事記」可列臺灣兒童圖畫書發展關鍵事件者，為二〇一一年三月二十六日至五月二十九日，由國立臺灣美術館舉辦的「繪本花園～臺灣兒童圖畫書百人插畫展」，邀請臺灣兒童圖畫書插畫家一百人參與展出，將兒童圖畫書的插畫列入展覽，肯定圖畫書的藝術價值，提升圖畫書創作者地位，圖畫書原畫展隨之受到重視。

　　本書承上所述，並以「指標事件」，作為臺灣兒童圖畫書發展分期的史觀依據。共分為「臺灣戰後到經濟起飛前（1945-1963）」、「經濟起飛到解嚴前（1964-1986）」、「解嚴前到政黨輪替前（1987-1999）」、政黨輪替時期（2000-2016）」。

第四節　小結

　　本章在第一節「臺灣兒童圖畫書的意義與界說」，說明「圖畫書、圖畫故事、幼兒圖畫書、兒童圖畫書、繪本等指涉意涵」，透過關於圖畫書詞彙的理念流變與隱含讀者相關者，可見歸納戰後從以「兒童」為大範疇，到與「幼兒」的分化、「幼兒與成人」共讀，大抵圖畫書仍是以「幼兒」為主體。而至「繪本」一詞，並不特別強調「幼兒」，甚至可擴大至青少年與成人讀者。然而「繪本」的使用，許多時候與「圖畫書」混合使用，為相同的指稱。

　　再從第二節「從隱含讀者看臺灣兒童圖畫書的理念流變」分析「隱含讀者與兒童文學」、「從名稱演變觀看理念流變」、「從文本形式

觀看理念流變」，以及「圖畫書背後的成人集團」。從隱含讀者的概念，可發現以教育為目的注音符號使用，許多標示適合學齡前閱讀，或者標示適合中高年級閱讀的圖畫書，皆配置注音。而導讀側文本的設置，讓成人讀者能在短期內理解圖畫書的閱讀功能，因此能快速推廣，此舉也將大人視為伴讀的隱含讀者。然而兒童讀物出版反映整體社會的意識形態，在西方現代主義興起之後，讀者及閱讀活動地位受到提升，認為讀者擁有詮釋的文本的權利，上述現象也反映出成人的兒童觀。

　　本章第三節「臺灣兒童圖畫書的發展與分期」，討論「臺灣兒童文學與圖畫書發展分期文獻探討」、「臺灣兒童圖畫書發展分期的條件」，以及本書依據上述分析發展分為四期：「戰後到經濟起飛前（1945-1963）」、「經濟起飛到解嚴前（1964-1986）」、「解嚴到政黨輪替前（1987-1999）」、「政黨輪替時期（2000-2016）」等說明，將以後殖民分期史觀，搭配觀察「指標事件」，作為臺灣兒童圖畫書發展分期的史觀依據，在下一章起，將進行分期階段論述。

第二章
戰後到經濟起飛前（1945-1963）

　　此階段為一九四五年二次世界大戰結束後，到一九六三年經濟起飛之前。社會經歷政權轉換，從日本政府轉換為中華民國政府，語言與文字面臨轉變，以及政治措施和人口結構的改變，都為臺灣社會帶來巨變，而戰後社會面臨重整與復原，直至經濟逐漸發展。

　　本章分別以「時代背景」、「事件」、「人物」、「插畫家與作品」、「論述與譯介」等項目，分小節逐項論述此階段圖畫書發展概況。「時代背景」著重於政治經濟與社會環境、文化教育相關政策、出版印刷與通路相關產業等。「事件」包括重要活動（名稱、重點內容、舉辦方式、時間、地點等）與獎項、社團成立、研習活動，以及境外交流等。「人物」為此一階段臺灣圖畫書發展相關重要推手，包括與圖畫書出版相關企劃、編輯或行銷、推廣者，以及提供人才培育的圖畫書獎項創辦等。「圖畫書插畫家與作品」介紹本階段重要插畫家生平、作品與畫風。「論述與譯介」為此一階段有關圖畫書的專書重要內容或論述。

第一節　時代背景

一　政治經濟與社會環境

　　一九四五年八月六日與九日，美軍分別在日本廣島和長崎投下原子彈，九月二日由日本政府代表簽署投降文件，接受中、美、英三國

發表的「波茨坦宣言」。中日戰爭宣告結束，中華民國重慶政府接著在九月二十日頒布「臺灣省行政長官公署組織條例」，由中央政府直接任命行政長官，十月二十五日成立臺灣省行政長官公署，由陳儀出任首任行政長官。二次世界戰太平洋戰爭結束，政治主權從日本轉換為中華民國政府，「國語」從「日語」轉換為「北京話」。

　　一九四七年，二二八事件爆發，在事件中死亡人數從數千到數萬人的說法不一，造成省籍對立，以及民眾對政治的恐懼與冷漠，對臺灣社會造成極大衝擊。一九四八年七月一日，國民政府成立「美援運用會」（Council on U.S. Aid），直屬行政院，職掌包括美援的運用計畫。一九五一年美國國會通過「共同安全法案」開始對臺灣提供種經濟援助，直到一九六五年，共計十五年，提供近十五億美元，對臺灣經濟發展貢獻極大，奠定一九六〇年代後期到七〇年代的「經濟起飛」基礎，對教育與兒童讀物推廣影響很大。

　　一九四九年，五月二十日起，臺灣宣布進入戒嚴時期，根據「戒嚴法」十一條，授予戒嚴地區內的最高司令官擁有的權限第一條「得停止集會、結社及遊行請願，並取締言論、講學、報章雜誌、圖書。」從此到一九八七年七月十五日「解除戒嚴」為止的三十八年間，影響臺灣文化出版與發展。

　　一九五八年，八二三砲戰發生，從八月二十三日至十月十五日間，國共雙方隔海砲擊，金門和其周邊為主要戰場，十月十五日之後，中共解放軍改單打雙停，直到一九七九年中共與美國建交為止。

　　一九六二年，由教育部成立的教育電視廣播實驗電臺成立，這是臺灣第一家正式電視臺成立。該年四月二十八日，由臺灣省政府、日本企業共同出資成立的臺灣電視公司，以及後來陸續成立的中國電視公司，和中華電視公司等三家電視臺，在解嚴之前，形成寡占局面。電視被公認為二十世紀最重要的發明之一，整合圖象、文字與聲音的

媒體，突破廣播和報紙的侷限。而電視對兒童產生的正面與負面效果，也引發許多爭議與討論。

二　文化、教育等相關政策

　　基於語言轉換教育所需，國民政府教育部在一九四五年十月二十七日指派何容來臺灣主持推行國語的工作，籌設「臺灣省國語推行委員會」以利施政。教育部並招考一批推行國語的人員，應考人必須能說閩南話，以便翻譯。

　　一九四六年四月二日，「臺灣省國語推行委員會」正式成立。「臺灣省國語推行委員會」首先頒布標準「國音」，於各縣市設立「國語推行所、講習班、積極推展國語（北京話）運動。資深兒童文學作家林良，是當時通過考試，離開廈門來到臺灣在「研究組」任職的其中一員，曾被派到臺北一女中教老師們說國語，以及到省政府教育廳，教導督學們說閩南語。一九五一年，由教育廳命令各級學校以國語教學，嚴禁方言（指臺灣本地的閩南語、客家語、原住民語），強力推行國語教育。政權改變以及語言轉換，在臺灣以日語從事文藝創作者全然停頓，兒童讀物與兒童文學在臺灣的發展也有全然不同的風貌。

　　一九五九年，聯合國頒布「兒童權利宣言」（Declaration of Right of the Child），希望喚起世界各國對兒童福利的重視、確保兒童應有的權利，強調兒童的基本權利與成人的基本權利是相同的。

　　一九六○年左右，連環圖畫十分盛行，市面書店、書攤、租書店充斥著各式各樣的連環圖畫，內容與印刷品質參差不齊。一九六二年，政府為了維護兒童身心健康，教育部和內政部公布「編印連環圖畫輔導辦法」，經由內政部在十一月公布施行，規定連環圖畫經審核後方可印行。

　　一九六〇年四月二十八日，臺灣省議會通過教育廳所提，將現有三年制師範學校，陸續改為五年制師範專科學校，並將「兒童文學研究」列為師資科語文組或文史組學生選修科目，「兒童文學」納入學術教育的一環。一九六三年，省政府教育廳進一步修訂師範學校課程標準，在國文科教材大綱中，列入「兒童文學作品」及「兒童文學寫作法」。因為教學所需，此時開始陸續有多本和兒童文學研究相關著作出版，例如：任教於臺中師專的劉錫蘭有「臺中師專語文科叢刊四」《兒童文學研究》在一九六三年出版。隔年，臺南師專林守為自費出版《兒童文學》。一九六六年，霍述祖主編、臺中師專出版《國語及兒童文學研究》，內容為師專教師及國教輔導人員研習會——教師組第三期講義。一九六九年，臺中師專鄭蕤《談兒童文學》（光啟社）出版、臺南師專林守為的《兒童讀物的寫作》（自費）出版，一直到一九七三年，師專的空中教學《兒童文學研究》由葛琳編著，中華電視出版社印行，這些著作出版目的都是為了讓師專生能具備設計、編寫和選擇兒童讀物的能力。

三　印刷、出版與通路現象

　　二戰結束後，臺北人游彌堅（1897-1971）在該年十二月十日，集合文化界有識之士成立專門出版兒童讀物的「東方出版社」，推舉林呈祿擔任社長，目標定位於為兒童教育基礎扎根。選擇位在重慶南路、衡陽路口開設書店。成立之初，因戰後出版品極為欠缺，門市展售書籍是來自日本人撤退時拍賣的日文書。

　　一九四六年游彌堅奉命擔任臺北市長，該年政府禁止出版日文書，當時「祖國熱」促使東方出版社積極出版中文兒童讀物，並且響應臺灣省國語推行委員會利用注音符號推廣閱讀的政策，編印加注音

的兒童讀物。一九四八年，正式登記成立「臺灣東方出版社股份有限公司」，簡稱東方出版社，直到二〇〇三年三月位在重慶南路的門市，因市場萎縮，書店結束營業，出版社則持續出書。

　　一九四六年六月，「臺灣書店」成立。該書店原為日治時期隸屬臺灣總督府文教局，以印製中小學教科書和參考書為主要業務的「臺灣書籍株式會社」。一九四五年由臺灣省行政長官公署教育處接管後，更名為「臺灣書店」。一九四七年起，書店隸屬臺灣省政府教育廳。除了中小學教科書之外，也出版印刷銷售各種教育圖書，還有「中華兒童叢書」、「中華兒童百科全書」、「中華幼兒圖畫書」、《兒童的雜誌》、幼稚園教材等。

　　民間大陸知名出版商，在戰後已來臺灣分設支店機構，如中華書局、正中書局、商務印書館、黎明書局、世界書局等，供應書局的出版物。一九四九年國民政府遷臺，政府製訂「淪陷區商業企業機構在臺分支機構管理辦法」，讓在臺設立的分支單位能合法地生存並且營運，因此部分總公司仍在大陸而臺灣設有分店的書局便冠上「臺灣」二字，獨立運作；如總公司遷來臺灣，則不冠「臺灣」二字。當時國民所得不高，購買力較弱，出版機構選擇重印古籍或舊版書，許多已出版兒童讀物和教材的書局，在臺灣持續複印出版。

　　一九四八年十月二十五日《國語日報》發刊，創立機緣來自一九四八年一月，教育部長朱家驊來臺視察，發現臺灣的國語教育推行十分成功。因教育部在北平創辦《國語小報》難以開展，在臺灣卻受到喜愛，他應「臺灣省國語推行委員會」何容的要求，在臺灣設立辦理注音版，且設立「教育部國語推行委員會閩臺辦事處」辦理《國語日報》，宗旨為推行國語。在初期的版面內容除了注音之外和成人閱讀報刊並無差別，內容豐富多元，研究臺灣母語，也介紹臺灣和大陸風土，其中「兒童版」是由幼教專家張雪門擔任主編。一九五四年四月

一日，《國語日報》版面內容更換成為兒童報，第二版是「兒童版」，主編為郭寶玉、林良，第三版「少年版」，主編為魏訥。一九六四年十月二十五日，國語日報出版社成立，由林良擔任編輯，在一九六五至一九六九年間推出美國翻譯圖畫書《世界兒童文學名著》共十二輯一二〇本，此系列為圖畫書譯介引入，最早的套書形式。

　　一九四九年二月，《臺灣兒童月刊》由臺中市教育科支助創刊，臺中市政府編印。該年三月十九日，《中央日報》闢「兒童周刊」、《新生報》副刊闢「兒童之頁」，關心兒童閱讀與兒童寫作。一九五一年起，少年兒童雜誌陸續發刊，例如：《小學生》、《學友》、《東方少年》……等。其中，一九五一年二月二十日創刊的《小學生》半月刊，內容配合教育政策作為補充讀物，由臺灣省政府教育廳發行，幾乎達到每班一本。一九五三年一月，雜誌社成立編輯委員會，三月《小學生》半月刊進行改版，以中高年級為閱讀對象，且增設《小學生畫刊》，內容適合國校低年級兒童閱讀，以圖畫為主，彩色印刷。從一九六六年三月二十日三一四期，到一九六六年十二月三三一、三二二合期，出版圖畫書形式的半月刊，對臺灣圖畫書發展有階段性推展。

　　一九五六年，民間出版社「童年書店」於十二月發行《童年故事畫集》四冊，是當時少見全彩印刷圖文並茂的兒童讀物。而配合課外讀物所需，一九五七年由公部門臺灣省國語推行委員會主編，民間出版寶島出版社發行「小學國語課外讀物」，低年級讀物已初具圖畫書形式，是少見原創作品。同年四月，文星書店翻譯知識性圖畫書「文星兒童讀物」：《大象》、《你和聯合國》以及《小鹿史白克》則為翻譯圖畫書。一九六一年十月，臺灣東方書店出版的《小南南》、《小杜鵑》、《小喜鵲》為全彩圖畫書，為複印出版民國初年的圖畫書。一九六三年三月，國語日報出版《猛牛費地南》，是美國知名圖畫書，此書也為下個階段即將湧入的美國圖畫書開啟先端。

第二節　事件

　　本分期階段因為臺灣戰後經濟在復甦中，兒童文學概念與發展仍在起步階段，主要「事件」皆與出版品相關，分述如下：

一　童年書店

　　一九五六年十二月，由「童年書店」發行的全書彩色版「童年故事畫集」（鄭嬰主編）共有四冊，封面皆未標明作者和插畫者。按編號順序為：一、《赤血丹心》（程鶯編著，陳慶熇繪圖）、二、《虞舜的故事》（曾益恩編著，鄧雪峰繪圖）、三、《瑪咪的樂園》（丁戈編著，陳慶熇繪圖）、四、《牛郎織女》（程鶯編著，鄧雪峰繪圖）。每一

圖二　《赤血丹心》

冊的開本：十三點三公分（寬）×十五點二公分（高），共二十四頁，版式文字直排，右翻書，圖文交融，沒有加注音。其中《虞舜的故事》和《牛郎織女》是民間故事的改寫，繪者鄧雪峰以傳統的繪畫筆法畫出故事內容。

　　《赤血丹心》和《瑪咪的樂園》的畫者同為陳慶熇，是大陸來臺的知名反共漫畫家，也擅長油畫創作。《赤血丹心》以第三人稱述說的生活故事，前者描述一位十一歲的小男孩「楊翬」，想報考空軍幼年軍的「愛國故事」。當時的社會氣氛以及作為強調教育功能的兒童讀物，無法置外於政治。後者故事主角是一隻名叫「瑪咪」的胖黑貓，年幼時曾被富裕女主人豢養，因為嚮往自由逃離主人家，開始

圖三　《虞舜的故事》

跟著野貓，四處受苦受難，最後卻決定重返主人家，再度被豢養找到真正的樂園。在《臺灣兒童圖畫書精彩100》中，《瑪咪的樂園》為一百本當中年代最早、序號第一的圖畫書，書評介紹：

> 本書畫風，角色線條時常有稜有角，形成一種個人獨特的造形，略可挑剔的是，書中說主角是一隻胖黑貓，但畫的黑貓卻身材姣好，脖子、四腳皆細長，加上輪廓線的折角變化，實在是看不出來像一隻大黑貓，雖然如此，誠如封面設計般的巧妙，他的畫面經營非常富有設計性，配色鮮豔卻舒適，背景有許多裝飾性斑點與紋路，構圖多變亦富有現代感，讓整本書還是相當有可看性。（李公元，頁37）

圖四　《瑪咪的樂園》

上述指出繪者沒有根據文字描述，準確畫出黑貓造型，因而出現文圖略為不符合的現象。儘管如此，這四本書的圖文版式和印刷裝幀，在當時已經是品質講究的出版物。

林良在〈圖畫裡的世界〉提及，「兒童圖畫故事」在一九三〇年代就已經很發達。商務印書館的彩色《幼童文庫》裡，就有很好的表現。「……童年出版社也從事這種「圖畫故事」的出版，並且把一部分譯成英文，送到美國市場去試銷，成為第一批外銷的『臺灣的圖畫故事書』。」（《淺語的藝術》，頁179）看見出版社對當時的圖畫書已

圖五　《牛郎織女》

有信心，才有嘗試外銷的做法，可惜文章並未記錄究竟哪幾本「臺灣

的圖畫故事書」外銷美國。[1]

二　寶島出版社

　　「小學國語課外讀物」由臺灣省國語推行委員會主編、寶島出版社在一九五七年四月發行，共計十二冊，以適讀年齡分別標示，一年級用、二年級用、三年級用。封面為彩色印刷，內頁多數為二到三色，套色印刷，以目前資料所見，僅《烏龜跟猴子分樹》為彩色印刷。而此套書以「注音符號」輔助兒童閱讀，這也是華文世界為兒童閱讀所需，編排設計呈現的現象。

　　此系列出版當時社會普遍欠缺著作權概念，特別對兒童讀物創作者也不重視，不僅在封面未見作、繪者姓名，版權頁也沒有註明，僅在故事最後一頁，寫上作者與繪者名稱，下面表列資料取自林文寶藏書，因部分書籍遺漏作、繪者，因此無法登錄。筆者在一次由洪文瓊主講「臺灣圖畫書發展史」演講會上（2013年4月20日於中華民國兒童文學學會），見到由臺灣省國語推行委員會編輯的《國語課本首冊補充讀物》一、二冊，在書後的版權頁中，表列此系列書名，其中一年級書目，有《小貓兒逮耗子》，而在一九五七年四月出版的《烏龜跟猴子分樹》卻未見列入。

1　筆者於二〇一三年七月八日上午十點電話詢問林良，可惜年代久遠，已然不記得。也曾試圖尋找童年出版社負責人，只可惜聽聞全家移民美國多年，失去聯繫方式。

表格六　「小學國語課外讀物」書目資料

年級	編號	書名	作、繪者
一年級用	0	小學國語首冊補充讀物 第一、二冊	
一年級用	2	《舅舅照像》	林良著、林顯模畫
一年級用	3	《烏龜跟猴子分樹》	朱信著、王鍊登畫
二年級用	101	《小美的狗》	朱傳譽著
二年級用	102	《聰明的阿智》	朱傳譽著
二年級用	103	《小狗兒老想出去》	郭寶玉著
二年級用	104	《天要塌下來了》	郭寶玉著、潘瀛峰畫
二年級用	105	《小老鼠兒》	郭寶玉著、王鍊登畫
三年級用	201	《大公雞和肥鴨子》	謝豈平著、王鍊登畫
三年級用	202	《打老虎救弟弟》	張敏言著、王鍊登畫
三年級用	203	《王老頭兒》	郭寶玉著
四年級用	301	《鸚鵡為什麼會學舌》	朱傳譽著、王鍊登畫
四年級用	302	《四青年》	朱傳譽著

　　「小學國語課外讀物」由臺灣省國語推行委員會編輯，在兒童適讀故事之外，配合教育需要，在形式上也產生「側文本」的「前言」。每一冊「小學國語課外讀物」的封面裡，〈我們為甚麼編印小學國語課外讀物？〉前言，由臺灣省國語推行委員會屬名發表：

　　　小孩子不能看課外的書，因為他們認識的字太少；可是，越不能在課外閱讀，也就越不能學會課本以外的字，這樣互為因果，只有等小孩子認識的字，到了相當數量以後再讀書。可惜的是在六年級的國民學校裡能學到的字，也不過三千多個，離

閱讀需要的字數還差得很遠；讀任何一份普通書報，也得要認識六千字，這只是就認識的字數量來說；至於字的用法，那就更不是只憑一套國語課本就能讓學生充分明白的了。

幸而現在從開始入國民學校一年級的時候起，就先學八個星期的注音符號和說話。小孩子在這八個星期裡取得了閱讀工具的工具——注音符號，此後他們就可以利用國字旁邊的注音符號閱讀，從閱讀中可以記住國字的音，認識國字的形和義。我們編這種課外讀物，就是適應這個需要，教小孩子在閱讀中不但能學到課本以外的字，而且還可以學到大量的國語詞彙和表現方法。

這種讀物，我們是分年級編的，內容和文字逐年加深，我們的計畫是在四年裡教小孩子們認識而且會寫六千七百八十八個常用字，這就是我們編輯這種課外讀物的目的。（封面裡）

再從上述內容，可見當時已將「分齡閱讀」概念用運到兒童讀物編輯製作，而非到了一九六五年出版的「中華兒童童叢書」才有分齡閱讀概念。

「小學國語課外讀物」依分齡概念，從書目和內容來看，有生活故事、童話和民間故事改寫。故事內容的長短，也依照年齡，字數遞增，在插圖的配置，以不同適讀年級，越是低年級，文字字數越少，圖畫所占的比例則較多。例如當時擔任國語推行委員會編輯的林良，就寫了一則生活故事《舅舅照像》，由林顯模繪圖，內容是淺顯有趣貼近兒童的生活故事，這也是林良首本兒童讀物創作。相較於本系列的其他內容，既非常見的童話，也不是民

圖六　《舅舅照像》

間故事。即使不看文字故事，翻閱《舅舅照像》，以跨頁為構圖，能將故事完整交代，甚至補充文字故事沒有處理的內容，這也是當代圖畫書的精神。按作者林良表示，當時在撰寫這本書，是以童年時期閱讀過的「圖畫書」的概念來書寫，而他所謂的「圖畫書」，為商務印書館在一九三四年間於中國出版的「幼童文庫」[2]，該系列書圖文並茂，曾在一九六七年在臺灣重刊發行。

　　「小學國語課外讀物」文宣特別標明：「理想讀物有益有趣」、「標準的國語、正確的注音、有趣的內容、美麗的插圖」等，可見當時對於課外讀物的重點，除了教育所需的標準用法和讀法，也重視內容的有趣和插圖的美麗。

三　文星書店

　　一九五七年四月，由文星書店翻譯的三本「文星兒童讀物」：《大象》、《你和聯合國》以及《小鹿史白克》，是臺灣圖畫書發展史此一階段少見的翻譯圖畫書。三本圖畫書的內頁及封面皆未標

圖七　《大象》　　圖八　《小鹿史白克》

註原書的創作者，僅列出譯者名：《大象》為林良譯述、戈定邦校訂，《你和聯合國》由夏承楹譯述，《小鹿史白克》由林海音譯述，也僅

2　筆者於二〇一三年七月八日上午十點電話採訪林良，詢問關於「幼童文庫」。林良出生於一九二四年，按「幼童文庫」為一九三四年間於中國出版，以當時林良的歲數為十歲，而林良的父親很重視孩子的閱讀，也曾投資書局，因此童年即有閱讀當時出版的圖畫書的經驗。

只《小鹿史白克》在內頁編者的「前記」註明此書為羅拔・克隆自寫自畫，顯見當時並無版權概念。

「文星兒童讀物」按序號編排，內容和版式並未統一，「文星兒童讀物之一」：《大象》和「文星兒童讀物之三」：《小鹿史白克》收入《中華民國兒童圖書目錄》（頁31）常識類的「自然」，兩者封面是簡單的兩色印刷，內頁為黑白印刷，版式為右翻、直排加注音。《大象》適讀年齡標示為低、中年級，以第三人稱書寫有關大象的生活習性。《小鹿史白克》適讀年齡為中、

圖九　《你和聯合國》

高年級，內容描述小鹿史白克從出生到一歲大的生活經歷，兩本書的繪畫風格皆為寫實描繪。

「文星兒童讀物之二」：《你和聯合國》收入《中華民國兒童圖書目錄》（頁30）常識類的「社會」，開本和「文星兒童讀物」其他兩本一致，封面設計採用同一方式，書名和出版者套綠色油墨，注音和插畫圖案則套紅色，採用兩色印刷。但是版面編排為左翻直排，共三十八頁，適讀年齡為中、高年級。內容開始前，有一則「前言」說明：「我們的國家是聯合國的會員國，因此我們每個人都是這個世界組織的一份子。聯合國的最大的目的，是防止戰爭發生，謀求世界的永久和平。同時進一步的提高人類的生活水準，增進他們的共同幸福。」並且介紹聯合國成立的目的、組織大綱、工作情形等，還附上聯合國人權宣言要點，以及聯合國的會員名單，其中包括中華民國。

此外，在《你和聯合國》和《小鹿史白克》兩書的書名頁後，出現文星書店出版部的「致各位家長、老師」文，說明編輯此書的想法，可窺見當時的兒童讀物出版概況：

孩子們課後沒有書看，或是不知道選擇適當的書，碰上什麼就看什麼，因此發生種種流弊，這是家長、老師和出版界的共同責任。理想的辦法，是出版界認真編印有益於兒童身心的讀物，家長和老師擔負起介紹推廣的責任，唯有在三方合作之下，才能維持供應良好兒童讀物的工作，才能逐漸免除不良讀物侵入孩子們的閱讀領域。

文星書店基於這種信念，願意在兒童讀物出版方面，略盡棉力。我們計畫先在眾多的外國兒童讀物中，選擇意識正確，內容豐富，文圖精美，並適合於中國兒童閱讀的，加以譯述或改編後，介紹給我們的小讀者。希望每本書能告訴他們一件有益而有趣的事情，以啟發他們的智慧，活潑他們的身心。文字將力求通暢、淺顯而口語化；同時加注正確的注音。好達到小讀者看圖識字，讀文學話的目的。印刷將保持適當水準，售價盡可能降低，以適應當前的購買力。

但是在這個出版業不景氣的時代，這是一個艱難的工作。希望各位家長老師，本著愛護孩子的心情，指導並推薦我們的出版品，來支持我們的工作。

上述「側文本」，可視為廣告文案的一種形式，卻也透露當時內容「有益身心」的兒童讀物不多，儘管出版艱難，文星書店仍然出版了三本圖文並茂的知識性圖畫書。只可惜，文星書店在出版此之後，並沒有繼續推出後續的出版物。

四　國語日報社

國語日報於一九六四年十月二十五日成立出版部，在成立前一

年，一九六三年三月曾出版一本美國圖畫書《猛
牛費地南》（*The Story of Ferdinand*），這本書的文
字作者為美國知名兒童文學家兼插畫家 Munro
Leaf（1905-1976），臺灣兒童文學界多將他的名
字譯為「孟羅・李夫」，繪者為羅拔・勞生
（Robert Lawson, 1982-1957）。一九九九年遠流
出版社重新出版此書，作者改譯為「曼羅・里

圖十　《猛牛費地南》

夫」，繪者改譯為羅伯特・勞生，書名為《愛花的牛》。

　　《猛牛費地南》封面為以綠色為主色調，內
頁黑白印刷，共三十六頁，版式為直排右翻書，
每單頁圖多於文，文字多為一至三行，最多不超
過六十字，以直式編排加注音。插畫則是將線條
「過描」，以原本一個跨頁的內容，重新整合為
一個頁面，文字組合編排過。配合右翻書的版
式，封面插圖的猛牛圖象，也將原圖左右反作，

圖十一《愛花的牛》

配合翻頁的視覺動線設。在兩岸政治對立的年代，以紅色為五星旗的
鮮明標誌，顯然不能在當時的政治氛圍下出現，改為綠色想必也是規
避政治對立肅殺之氣的權宜之計。

　　遠流的《愛花的牛》版本，為解嚴之後的產品，加上著作權的建
立，恢復原文書的面貌也是常態。封面恢復為原版的紅色調，內頁橫
式編排的左翻書，圖象也恢復原來的設計。

　　而《猛牛費地南》的原書初版於一九三六年，首次譯為中文已經
是二十七年後了，當時此書已經翻譯為多國語言，已具有世界知名
度。孟羅・李夫除了擅長寫故事，也能以「簡筆畫」插圖。根據一九
六五年十二月第三版《猛牛費地南》由夏承楹在糊貼頁的說明，於一
九六四年五月三日書寫的說明，「夢羅・李夫不但精通兒童讀物的寫

作技巧，並且還會畫一種有趣的簡筆畫，很受小孩子的歡迎。今年美國國務院，根據文化交流計畫，請他到世界二十五個國家去旅行訪問，介紹美國兒童讀物的發展情形。四月間，他到達臺灣，發表過幾次演講，並且和我國的兒童讀物作家，舉行座談會。」。

此外，《猛牛費地南》封面，在書名上方出現「注音圖畫故事」字樣。根據林哲璋《「國語日報」的歷史書寫》碩士論文、附錄五之三之一「出版部成立一周年廣告出版之書單」，其中兒童讀物「注音圖畫故事」書單（頁283），可看到《猛牛費地南》和其他由童叟繪作，如《破棉襖》，被歸納做同類，在此類中僅有《猛牛費地南》為翻譯文本且為美式圖畫書，其餘皆為童叟連環漫畫創作。

童叟曾在《小學生》十四週年紀念特輯——《兒童讀物研究》發表〈談「兒童圖畫故事——我對這個專業工作的認識〉一文，對於此類作品有充分的說明。

> 「兒童圖畫故事」，是我的一套作品的總名。這個名稱，是四十九年初夏，林良先生和我研訂的，地點是在國語日報長沙街舊址的編輯部。當時拙作「破棉襖」正要刊印單行本，定了這個「類名」，不只是表示我的作品的性質，還含有要我繼續熬下去的作同類工作的意思。
>
> 不久前，我在書攤上看到一本兒童讀物，封面上也印著「兒童圖畫故事」六個字兒，看看內容，覺得表裡一致，心裡欣慰。當初我們這個『類名』實在訂得不壞。
>
> ……
>
> 這種兒童圖畫故事，並不是四十九年才開始有，筆者也不是這種讀物的創始人。早在民國初年，就有類似作品，行銷上市，只是還沒有人拿這麼一個名詞喊他就是了。不過，嚴格說起

來，那時候真也沒有夠上純粹的兒童圖畫故事，所有的「連環圖畫書」，難說有一定的讀者對象。實際上男女老幼，都是讀者。讀者教育程度大半比較低，所以喜好這種性質的讀物。既然讀者對象，範圍如此廣泛，封面上不加「兒童圖畫故事」的標誌，倒也是對的。（頁251-252）

從上述可看出，「兒童圖畫故事」就是民國初年流行的「連環圖畫書」，亦即「漫畫」，並非當代認知的「圖畫書」。而《猛牛費地南》之所以會被納入「兒童圖畫故事」，也正是洪文瓊在《臺灣圖畫書發展史——出版觀點的解析》所謂：「當時還沒有把漫畫與圖畫書區隔開來的概念。」（頁75-76）純粹是希望藉由新的類別名稱，和當時流行的連環圖畫作區隔，他也進一步提及：「八十年代以前，國語日報的確是民間兒童讀物出版量最多，也最具分量，甚至兒童讀物如由國語日報排印，也常被視為較具水準（國內兒童讀物都附加注音的關係）。……民間最早出版的美式圖畫書——《猛牛費地南》……就是由國語日報譯介出版的（1963年）。」也可見此本書在臺灣圖畫書發展史的特殊地位。

第三節　人物

本節選擇人物重點為臺灣兒童圖畫書發展關鍵重推手，包括出版社或圖畫書獎項創辦者、圖畫書作者、推廣者等。根據邱各容在《臺灣兒童文學史》說明，一九五〇年代的臺灣兒童文學現象：

由於長達半世紀的日治時期，使臺灣形成日本長期轉口輸入歐美兒童文學作品，以及直接輸入日本兒童文學作品的現象，這

種轉口現象在四○年代末期、五○年代初期有所改善，即大陸
來臺文化界為臺灣文化界帶來一個新面貌，那就是呈現在中文
裡的兒童文學面貌。

五○年代由於大陸來臺文化界在臺灣掀起一陣懷舊運動，而在
本年代重新喚起社會大眾再度對兒童文學加以重視。這種意識
的覺醒，再加上《臺灣兒童》、《小學生》、《學友》、《東方少
年》、《國語日報》「兒童版」、《中央日報》「兒童週刊」的先後
創刊，除了提供兒童文學作品之外，最重要的是它還培育了戰
後臺灣第一代以中文寫作的兒童文學作家。（頁37）

由於臺灣戰後到經濟起飛前，此一階段因語言使用轉換，兒童文
學作家仍在養成期，圖畫書的概念尚在醞釀階段，並未出現專業創作
者和關鍵推手，因此按本節選取重點，尚無和兒童圖畫書發展的關鍵
人物可列入。

第四節　插畫家與作品

相對於純藝術，插畫需要和文字配合的插畫，更加著重視覺傳達
和大眾傳播性。在此時期，物資條件缺乏，百業待舉，社會對於兒童
讀物仍無餘力關注，在本章第二節事件中，列舉的幾本初期圖畫書著
作，不論原創或者翻譯自國外的圖畫書，在封面皆未標示文字和插畫
作者，也可見兒童讀物創作者並未受到重視，自然無法產生專業童書
插畫家。

第五節 譯介與論述

臺灣兒童文學的研究發展，和戰後國民教育改革，有著密切關係。此一階段正值二次世界大戰結束後，世界面臨重建階段，基於民族自覺，各國皆希望透過教育強化國力，積極發展國民教育以提高國民素質，因而主張國民教育的延長成為主流思潮。在吳鼎編著的《國民教育》提及：

> 自世界二次大戰之後，各國均不惜以鉅額經費來從事國民教育
> 之發展，尤以戰後新建立之國家為然。他們紛紛著手於國民教
> 育制度的建立，國民教育經費的擴充，國民教育師資的培養，
> 國民教育課程與教材的編訂，以及國民學校教學方法的革新與
> 新式教具的製造和應用等等。旨在充實教育之內容，提高國民
> 之素質，培養國民為國家優秀之公民。（頁1）

在世界國民教育改革的思潮下，發展培育師資的師範教育成為當務之急，一九四七年有「臺灣省師範生訓練方案」的頒布。一九六〇年間，教育部於師範專科學校選修課程中設定「兒童文學研究」一科，兩學分。許義宗於《我國兒童文學的演進與展望》認為師專「兒童文學研究」科目的開設，至少有：「一、建立兒童文學體系，有助兒童文學的發展。二、激發師專從事兒童文學研究興趣，給兒童文學做傳播的工作。」（頁14）等功用，自此臺灣的兒童文學研究有了進一步的發展。

師專時期曾有因應「兒童文學」課程需要而出版的教材，最早出現兒童文學通論著作是劉錫蘭編著的《兒童文學研究》。按林文寶於《林良談兒童文學：小東西的趣味》編者序〈敬重與執著〉整理師院

早期有關兒童文學的專論，提出：

> 個人認為學院早期有關兒童文學專論，或稱始於師範學校改制
> 為師專。一九六〇年秋，臺中師範學校改制為臺中師範專科學
> 校，即著手擬定課程綱要，一九六一年五月又加以修訂，其中
> 選修科甲班列有「兒童文學習作」兩學分。這是臺灣地區「兒
> 童文學」的開始。
> 於是，有了劉錫蘭編著的《兒童文學研究》一書（1963年10月
> 修訂再版），這是臺灣地區目前可見正式出版的第一本兒童文
> 學通論的書。（頁5）

　　劉錫蘭撰文《兒童文學研究》在第九章「兒童文學的種類及其價
值」首段即說明：「關於兒童文學的分類，也是言人人殊，個人說法頗
不一致。根據吳鼎先生於民國四十八年連續在『臺灣教育輔導月刊』
上發表了十二篇論文，計將而同文學分為十二類，我以為較為合理，
今依此十二類別分敘述如後：」（頁43）進而將兒童文學分為十二類
敘述：一、童話；二、故事；三、詩歌；四、寓言；五、神話；六、
傳記；七、遊記；八、日記；九、謎語；十、笑話；十一、小說；十
二、戲劇等，其中並未出現「圖畫書」或者與插圖相關的文類。

　　吳鼎在《臺灣教育輔導月刊》的「兒童文學講話」專欄文章，按
月份標題依序為：〈童話之王安徒生及其童話〉、〈葛林弟兄的童話及其
他〉、〈故事之特質及其實例〉（連刊二個月）、〈詩歌的意義及種類〉、
〈寓言〉、〈小說〉、〈戲劇〉、〈神話〉、〈傳記〉、〈遊記〉、〈日記、笑
話、謎語〉等，共計十二篇，也並未涵蓋圖畫書或插畫等相關內容。

　　儘管劉錫蘭並未將圖畫書納入介紹的文類中，在《兒童文學研
究》第六章「歐美兒童文學的發展及其趨向」的第四點「現代兒童讀

物的開始」，介紹了多位插畫家，包括描述「卡德考特」[3]：「⋯⋯他畫奔跑的馬時，以鄉村為背景。他畫的騎士、獵犬和垂耳新種狗，美麗的孩子和滑稽可笑的大人，都栩栩如生。差不多都是工筆，這些畫都敘述一個故事，⋯⋯他的畫所敘述的故事的性質及幽默感，時至今日，仍為兒童最喜愛的圖畫書。⋯⋯他給孩子們畫的十六本圖畫書，已經證明是他作品中的最佳作品。」（頁32）從上述可了解文中所描述的圖畫書行文中並沒有進一步說明「圖畫書」為何？僅說明為一個故事搭配插圖，但在本章第六點「十九世紀中葉以後的兒童文學」則說：「⋯⋯許多著名作家，都寫出很優秀的作品；彩色印刷的插圖，也日漸改善。藝術家為這些書，做了最好的裝飾。出版家用最好的紙張，並且印刷精美，裝釘堅牢。」（頁34）說明了這類作品的特色，插圖是為書籍作「裝飾」的作用。

劉錫蘭的《兒童文學研究》作為臺中師專教材使用，並未作大量流通，不僅馬景賢在一九七四年編著的《兒童文學論著索引》未收錄，連一九八七年由國立中央圖書館臺灣分館印行的《兒童讀物研究目錄》也無登錄。而吳鼎一九五九年發表的「兒童文學講話」在不斷被參考引用後，連同一九六五年之前三年所寫的篇章，終於在一九六五年，以《兒童文學研究》為題出版。關於此書，以及師專時期幾本重要兒童文學通論著作與「圖畫書」相關論述，將於下一章「論述」一節詳述。

戰後臺灣師範體系承襲民國初年的教育體制，在林文寶著《兒童文學與語文教育》的〈師院「兒童文學」師資與課程之概況〉，引述一九二八年七月張聖瑜編著的《兒童文學研究》（商務印書館）附錄「兒童文學教科書實況調查」，最早設立「兒童文學」課程者是江蘇

3　頁31，Randolph Caldecott，書中誤植為Rondoph Caldecott。

省立第一師範學校，時間在一九二一年。當時教育單位重視兒童文學教學，有多本兒童文學通論出版，部分書籍在戰後臺灣仍然流通，例如馬景賢編著的《兒童文學論著索引》第十七頁，列出由商務印書館出發行張聖瑜的《兒童文學研究》、民國二十年由中華書局出版的《兒童讀物研究》（未列編者）；第十八頁登錄上海兒童書局出版的《兒童文學小論》（未見作者），葛承訓的《兒童文學新論》，以及錢畊莘的《兒童文學》、朱鼎元的《兒童文學概論》、王人路的《兒童讀物研究》等。

　　按筆者蒐集有關民國初年（1928-1949）的兒童文學通論，由周作人在一九三二年出版的《兒童文學小論》最為人熟知，周氏留日受日本影響甚深，而當時日本正是全盤西化的時期，書中並未就「圖畫書」或「插畫」提出論述。除了周作人之外，其餘著作多為師範學校的教材，僅王人路編著的《兒童文學研究》提及較多和圖畫書相關，參照歐美兒童讀物提出，「……五歲以內的兒童，對於書籍，不知愛惜，因此給他們的讀物必須堅固，耐用，始可以保存較久；所以歐美各國，對於小兒童的讀物也特別注重，兩頁相接的多半用布料連結。中國產業落後，國民經濟能力又復低薄，物力財力都談不到，所以對於兒童的讀物，沒有深切的注意，這也是不可諱言的事。」（頁71）點出幼兒讀物的裝幀設計，因應對象的特色而設計，以及兒童讀物的發達和經濟發展有密切關係。

　　王人路提及當時，歐美的兒童讀物，「……普通在七歲以內兒童的讀物，全書的插圖，都是有輪廓的線條畫，而且加上彩色。到十歲以內的讀物，才減少彩色，十歲以上才漸漸的由有輪廓的線條畫而增進到無輪廓的加陰影的插圖。歐美各國，近年更採用攝影片為插圖……，在中國，……一本書能有插圖，已是很了不得了，誰還有功夫替插畫去定年齡呢！」（頁72）也點出受到經濟環境的影響，兒童

讀物的發展狀況。

中國當時流行富有插圖的讀物「故事畫小冊子」，王人路對於當中的內容提出看法，「這是一幅書攤上所販賣的故事畫小冊子的圖畫。我們可以看到他的編排和內容了。他的好處是把主要的人物，註明姓名，是很適合於兒童的，他的壞處是故事的本質不好。」（頁120）

王人路認為這類小冊子，「如神仙劍仙傳，封神榜，西遊記，濟公活佛，狸貓換太子，說唐，珍珠塔等等，印刷既不良，編排也不好，形式又不佳，但是他那種繪畫的格式，都是以舞臺為背景，用舞臺的服裝，完全是一種東方民族的繪畫，這些畫有的也畫得很好──他的好處就是能使一般中國的兒童和成人看得懂。」（頁122）他以自己的經驗為例，這類便宜又方便租來的小冊子，連他都曾看了整天不吃飯。只可惜內容，「充滿著封建思想，離不了皇帝，公主，中狀元，招駙馬，封侯，拜相，公主小姐……，使兒童為腐朽思想所籠罩，養成一切聽之命運的觀念，和希望真命天子出來坐龍庭的思想，不能鼓動向上的進取心。這就是這類小冊子的弊害。」（頁123）而這類「故事畫」因為兩岸持續往來，一直到國民政府來臺，仍在民間廣布流傳。

此外，檢視和兒童文學相關專書（1983年臺灣商務印書館出版的《兒童讀物研究》），可發現有位美籍人士對戰後臺灣兒童文學的發展有間接影響，那是一九五六年曾經來臺的費士卓（W. A. Fitz Gerald，1906-1988）博士。比起一九六五年曾來臺訪問造成更大影響的美國兒童讀物作、畫家孟羅・李夫（Munro Leaf，1905-1976），以及美國兒童圖書館專家，也是兒童文學家海倫・史特萊博士（Helen R. Sattley，1908-1999）早了九年到臺灣。

費士卓曾任畢保德師範學院（George Peabody College for Teachers）圖書館館學研究所所長，曾受聘為美國安全總署駐華分屬圖書館顧問，一九五六年到臺灣主要是為了解臺灣高等教育的圖書館

設施，並非直接宣揚「兒童文學」，卻是影響《兒童讀物研究》作者司琦（司志平）的主要人士。

美國國際合作署駐華共同安全分署成立的教育組負責推廣職業教育、社會中心教育及圖書館教育，中美技術合作，除了充實學校設備，改進教學法之外，派員赴美。一九六〇年夏天，司琦在此計畫下赴美進修，獲得費士卓的鼓勵，到畢保德師範學院選修他的「兒童文學與兒童圖書館」課程。司琦獲得碩士學位返臺後，發表過多篇關於兒童讀物的相關文章，根據他在《兒童讀物研究》在王振鵠的「王序」有關於費士卓的說明：

> 費士卓博士原在畢保德師範學院講學，於民國四十五年應美國安全總署駐華分署圖書館顧問之聘來臺。費氏年近六十，溫文儒雅，有長者風。來臺後以其多年的教學與行政經驗，在短期間遍訪各大專院校，以了解我國高等教育與圖書館設施。當時大專院校圖書館設備均嫌不足，尤以西文書刊更感缺乏，費氏乃積極爭取經費補助各校充實圖書，興建圖書館館舍；同時並與中國圖書館會合作，舉辦圖書館工作人員講習班，訓練圖書館專業人員。（頁2）

司琦在《兒童讀物研究》並未發表有關圖畫書的相關論述，然而有關兒童讀物的想法，則已具體說明兒童讀物的文字故事、插圖功能、裝幀要點等。此外，費士卓在一九六五年到臺灣各師範院校訪問，帶來的影響還能在林守為的《兒童文學賞析》自序中見到：

> 記得在民國四十幾年的時候，某一天，一位美籍教授來到我所服務的學校（臺南師範）訪問。……美籍教授講詞中，最主要的

是論及美國的兒童文學與兒童教育，認為培養小學師資的課程
中，應該添列這一科目。聆聽之後，給我印象甚深，啟示甚大。
從此在個人閱讀書刊中，逐漸加多了兒童文學的作品及理論。
等到師範學校奉命改制為專科學校（民國49年）果然在分組選
修課程中有「兒童文學研究」一科，兩學分。五十一年，臺南
師範也正式改制。學校聘我擔任「兒童文學研究」。我一面教
學，一面從南到北，至各大圖書館蒐集資料，編寫講義，再投
寄給國語日報語文週刊發表。當時主編語文週刊的齊老先生恨
鐵獎掖有加，使我才有信心將原稿整理、擴充成為「兒童文
學」一書（53年2月出版）。（自序）

　　上文所提到的美籍教授雖未具名，但從時間點推測，應該就是費
士卓。而林守為一九六四年出版的《兒童文學》在「兒童故事」文類
中列有「圖畫故事」（頁78-80），留待下章論述一節再說明。

第六節　小結

　　一九四五至一九六三年，為臺灣經歷二次世界大戰後到經濟起飛
前，社會物資缺乏，生活條件普遍不理想，若論臺灣兒童讀物的發
展，是因陋就簡。然而當時，仍有有心人士關心兒童的閱讀情況。

　　儘管相較於世界先進國家，「圖畫書」概念在臺灣還未被具體認
知，但此時期除了譯介之外，仍有少數本土原創出版。洪文瓊在《臺
灣圖畫書發展史──出版觀點的解析》第三章「臺灣圖畫書總體發展
動態（一）從出版者層面看」第一節「公部門、民間系統一直並存的
發展型態」，亦即從此階段及已經開始。洪文瓊分析原因為二次戰後
的出版業一直未能在開放的狀態下發展，「公部門系統，由最早的國

語推行委員會，臺省教育廳創社的『小學生』雜誌社，而兒童讀物編輯小組，擴展到行政院文建會、農委會、以及縣市文化局都與圖畫書出版有密切關係，而且某種程度也起帶動的革新作用。」（頁35）以本書的第二章第二節所列舉書目，有民間出版社：正中書局、臺灣東方書店、文星書店、童年書店、華明印書館等，和公部門配合的出版：寶島出版社和國語日報社等，可見在本時期已呈現公部門和民間出版同時並進的狀態。

再者，戰後臺灣的兒童讀物出版，書籍版面編排設計，分為中書版式和西書版式，中書版式為書脊在右，封面由左向右翻開，文字直排，行次由右向左，西書則相反。國語文運動在臺灣產生的影響，因為教科書使用注音，也直接影響了臺灣兒童讀物的編排設計，從本階段所列舉文本來看，一九五七年之後的版式，文字編排都已加上注音符號，且多數為右翻直排設計，除了少數民國初年大陸重版的書注音標注在文字上方，其餘注音皆規範在文字的右方。成為在世界各國圖畫書中，少數加注音現象。

而「側文本」現象也在此時期出現，在由公部門編輯出版的「小學國語課外讀物」以及民間出版的翻譯圖畫書，也都已經出現側文本。由於此時期的圖畫書極少，內容出現多為提供教育和傳統重寫童話。

戰後大批大陸學術、教育、文化界人士來臺，配合教育政策推行，間接促成兒童讀物的編寫與出版，使得臺灣兒童文學加速發展。儘管本土人士對兒童文學並不陌生，但經歷五十年日本統治後，遭逢語言轉換，無法立即以中文書寫創作，即使是閱讀過日本出版的「繪本」，也是極為少數且未必有能力參與創作，因此在此階段參與兒童文學創作主要以大陸來臺者為主。一九四五之後，在臺灣讀懂漢文者不多，一般出版物很少，兒童讀物更少。因為當時尚處於版權概念不

清的年代，書籍多數並未標示創作者或翻譯者，著作權和編輯概念仍在起步階段。

　　此時期臺灣有關圖畫書論述仍在萌芽階段，主要在釐清和建構兒童文學概念。早期在臺灣流通來自民國初年的兒童文學通論中，在此一階段最早出現的兒童文學通論專書為劉錫蘭編著的《兒童文學研究》，並未出現「圖畫書」或者與插圖相關文類，僅在第六章「歐美兒童文學的發展及其趨向」第四點「現代兒童讀物的開始」，介紹多位插畫家，而概念為替故事搭配的插圖，為裝飾作用，未將圖作為主體。相關出版物，如《猛牛費地南》封面標注「注音兒童圖畫故事」，已和圖畫書稍有關聯，但譯介和論述須則待下一階段才有更多發展。

第三章
經濟起飛到解嚴前（1964-1986）

　　此階段為一九六四至一九八六年之間，從一九六四年起，美國因為臺灣經濟好轉，停止對臺援助，一直到一九八七年解除戒嚴令之間。此階段臺灣兒童文學的重要指標事件為：臺灣省政府教育廳中華兒童讀物編輯小組成立、師範學校改制、兒童讀物寫作班的成立、洪建全兒童文學創作獎創辦、《國語日報》「兒童文學週刊」創刊和「世界兒童文學名著」出版、「慈恩兒童文學研習營」的興辦等。其中和兒童圖畫書直接相關者，為中華兒童叢書的出版，以及洪建全兒童文學創作獎的創辦。

第一節　時代背景

一　政治、經濟與社會環境

　　一九六五年一月起，立法院通過「加工出口區設置管理條例」，仿造西方「自由貿易區」方式，進口加工商品只要不進入內地市場，即可免課關稅。藉此吸引外資進入，擴大外匯和增加就業機會，並且引進新技術。此舉對臺灣一九六○年代到一九七○年代的「經濟起飛」帶來貢獻。

　　進入一九七○年代，收到重大政治事件衝擊：一九七一年保釣運動、中華民國退出聯合國，引起本土化呼聲，以及隔年，日本與中華民國斷交。政治紛亂之外，一九七三年全球性石油危機對經濟產生衝

擊，該年十二月，行政院長蔣經國提出臺灣戰後對第一次大規模的基礎建設「十大建設」，包括：南北高速公路、桃園國際機場、臺中港、鐵路電氣化、北迴鐵路、蘇澳港、煉鋼廠、造船廠、石油化學工業，以及核能發電等。這是臺灣開始朝向技術和產業密集的結構型態。

　　一九七五年四月五日，總統蔣介石逝世，他是二次世界大戰之後，中華民國政府在臺灣，第一到第五屆連任的總統。在變革時代中，一九七○年代初期，出現描寫臺灣農村樸素生活、表現社會底層苦難與願望的文學，被稱為「鄉土文學」，主要代表作家，包括重新被評估的吳濁流、鍾理和、鍾肇政，以及一九七○年代後半的黃春明、王禎和、王拓、楊青矗等人。一九七七年八月十七日起，一連三天，彭歌在《聯合報》副刊批評鄉土文學，刊登結束後，緊接著詩人余光中也發表批評文章認為「鄉土文學」為狹隘的地方主義，反擊者則認為「現代主義」脫離土地與人民，是失去靈魂的軀殼。「現代主義」文學和「鄉土文學」展開爭論，直到一九七八年三月才逐漸平息，取而代之的是「關懷本土」的風潮。

　　臺灣經濟能力在一九七○年代獲得大幅提升，此時亞洲新興工業經濟地域包括臺灣、南韓、香港和新加坡等，稱為「亞洲四小龍」，皆採取出口導向政策，藉此吸引外資，一直到一九八○年代，經濟仍快速成長。

　　相較於經濟，國民政府執行嚴格的國家管制，政治民主化仍停滯不前。一九七○至八○年代，校園吹起民歌風。這是由一九七五年楊弦、胡德夫、李雙澤等人以意境簡約、旋律簡單易唱的風格，帶動的現代民歌運動。當年也高信疆在《中國時報》「人間」副刊推出「現實的邊緣」專欄，而開啟「報導文學」的蓬勃發展。

　　一九七九年一月一日起，中美正式斷交。美國廢除「中美共同防禦條約」，與中華人民共和國建交。四月十日起美國議會通過「臺灣

關係法」，認同臺海兩岸武裝對立的事實，表明「西太平洋地區」的
和平及穩定關乎美國利益，任何破壞和平之舉動，美國將嚴重「關
切」。該年一月九日，政府正式開放人民出國觀光。十二月十日，高
雄爆發「美麗島事件」，為黨外爭取參與政治空間的開端。至一九八
六年九月二十八日，民主進步黨成立，政府雖不承認，也未取締。戰
後國民政府來臺實施黨禁，禁止成立新政黨，造成一黨獨大的局面，
在此時有了反對黨。

二　文化、教育等相關政策

　　本時期教育政策重大改變有：一九六〇年，三年制師範學校陸續
改制為五年制師範專科學校，將「兒童文學」列為語文組必修科目，
為兒童文學首次獲得教育界重視。其次是九年國民義務教育實施，一
九六七年，「國家安全會議」決定將義務教育從六年延長至九年。隔
年正式公布「九年國民教育實施條例」，國民教育區分為六年「國民
小學」和三年「國民中學」兩個階段，「國民中學」即原來的「初
中」，取消入學考試。

　　教育變革和經濟活絡，使得兒童文學出版大幅提升，一九六四年
兒童節，臺灣省立臺北圖書館舉辦「兒童讀物展覽會」，展出四千冊
以上的兒童讀物，希望大眾能透過已出版兒童讀物的展出，認識兒童
讀物並加以討論，也達到內容和形式的改進，並提醒家長及教師對兒
童讀物的重視。而一九六六年三月一日，教育部應各方要求，試辦審
查連環圖畫出版工作。在一九六七年一月二十三日，正式命令國立編
譯館接辦審核，至一九八七年十二月廢止。此審核制度對其他兒童文
學創作也發揮某程度寒蟬效應的抑制作用。

　　文化政策方面，一九七九年，各縣市開始籌劃建立文化中心，多

數文化中心，皆設立兒童圖書。一九八〇年代，因為外交困頓，許多文化精英和青年學生紛紛思考臺灣文化本質，至一九八一年，而有行政院文化建設委員會成立。

加強本土兒童文學創作和研究能力以及鼓勵出版，相關政策和活動也有多項措施。一九七一年，省政府教育廳國小教師研習會開辦「兒童讀物寫作班」。教育部文藝創作獎在一九七五年開辦，共有「兒童小說」、「詩歌」兩項獎項。一九七六年，行政院新聞局為積極輔導出版事業發展，設立圖書金鼎獎，項目包括兒童圖書、雜誌出版獎等。

一九八〇年之後，有更多和兒童文學寫作團體成立，如該年「高雄市兒童文學寫作學會」成立。一九八一年，中華文化復興委員會成立「兒童文學工作者聯誼會」。位在高雄的「慈恩兒童文學研討會」由佛教團體支持成立。一九八四年，「中華民國兒童文學學會」成立等。

三　印刷、出版與通路現象

本時期在與兒童文學後端出版和印刷以及推廣等相關發展，自一九六五年起，多家民間出版社出版系列兒童讀物，包括：國語日報社陸續出版的「世界兒童文學名著」；東方出版社的「兒童文學名著」和「伊索寓言童話集」；青文出版社的「青文少年文庫」；商務印書館「修訂幼童文庫」等。該年九月，省政府教育廳開始出版「中華兒童叢書」。這是省政府教育廳透過聯合國兒童基金會的協助，先在一九六四年成立兒童讀物編輯小組，按計畫由本地創作編輯出版，免費配發各小學提供閱讀，這是前所未見的大計畫，也是嶄新的措施。緊接著在一九七一年信誼基金會的成立，將幼兒文學帶入出版領域。一九七二年，國語日報闢「兒童文學」週刊，為第一份兒童文學專業理論

報刊。同年，由臺灣留美學生支持的《兒童月刊》創刊。

　　一九七二到一九七三年間，因為臺灣嚴重缺紙，以致紙價飛漲，許多書局和出版社以減少出書度過困難。在解除危機後，經濟恢復發展。一九八四年，臺灣印刷業者引入德國電腦分色組版系統，自此進入了電腦分色作業的時代。印刷技術的進步，使得圖書出版更有活力，出版社建立了自己的出版特色，開始重視色彩，印刷從黑白而轉為套色印刷，再轉為彩色印刷，其中童書和藝術生活類圖書，十分講究封面設計，彩色書變多，書店的陳列也鮮豔活潑起來。

　　在一九七〇至八〇年間，臺灣經濟起飛，消費者的購買能力強，經濟發展匯集資本出版套書能獲致更多利潤，出現套書出版現象。一九七三年，臺灣英文雜誌社有限公司（簡稱台英社）由第二代陳嘉南接手，在一九七四年引進「圖書直銷」制度。由於日本成功訓練一批業務員推銷百科全書，將這套以人員直接面對客戶和銷售套書的經驗傳授到臺灣。直銷不需要專業技術，加上社會從農業轉變為工商業社會，鄉下高中畢業生到都市找工作不易，圖書直銷方式只需要透過短期培訓就能上手，許多年輕人到都市找工作，加入套書直銷工作。一九八四年起，台英社代理「漢聲精選世界最佳兒童圖畫書」（共計出版4輯96冊），自一九八四年十二月至一九八五年十一月。另一套由臺灣「漢聲雜誌社」編輯、「英文漢聲出版公司」出版的《漢聲小百科》，全套書共十二冊，也交由台英社以套書方式銷售。連續幾套書的銷售成功，帶動起臺灣兒童讀物以套書形式售書的風潮。

　　出版通路的改變，在書店方面，一九八三年大型綜合書店金石堂文化廣場開幕，開啟新的經營模式，賣場大、書種多，也經常舉辦演講活動等，帶動新排行榜的出現以及購書折扣等行銷方式，兒童讀物得到關注，讀者購書習慣也隨之改變，隨著大型綜合連鎖書店的成立，出版業跨入資本主義時期。此外，對出版業衝擊最大的是「電腦

化」趨勢，由於電腦打字排版逐漸取代傳統的鉛字排版和人工大字排版，因此書籍的編排設計更為方便，在設計也有新風貌。

隨著出版發達，盜印隨之猖獗，一九八五年，著作權法修正案三讀通過。政府公布修正著作權法，由註冊保護主義修改為創作保護，對於著作人和出版業者有了相當的保護。而此後翻譯作品必須簽約取得出版版權，無法自由翻印出版，改變了出版社過去不經取得版權就翻印的習慣。

一九八六年十二月，《精湛》雜誌創刊，由臺灣英文雜誌公司發行，於一九九七年九月停刊，共出版三十三期。一九八六年十二月十五日台英社創刊一份報導與國內出版相關資訊的《精湛》季刊（1997年9月30日停刊）由林訓民擔任發行人。這是臺灣第一本以專業行銷公司為出發點的雜誌，內容分為成人閱讀資訊及兒童閱讀資訊，親子閱讀、親子教養經驗等，其中報導兒童圖畫書與介紹世界知名圖畫書出版社和畫家的資訊，為臺灣貧乏的兒文資訊提供珍貴來源。

第二節　事件

本節說明「事件」，包含與兒童圖畫書相關的境外交流活動、公部門出版、民間出版、獎項與人才培育等，擇重點介紹分述如下：

一　境外交流活動

（一）美國插畫家孟羅・李夫來臺

一九六四年四月十二日，美國兒童讀物作、畫家蒙羅・李夫由美國國務院安排來臺灣訪問。國語日報社在此前一年三月已出版他撰寫的圖畫書《猛牛費地南》。《國語日報》和《中央日報》報導李夫四月

十八日在臺灣電視公司的「藝文夜談」節目表演「用粉筆跟兒童談話」的繪畫方法。《國語日報》四月二十八日第四版報導，由教育部國民教育司主辦的兒童讀物問題座談，「將在二十九日約請美國兒童文學跟插畫專家李夫，並且會晤教育廳長陳梅生、國立編譯館主任熊先舉、省立臺北圖書館館長王省吾，跟兒童文學作家林海音、林良、陳約文、廖未林、童叟、柯太，以及新生兒童小學生雜誌，正聲兒童等刊物編輯……」，此名單顯示，除了公部門主要人員之外，當時在臺北主要從事兒童讀物相關工作者，包括作者、繪者和編輯都出席了。《國語日報》將已出版的《猛牛費地南》以系列名稱為「注音圖畫故事」，《中央日報》則稱是「卡通讀物」。報導中也說，李夫在臺北、臺南、臺中等地演講，受到歡迎。

　　李夫擅長卡通線條描繪圖畫，出版多本自寫自畫的童書。他到師專演講且教學示範，和站在教育第一線的老師和兒童進行交流，也和童書相關從業者接觸，提供更多有關美國兒童讀物資訊以及教學理念，對於在一九六〇年開始陸續改制為五年制的師範專科學校，將「兒童文學」為語文組必修科目有極大幫助，當時擔任該門學科的授課者，需要更多新資訊，李夫來臺可說是本階段重要的境外交流和接觸。（章子鈞，頁16-19）

（二）林海音訪美帶回童書訊息

　　戰後初期，臺灣實施戒嚴，出國不易，林海音曾在一九六五年四月到美國進行與兒童讀物有關採訪，帶回許多資訊。她在《作客美國》文末〈後記〉說明：「我接受美國國務院的邀請，於五十四年四月十八日自臺北出發，到美國做四個月的訪問。訪問節目除一般性的以外，我向美方提出三個主題：一、訪問在美的中美作家。二、訪問美國婦女及家庭。三、調查美國兒童讀物。……八月十七日結束了正

式的訪問……」（頁251-252）在〈訪瑪霞·勃朗——兩獲全美兒童讀物插畫女畫家〉（頁41-47）敘述一九六五年五月二十四日，到紐約訪瑪霞·勃朗（Marcia Brown, 1918-），透過兩小時的訪談，大致了解勃朗的十五本書都是由她身兼畫家與作家，創作的「初級兒童讀物」，其中半數故事為著名童話或寓言，另一半來自生活發展創造出的故事。當時第一版書大約印製兩萬本，為版稅制，按每本抽百分之十，一年多出版一本，生活過得十分愜意。林海音還告訴勃朗，「去年夏天，美國一位兒童讀物作家，蒙羅·李夫曾來臺灣，停留了兩個星期，倒也掀起了一陣兒童讀物熱潮。」（頁42）

林海音在〈美國的兒童讀物〉提供美國一九五九年的出版統計，一年新出版兒童讀物共計一五四〇種，一九六四年數量增加一半。（頁124-137）兩百家出版商有兒童讀物出版部門。（頁125）因為新書種類多，民間許多教育團體和學校、圖書館也出現指導選購兒童的小冊子和刊物，以及報紙出現兒童讀物的批評介紹。為了刺激更多更好的兒童讀物，社會上有五、六十種兒童讀物獎。出版社因為學校和鄉鎮圖書館的大量採購，兒童讀物幾乎都是發售精裝版。大學暑期學校也常設有六個星期的兒童文學研究班。而林海音相對比照當時臺灣徵稿發現，題材幾乎都是歷史故事、偉人故事、英雄故事、苦兒努力記……等，很難有滿意的兒童文學作品，她認為需要有更多和「今天」相關的題材。（頁136）透過林海音返臺後的報導，對照美國，臺灣兒童讀物一片荒蕪，並無專業兒童文學創作者。

（三）美國兒童文學家石德萊博士來臺

繼李夫訪臺之後，一九六六年八月間來訪的美國兒童文學家石德萊博士，提供更為系統化的兒童文學知識和觀念。根據《國語日報》八月十三日第二版報載石德萊的資歷，曾任美國哥倫比亞大學，為克

利夫蘭西方大學教授，當時擔任紐約市教育委員會學校圖書館設備主導部主任，也是一位兒童文學作家，出版多種兒童文學著作，其中《校園的陰影》一書，曾獲陶德米德圖書獎及美國兒童研究會一九五七年圖書獎。報導說明，石德萊受到教育廳聘請，在臺中師專舉辦的兒童文學研究班，主講「兒童文學研究及兒童圖書館」課程，作為師範和師專開設「兒童文學」或「兒童讀物研究」課程。課程結束後，該年（1966年）十二月，臺中師範專科學校蒐錄石德萊演講的「兒童閱讀心理研究」（林以通、何兆男記錄），以及「兒童文學研究」（林守為、劉惠光、鄭蕤聯合記錄），連同「兒童文學」以及「語文」方面課程資料，集結出版《國語及兒童文學研究——研習叢刊第三集》。

　　石德萊在兒童文學研究班帶來心理學者推孟（Lewis Madison Terman, 1887-1956）關於兒童閱讀心理研究不同年齡層的閱讀偏好（頁82），也提及兒童讀物編寫原則：「『基於兒童的經驗』，是寫故事的原則……寫故事，得由兒童已有的經驗，擴及其他經驗，這是寫故事的原則，但也不可過於精細的分析，我們不要使兒童停留在某一點，而要使他們隨故事的進展而進展。」（頁84）關於故事題材，她以《讓路給小鴨子》（*Make Way For Ducklings*）為例。在插圖製作技法，以《小黑魚》（*Swimming*）為例，以水彩畫作背景，再用剪貼技術拼貼，在美國當時是很新的技法。石德萊的課程記錄中，出現過「圖畫書」一詞，但未作為類型名稱，用來指稱《戴帽子的貓》（*The Cat In the Hat*）（頁87）。也提到「在美國的圖畫書中，畫印地安人，臉總是紅的，連地或衣服都是紅的……」（頁88）皆是泛指給低年級閱讀，圖畫較多的兒童讀物，也介紹了美國的圖書評介，包括鼓勵圖畫的凱迪克大獎「The Caldecott Award」。石德萊來訪，對師範專科學校師生提供兒童文學、兒童閱讀心理概念和兒童讀物編寫概念，提供給臺灣童書出版界美國兒童讀物出版現況，對兒童閱讀出版和創作人才的培育帶來參考資訊。

（四）鄭明進參加日本「第十二屆世界兒童圖畫書原作展」

　　一九七五年十月至一九七六年四月間，將軍出版社出版了一套「新一代兒童益智叢書」，總計文學類十六冊、科學類十二冊、史地類八冊、美育類四冊，其中「文學類」當中有兩本低中年級適讀，由林良和鄭明進合作的圖畫書《小紙船看海》以及《小動物兒歌集》，前者體裁為童話，後者是以「動物」（實則多數為昆蟲）為題撰寫的兒歌，總計有二十首。鄭明進當年是小學美術老師，十分關注兒童美術教育以及參與童書插畫，在四十三歲那年受邀參與「新一代兒童益智叢書」的執行編輯工作，也擔任《小紙船看海》以及《小動物兒歌集》的插圖。

　　一九七七年，日本至光社主編青木久子（Aoki Hisako）邀請鄭明進參與至光社主辦的「第十二屆世界兒童圖畫書原作展」，他將《小動物兒歌集》當中的三件畫作：「青蛙」、「螢火蟲」、「壁虎」，參與日本至光社主辦，八月至十一月於東京、大阪、神戶展出，是臺灣首次有圖畫書原畫在國外參展者。只可惜，這三幅作品在參展回到臺灣時在海關遺失。因此，《小動物兒歌集》在二〇〇六年由民生報重新出版時，只能針對已經遺失的插圖，由鄭明進重新參照書籍畫面，進行繪製。

二　公部門出版

（一）「兒童讀物編輯小組」策劃編輯「中華兒童叢書」出版

　　「中華兒童叢書」的出版幕後有位重要推手陳梅生。一九六一年，他受命為教育廳第四科科長，後來負責承辦「國民教育改進五年

計畫」，其中一項為「兒童讀物編輯」，希望出版「世界級」的兒童讀物。由於出版計畫得到聯合國兒童基金會的贊助，在一九六四年六月成立了「兒童讀物編輯小組」。由彭震球擔任總編輯，林海音、潘人木和柯泰分別負責「中華兒童叢書」文學類、健康類、科學類的編輯，曾謀賢擔任美編，陣容完整，皆是一時之選。(《兒童文學工作者訪問稿》，頁241-245）

　　潘人木在《兒童文學工作者訪問稿》受訪中，闡述「中華兒童叢書」的編輯理念：「因為這個編輯小組受到聯合國補助，所以他們定了幾個原則，第一原則就是要創作，不要翻譯；第二就是要經過他們的審查。我的理念是：很多人認為童書必須迎合小孩的興趣，但我認為編輯兒童讀物有兩個方向，第一要有趣味，也就是看他們要的是什麼；第二就是看應該給他們什麼，他們應該要知道什麼，並不是百分之百迎合他們的興趣，因為我們要給小孩的東西是由大人來決定的。」（頁30）這也說明了此套書的編輯原則。

　　曾擔任「中華兒童叢書」美術編輯的曹俊彥，在和其子曹泰容著的《臺灣藝術經典大系插畫藝術二——探索圖畫書彩色森林》提到，「民國五十三年（1964年），臺灣省政府教育廳成立兒童讀物編輯小組，這可說是國內大量編輯出版兒童讀物的開始，也就是之後陸續出版的『中華兒童叢書』。這期間張英超、廖未林、曾謀賢、趙國宗、陳壽美、曹俊彥、邱清剛、呂游銘、陳永勝等美術工作者，紛紛投入兒童讀物的插畫創作，也由於許多美術工作者的參與，兒童讀物中的圖畫，不論從表現形式，或是繪畫素材，愈來愈多元豐富。而在『中華兒童叢書』中，提供國小中低年段學童閱讀的部分，開始如歐美、日本以『圖畫書』、『繪本』的形式編輯。為兒童文學所作的圖畫，不再侷限在說明、解釋文本的作用，也不是僅為了裝飾、陪襯或增加閱讀趣味而已。在圖畫書中，圖畫與文字之間不再是主副關係，圖文之

間有了更多的互動、對話，甚至是在相互對立、彼此牴觸的狀態下『共同演出』。」（頁12）說明這系列低中年級適讀的叢書，是即是參照圖畫書的方式製作，在圖文關係的處理，也已經理解圖畫書的插畫特色。

一九六五年九月起，「中華兒童叢書」開始出版，按橋梁書分齡進階式閱讀概念編輯，在給低年級閱讀的叢書，圖畫比例較多，也以彩色加上黑白印刷輪替，相較於上一階段，受到印刷裝幀技術和經濟條件影響，且當時臺灣物質都在管制中，紙張不能進口，因此多以磅數較薄的紙張，採平裝裝訂形式出版，彩色插圖使用不多。「中華兒童叢書」則是由聯合國兒童基金會供應由美國和日本捐助的印刷所需紙張、油墨、底片、藥液等材料，印刷廠也是經由挑選大型優良廠商，採取彩色平凹版印刷，提升兒童讀物的印刷水準。

林文寶與趙秀金合著《兒童讀物編輯小組的歷史與身影》整理記錄「中華兒童叢書」出版書目，其中第一期共一六五本，從一九六五到一九七〇年間陸續出版，最早在一九六五年九月三十日的十三本書，兩本適合低年級閱讀的書，是由林良文、趙國宗圖的《我要大公雞》和華霞菱文、陳壽美圖的《老公公的花園》，其中編號排在先的是書碼一一〇一的《我要大公雞》，本書的故事內容和場景反映出當時的社會，而圖象也以簡潔、誇張的造型為書中的公雞和小孩構成，和當時一般兒童讀物的人物和動物造型相較，顯得更具童趣。

而出現在「中華兒童叢書」的「側文本」，包括封面裡有一篇給小讀者的信，以及在故事的最後出現故事結束後附有「想和作」的提問，是以教育為目的，作為課外補充讀物的概念，也因此衍生此類「側文本」內容。這些「側文本」的出現，在當時盛行的美國圖畫書並沒有，這也使得「中華兒童叢書」是否能被視為「圖畫書」引發疑問。然而不可否認，一直到二〇〇二年底，兒童讀物編輯小組遭受裁

撤，「中華兒童叢書」停止出版，這系列長達三十餘年的叢書出版，可說是臺灣公部門出版兒童讀物的代表作。其中低年級適讀的叢書以圖畫書形式出版，不僅提供鍛鍊臺灣創作者的著作能力，也提供出版機會，其中也不少佳作。

（二）《小學生畫刊》半月刊「圖畫故事書專集」

一九五一年三月《小學生雜誌》創刊，吳英荃為發行人，每半個月固定由臺灣書店出刊。《小學生雜誌》第一任主編李耕曾言：「《小學生》首重教育，配合教育政策，針對當時實際需要而創刊。對稿件錄取的先決條件是必須要有教育意義。（《兒童文學史料初稿》，頁28）為了服務低年級讀者，將《小學生雜誌》內容設定以中高年級學生為閱讀對象。在一九五三年一月推出的《小學生畫刊》則以低年級為閱讀對象。

《小學生畫刊》，最初名為《小學生畫報》，是半月刊，至一九六六年十二月止，在十四年間共出版三三二期。較特別的是，在最後一年，亦即一九六六年十二月五日停刊前一年（307到332期），由林良擔任主編，他以新構想，將每一期當作一本圖畫故事出刊，如三〇八期修斯博士（Dr. Seuss，目前多譯為蘇斯博士）的《馬家池塘的故事》、三〇九期《綠雨點兒》等。從一九六六年四月五日三一五期，開始邀請本土作者和畫者創作共有：

三一四期《哪裡最好玩》林良著、陳海虹風景畫、劉興欽繪人物
一九五五年三月二十日
三一五期《小銅笛》劉興欽繪著　一九五五年三月二十日
三一六期《小快樂回家》林海音著、趙國宗繪圖　一九五五年四月二十日

三一七期《大年夜飯》林良著、童叟繪圖　一九六六年五月五日

三一八期《小啾啾再見！》林良著、吳昊繪圖　一九六六年五月二十日

三一九期《國王和杜鵑》蘇樺著、海虹繪圖　一九六六年六月五日

三二〇期《小畫眉學鳥飛》劉興欽著、柯芳美繪圖　一九六六年六月二十日

三二一期《最大的象》嚴友梅著、陳雄繪圖　一九六六年七月五日

三二二期《媽媽的畫像》華霞菱著、陳壽美繪圖　一九六六年七月二十日

三二三期《童話裡的王國》楊喚著、廖未林繪圖　一九六六年八月五日

三二四期《阿凱上街》樂崢雋著、高山嵐繪圖　一九六六年八月二十日

三二五期《養鴨的孩子》林鍾隆著、席德進繪圖　一九六六年九月五日

三二六期《芸芸的綠花》林良著、梁白坡繪圖　一九六六年九月二十日

三三一、三三二期《小榕樹》陳相因著、林蒼莨繪圖　一九六六年十二月五日

　　雖然受限於當時的印刷條件，僅能以兩頁全彩，兩頁套色的方式印製，但插圖仍然有可看之處，且上述多本故事內容取材貼近當時兒童生活，例如劉興欽著、圖的《小銅笛》，故事內容提及臺北市及原住民兒童，當時稱呼為小山胞。或是由林鍾隆著、席德進圖的《養鴨

的孩子》，描寫的是農村孩童的生活，而畫家席德進也留下難得為兒童而作充滿藝術性又不失童趣的圖畫書。

在多本臺灣兒童文學相關記載《小學生畫刊》的美編資料，多引述林武憲〈有關小學生畫刊的最後一年〉一文見《兒童文學與兒童讀物的探索》（頁252-254）所言：「《小學生畫刊》最後一年（從307期到332期）林良有位得力助手趙國宗負責美術與編輯設計……」，經筆者向趙國宗查詢，回覆僅畫過插圖，並未負責美術與編輯設計。

（三）省政府教育廳兒童讀物編輯小組「中華幼兒叢書」

一九七〇年，臺灣省政府社會處委託教育廳兒童讀物編輯小組，為全省農忙期間各地托兒所籌畫編輯幼兒讀物，出版「中華幼兒叢書」。從一九七三至一九七四年間，邀請國內童書作家和插畫家合作陸續出版，以簡短淺顯的故事內容和圖畫書形式，相較於當時其他一般圖畫書的開本，為較大的十二開正方形版式，全彩印刷。

這系列書究竟有幾本？由於出版年代久遠，藏書未被公部門蒐藏，民間散落不易取得，曾經引起討論。洪文瓊於《臺灣圖畫書手冊》（頁24）和《臺灣圖畫書發展史》（頁35），皆說明「中華幼兒叢書」共有十二冊：《那裡來》、《小蝌蚪找媽媽》、《跟爸爸一樣》、《一條繩子》、《小野鼠和小野鴨》、《小紅鞋》、《好好看》、《家》、《數數兒》、《太平年》、《顛倒歌》、《你會我也會》等。

林文寶與趙秀金合著《兒童讀物編輯小組的歷史與身影》（頁147）中認為是十本，較洪文瓊少《你會我也會》、《太平年》、《顛倒歌》，新增《五樣好寶貝》。其後，王利恩碩士論文《《中華幼兒叢書》與《中華幼兒圖畫書》研究》，則認為這套書有十一本（頁8），較洪文瓊的列舉少了《太平年》、《顛倒歌》二本，多了《五樣好寶貝》。

　　林文寶在《臺灣兒童圖畫書精彩100》（頁20）對於「中華幼兒圖畫書」此套書究竟有幾本，有詳細說明。由於《太平年》、《顛倒歌》二本書標示為「中華兒童叢書」，兩本書的出版時間同為「中華民國五十九年五月一日」。書的類別是文學類，閱讀對象是一年級，書的編號為一一〇七七、一一〇七八，開本是十二開，相較於省政府教育廳的「中華兒童叢書」開本為大，或許是二者版式相同以致混淆（頁20）。

　　而「中華幼兒叢書」，內容包含兒歌、童話和生活故事，是專門為學齡前的幼兒製作具有原創性意義的圖畫書。其特色有：一、文字敘述簡短淺顯，故事貼近幼兒心理，側文本為每一頁結尾介紹編輯主旨、內容要點，以及親師代幼兒閱讀建議。二、插圖已具備圖畫書連貫性觀念。三、插畫媒材使用多樣，包括蠟筆、水彩、彩色筆、拓印等媒材加以變化組，特別是趙國宗在《你會我也會》和《小紅鞋》皆使用蠟染，十分特別。

三　民間出版

（一）國語日報社「世界兒童文學名著」

　　洪文瓊在《臺灣圖畫書發展史——出版觀點的解析》提及：「就臺灣圖畫書的發展來說，國語日報最大的貢獻是在一九六五年開始陸續譯介推出『世界兒童文學名著』（共120冊）。國語日報譯介的這一些『世界兒童文學名著』，其實都是歐美著名的圖畫書，由此也可見當時尚無『圖畫書』這個概念。這一套書，給國人開啟『如何處理給較低齡兒童看的讀物』的觀念。雖然印刷不盡理想，但是內容、編排還是給人耳目一新的。這一套書對臺灣圖畫書實在扮演著極為重要的啟蒙作用。」（頁37-38）

　　洪文瓊的評論，也說明「世界兒童文學名
著」在臺灣圖畫書發展史的重要地位。此時期，
臺灣兒童讀物出版仍少，以推行國語為宗旨，具
半公部門色彩的有國語日報社居帶領地位。國語
日報成立出版部之後的首部套書「世界兒童文學
名著」系列，主要翻譯自美國圖畫書，從一九六
五至一九六九年，共出版十二輯，計一二〇本。
由於當時版權概念尚未發達，在無須徵得版權授

圖十二　《井底蛙》

權的情況下，翻譯來源十分廣泛：美、英、法、德、義大利、瑞士、
荷蘭、丹麥、土耳其等國的兒童文學作品皆有，也有如榮獲美國凱迪
克大獎的《讓路給小鴨子》、《小房子》等。

　　「世界兒童文學名著」系列封面沒有標注作者和繪者姓名，僅標
明譯者，封面裡有：本書簡介、作者、繪圖者、譯者等側文本，提供
更多資訊。書名頁上則有「作者」、「繪圖」、「譯者」等字樣。此套書
的譯者有：何容、林良、林海音、琦君、畢璞、張秀亞、華嚴、蓉
子、潘人木等共計二十四位，皆為成人文學界知名人士。

　　不論原來的版本為何，在本系列皆以統一版本樣式，將原本以橫
式編排的內文改為直排呈現，再加上注音符號。例如一九六五年十二
月一日出版，編號第一冊第一本的《井底蛙》，原文版本尺寸，在中
譯本並非等比例製作，隨著翻頁順序變動，內頁圖象也配合左右反
作，以符合閱讀動線。

　　印刷出版以複製原圖採「過描」內頁圖象製版印刷，線條和畫面
無法精準呈現，難以作到和原版印刷一致。此套書的銷售方式，除了
以《國語日報》作為宣傳媒介，還邀請二十八位國校教師撰寫評鑑，
出版一本導讀《「世界兒童文學名著」欣賞》，賞析每一本書，並以一
輯十冊方式出版及販售。

（二）光復書局「彩色世界兒童文學全集」、「彩色世界童話全集」

　　光復書局在一九七〇年代，以引進彩色套書直銷為主要企劃出版。一九七七年底，首先向義大利的兄弟出版社（Fratelli Edtori）簽下「彩色世界兒童文學全集」中文版權，是當時臺灣少數透過版權簽約出版的書籍。由於此套書，當時已經率先由日本學研社翻譯出版，臺灣翻譯日文的人才較多，翻譯者，如黃得時、鄭清文、朱佩蘭、劉慕沙、張水金等人一起合作。套書系列有《孤雛淚》等知名童話三十冊，在當時多數書籍仍是黑白印刷為主，此套書不僅全部彩色印刷，加上插圖優美，八開大尺寸的精裝外觀，將臺灣的童書出版帶入了彩色精裝的世界，在童書出版市場引起很多關注。

　　一九七九年九月陸續出版的「彩色世界童話全集」，同樣是向義大利的兄弟出版社取購賣版權，延續前一套書規格製作，共分六大盒、三十冊，有《醜小鴨、野天鵝》等每冊內容收錄兩個知名童話，跨頁的插圖多過文字，為臺灣童書界開啟了新的一頁，被洪文瓊喻為「臺灣圖畫書開啟發展的先聲。」（《臺灣圖畫書發展史──出版觀點的解析》，頁39）這套書也早於漢聲英文雜誌社在一九八四年出版的「精選世界最佳兒童圖畫書」。

（三）信誼基金出版社出版「幼幼圖書」

　　信誼基金出版社成立於一九七八年，為信誼基金會組織之下的出版社，是臺灣首家針對零至十二歲孩童，邀請李南衡（1940-）擔任社長、曹俊彥擔童書編輯部總編輯。出版幼兒圖書與教育玩具的出版社。

圖十三　《媽媽》

「幼幼圖書」系列，內容規劃為幼兒適讀，文字簡短、圖案簡單，採用平裝方式裝訂，開本比一般圖畫書較小，總共有十六則跨頁。一九七八年開始出版系列中的第一本為林良撰文，趙國宗繪圖的《媽媽》，以幾句簡單的句子，就將媽媽對小孩的愛，流露在字裡行間。

「幼幼圖書」系列以本土原創為幼兒設計出版，以關注幼兒閱讀心理的觀念，進行企劃方式，為臺灣幼兒閱讀開創了新的里程碑。為了讓家長們能了解這種類型讀物的閱讀方式，編者在書中撰述「給爸爸媽媽的話」，說明使用方式：第一步是指導寶寶欣賞圖畫，可以不受拘束的，「把畫面上的東西，一樣一樣指出來讓寶寶欣賞，一樣一樣說給寶寶聽。」第二步則是指導寶寶一面看圖，一面說話。「這時候，你就用得著圖畫旁邊的句子了。」而第三步，是把書送給孩子，「告訴他，這是他的書，他隨時可以拿書出來看，拿出來念。」在幼兒閱讀教育尚在起步階段的當時，首開風氣之先。此系列至一九八三年已出版三十三冊，如：林良著、趙國宗圖《爸爸》、邵僩著、呂游銘圖的《風姐姐來了》，李南衡著、曹俊彥圖的《小黑捉迷藏》、《聚寶盆》皆別具特色，而曹俊彥著、圖的《白米洞》還獲得一九七四年金鼎獎兒童讀物類。

由奚淞文、圖創作的《桃花源》、《三個壞東西》、《愚公移山》流露中國風，是奚淞有感於一九七〇年代臺灣童書市場充滿外國童話，於是他找到一些中國傳統素材，希望兒童能有不同的閱讀內容。同系列也出現日本畫家矢崎芳則的《小鸚鵡》、《變色鳥》，兩本原本為無字圖畫書，有鑑於當時國內對無字圖畫書的接受度不足，分別由林良及趙天儀，按照完成的插圖配上文字，矢崎芳則在當時是少數直接和臺灣合作出版（非出版後翻譯）圖畫書的外國插畫家。

（四）英文漢聲雜誌社出版「漢聲精選世界最佳兒童圖畫書」

　　一九七八年，漢聲出版社將英文《漢聲雜誌》轉型為中文版雜誌，因為專輯製作用心、內容豐富，推出後引起好評。在雜誌編輯過程中，感受到臺灣經濟起飛初期，雖然物質環境改善，但文化水準卻不見提升，決定從雜誌擴大到兒童讀物出版，試圖從下扎根。

　　一九八二年一月，漢聲雜誌推出一套十二冊的《中國童話》，這是漢聲雜誌為臺灣兒童自製編輯第一套圖文並茂的兒童讀物，出版後頗受好評，創下銷售佳績。結束《中國童話》編輯工作後，漢聲雜誌社編輯群思索未來出版品的同時，一九八二年秋天出發往日本、歐洲觀摩及了解兒童讀物的新趨勢，希望能找到未來的出版參考。他們在日本拜訪以出版圖畫書為主的出版社福音館社長松居直，從他口中得知日本戰後國民教育的成功，首歸功於圖畫書，當時松居直在日本推動圖畫書已有三十年經驗，在推廣之前，日本父母並不了解圖畫書在幼兒教育中的重要性。松居直為編輯們說明，所謂的圖畫書「並非一般概念中的連環圖、漫畫書、卡通等『糖分偏高』而『教育內容偏少』的流行讀物，也並非僅靠精印、精裝來撐場面的傳統民間故事和神話，而是在最新的教育觀念下，結合一流的畫家、作家、科學家、心理學家等人所製作出來的圖畫書。」（引自奚淞：〈誰來替孩子畫書？〉（上）《聯合報》8版，1984年7月16日。）

　　漢聲編輯們從松居直有關幼兒圖畫書教育問題的談話，在兩次到義大利波隆那兒童書展參觀時，感受更加清晰與迫近。在書展中會見來自全世界重要的圖畫書作者、畫家和出版商，還有來自世界各地的精采圖畫書，編輯們驚覺，世界上竟然有這麼多大人們盡心在為孩子們編書。當時臺灣尚未有著作權保護法，多數翻譯出版品並沒有取得

翻譯版權。漢聲此次則和國外出版社洽談取得多本圖畫書中文版權。[1]

　　漢聲將購得中文版出版權的圖畫書，以套書形式推出了「漢聲精選世界最佳兒童圖畫書」，以套書直銷制度銷售，全套一〇五冊。擔任此套書編輯的鄭明進依照西方圖畫書分類，建構出文學（fiction）和非文學（nonfiction）兩大類，以「心理成長類」、「科學教育類」為名，且特別注重非文學類的科學圖畫書，使得臺灣在引入圖畫書時，也能看到精采的科學類圖畫書。此套書以原出版發行尺寸印製，主要書目有《第一次上街買東西》、《野獸國》等。由漢聲出版社負責編輯和製作、台英社負責經銷，配合套書出版，贈送「媽媽手冊」，推廣圖畫書閱讀與教學運用。

　　由於「漢聲精選世界最佳兒童圖畫書」將閱讀對象設定為學齡前的幼兒（三到八歲），但此套書標示的是「兒童圖畫書」，並非「幼兒圖畫書」，在命名與設定讀者群之間有落差。而「圖畫書」一詞在這套書之後，讓臺灣讀者更加了解圖畫書的形式。此套書不僅是當時少數正式取得國外授權的出版品，也將圖畫書形式書種大量引入，帶動一九八〇年代國內出版社引進翻譯外文圖畫書的套書銷售風潮。

1　一九七〇至八〇年代，由於臺灣在一九九二年六月十日修正公布之著作權法以前，除了美國人之著作，因一九四六年十一月四日簽訂之「中華民國與美利堅合眾國間友好通商航海條約」之約定享有國民待遇，不必註冊即受著作權法保護，外國人之著作未在我國獲准註冊者，不受我國著作權法保護，且不管是不是受著作權法保護的外國人著作，翻譯權都不受保護，也就是國人可不經授權，自由翻譯外國人著作而不違法，因此市面上沒有取得翻譯權的出版品很多。（參考1985年7月10日修正公布之著作權法第十七條第一項及第二項。）

四　獎項與人才培育

（一）洪建全兒童文學獎

　　一九七四年四月，「洪建全兒童文學獎」創辦，由洪建全文教基金會所主辦，是首度有私人捐助的兒童文學獎，每年舉辦徵稿，分少年小說、兒童詩、圖畫故事三類徵件。第二屆加入童話。獎項分：少年小說、兒童詩歌、童話、圖畫故事，共舉辦十八屆，一九九二年停辦。獲得第一屆「圖畫故事」組首獎為劉宗銘著《妹妹在哪裏？》、黃錦堂著《奇奇貓》。

　　「洪建全兒童文學獎」成立後的宗旨包含：一、讓國內的孩子有更好的讀物。二、提高國內兒童讀物的水準。三、培養國內的兒童文學作家。而這項獎項分為：少年小說、圖畫故事、兒童詩歌、童話等四組，其中「圖畫故事」類是社會大眾普遍不熟悉的文類，參與獎項設置會議的馬景賢事後回憶說：「這個獎剛開始的時候是非常弱的，因為第一次辦，你把那時第一、二屆的童話和今天的任何獎比一比都不可能入選，可見那時的兒童文學是默默無聞的。但是辦了幾屆的徵件活動以後，圖畫書整體的創作水準都有了提升。」[2]可見獎項帶領大眾提升對文類的認知。

　　當時多數人對於「圖畫書故事」並不了解，獎項舉辦藉由徵選作品，刺激畫家們從同樣的故事中，找到更有創意的呈現方式。在第四、五屆的「圖畫書故事」徵選中，曾改變徵選辦法，以「徵圖不徵文」的方式，文字部分由主辦單位邀請知名作家寫好，參賽者再按文字配圖。馬景賢指出，這因為圖畫故事難的地方，就在於作家寫的故事，畫家未必能夠畫出來，而在國外有許多畫家，本身就是圖畫故事

2　根據筆者於二○一○年三月二日採訪馬景賢。

書的作者，這樣比較能掌握自己想呈現的內容。馬景賢認為在「洪建全兒童文學獎」舉辦以後，大家對於「圖畫書故事」也有更清楚的概念，在後來由國語日報舉辦「兒童文學牧笛獎」徵集的圖畫書，就有大幅度進步。

「洪建全兒童文學獎」在十餘年舉辦期間，曾經考慮停辦，一九八七年十二月，馬景賢當選「中華民國兒童文學學會」理事長，為了鼓勵基金會繼續辦這個獎項，而承辦這項徵獎活動，由學會負責徵稿、評審，將原本在基金會進行的行政工作轉接下來，評審原則不變。可惜在一九八六年九月三日，臺灣松下股份有限公司創辦人洪建全過世以後，由於公司考慮到當時已經有其他團體設置這類的兒童文學獎項，在經過十八屆作品徵選後，「洪建全兒童文學獎」正式結束。「圖畫書故事」獎項得獎者，日後很多人都成了臺灣圖畫書插畫家或是推廣者，例如劉宗銘、許敏雄、雷驤、董大山、陳裕堂、奚淞、林傳宗、王家珠、徐素霞、張哲銘、王蘭、黃淑英、林鴻堯、仉桂芳等人。

（二）「慈恩兒童文學研習營」辦圖畫書研習營

臺灣有許多宗教團體參與出版圖畫書等兒童讀物。其中高雄的宗教團體在一九七八年設立「佛教慈恩育幼基金會」，原先以救助貧困為主，後來思考出版兒童圖書，卻欠缺人才，因而開始支持兒童圖書，以及兒童文學理論書的出版和舉辦「慈恩兒童文學研習營」。為板橋國校教師研習會所主辦的專科研習之外，一般人接觸兒童文學的極佳管道，提供當時民間對兒童文學有興趣的朋友研習進修機會。

佛教慈恩育幼基金會自一九八一年起，每年支持舉辦一期「慈恩兒童文學研習營」，總計辦過六期，除了第一期為綜合營之外，其餘都是以兒童文學專科內容作為研習主題，計有童話、唱唸兒童文學、

少年小說、圖畫書，以及企劃編輯等。在第五期舉辦「圖畫書製作」研習營之前，先在臺灣師範大學的師大藝廊辦原畫展，參展人有張正成、曹俊彥、趙國宗、董大山、劉宗銘、劉開、洪義男、鄭明進等人。

　　「圖畫書製作」研習營，從八月十七至二十二日截止，參與的學員有何雲姿、何春桃、林錦純、官月淑、許玲慧等共計七十一人，邀請多位老師都是一時之選，課程內容包括由鄭明進講「認識圖畫書及圖畫書歷史簡介」、吳英長講「兒童的發展特徵」、曹俊彥講「圖畫書的製作過程」、林良主講「兒童圖畫書的創作」、林武憲主講「圖畫書的語言處理」、黃瑀主講「印刷機本常識」，洪義男、劉宗銘、趙國宗、董大山分享「創作經驗談」，最後由洪文瓊為學員進行習作總講評。

第三節　人物

　　本階段對臺灣兒童圖畫書發展影響，主要集中在觀念引進以及編輯和故事寫作等人，本節介紹將圖畫書概念從美國引入，以及參與圖畫書編輯出版和故事寫作的林海音；幼教專家和圖畫書作家華霞菱、作者潘人木與林良，以及圖畫書插畫家和美術設計曾謀賢等人，按出生年由長至幼介紹。

一　林海音

　　林海音（1918-2001）出生於日本大阪，父親為苗栗頭份人，母親為板橋人。本名林含英，以林海音為筆名發表文章著作，文壇敬稱為「林海音先生」。畢業於北平新聞專科學校。曾任記者與編輯，經營純文學出版社，發表作品有長、短篇小說、散文集，以及翻譯、創

作兒童文學作品。《城南舊事》是她廣為華人世界熟悉的代表作，內容為北京童年回憶書寫，曾改編為電影與圖畫書、橋梁書等不同版本。其他童書代表作有《金橋》、《蔡家老屋》、《請到我的家鄉來》等。曾獲圖書主編金鼎獎、瑞士「藍眼鏡蛇獎」、世界華文作家大會「終身成就獎」、五四獎「文學貢獻獎」等。

　　三歲跟隨父母從日本回到臺灣，五歲再隨家人搬到北京，度過童年和青年。一九四八年和夫婿夏承楹（筆名何凡）搬到臺北。隔年開始在《中央日報》及《國語日報》發表文章。一九四九年起，陸續在《國語日報》擔任編輯、《聯合報》副刊主編、《文星》雜誌兼任文學編輯。一九六三年因故離開《聯合報》。一九六四年，擔任臺灣省教育廳「兒童讀物編輯小組」首任文學編輯，開始兒童文學創作。

　　一九六五年四月十八日，林海音應美國國務院「認識臺灣」計畫邀請，以臺灣女作家身分，到美國進行四個月訪問。其中調查美國兒童讀物是訪問重點之一：拜訪兒童讀物作家與畫家、參觀大學城鎮公共圖書館的兒童圖部門、書店和民間教育團體的兒童圖書部門等。返國後發表多篇和美國兒童讀物有關文章，帶回第一手童書訊息，注入新觀念。

　　一九六七年，林海音創辦《純文學月刊》，隔年成立純文學出版社。一九七八年出版英國經典圖畫書波特女士的著作（Helen Beatrix Potter, 1866-1943）《波特童話集》（*The Tales of Beatrix Potter*）。林海音也曾擔任國立編譯館國小國語教科書編審會，負責一、二年級國語課本主稿，把兒童文學精神及趣味融入教科書，為當時低年級國語課本開啟嶄新面貌，獲得肯定。

二　華霞菱

　　華霞菱（1918-2015）籍貫天津，筆名雲淙，父親華俊賢是清朝秀才。小時候身體羸弱，養成在家閱讀的嗜好，喜歡閱讀章回小說。一九四一年，華霞菱北平市立師範學校畢業，曾在北平幼稚園和小學任教。抗日戰爭勝利後，一九四六年，因初中時的校長、幼教專家張雪門到臺灣創辦臺北育幼院，華霞菱在隔年追隨張雪門到臺北育幼院任教。

　　華霞菱在臺灣陸續擔任過幼稚園和小學老師，也曾任擔任新竹師範附屬小學幼稚園主任，並且開始為幼兒寫作，創作兒歌、童話和散文。一九六五到一九九四年間，參與省政府教育廳出版的《老公公的花園》、《小糊塗》、《顛倒歌》、《五彩狗》等，共計二十一本。其中《小糊塗》和《五彩狗》分別獲得第一屆和第三屆省教育廳最佳寫作金書獎。

　　一九六五年，華霞菱撰文、陳壽美繪圖的《老公公的花園》出版，這是「中華兒童叢書」第一批出版的十二冊之一，以圖畫書形式編排，當時華霞菱在新竹師院附小幼稚園擔任主任，沒有為兒童寫作經驗的華霞菱，參考「中華兒童叢書」文學類編輯林海音提供的國外兒童讀物，摸索寫作。寫作靈感多來自對幼兒生活的觀察。認為兒歌寫作應重視「要口語、押韻、有趣味、句子不能長、念起來要流暢。」創作兒童文學作品特別關注兒童讀者是否能接受。

　　一九八五年，《幼稚園兒童讀物精選》集結華霞菱在國語日報撰寫的「幼稚園兒童讀物選讀」專欄文章，透過圖文賞析簡介二十冊圖畫書，以及提供現場使用方式，提供給老師和家長們參考。

三　潘人木

　　潘人木（1919-2005）生於遼寧省法庫縣，本名潘佛彬。於重慶沙坪埧國立中央大學畢業，受聘於新疆市立師範女子學院教英文。因國共戰爭，搬遷到臺灣。一九五〇至一九五三年間，以經歷戰爭的時代青年為主角，寫下他們的故事：《蓮漪表妹》、《馬蘭的故事》等，作品獲多種獎項肯定。

　　寫作之外，曾擔任教育廳「兒童讀物編輯小組」編輯及總編輯長達十七年，任內編輯「中華兒童叢書」數百冊，並計畫執行編輯臺灣第一套自製百科全書《中華兒童百科全書》。以《冒氣的元寶》和《小螢螢》分別獲得教育廳第一、第二期金書獎最佳寫作獎。曾獲信誼基金會幼兒文學特別貢獻獎、亞洲第五屆兒童文學大會臺灣地區最佳翻譯獎。曾為臺灣英文雜誌社編譯十六冊「世界親子圖書館」，以及擔任顧問。

　　曾和潘人木共事的曹俊彥認為她用文學的方法處理科學讀物，用科學態度來對待文學，真正做到深入淺出，並且對字句斟酌、嚴謹態度，為編輯樹立典範。「中華兒童叢書」編輯之初，欠缺創作人才，潘人木也常親自創作，以多種筆名發表：范玉康、潘遂、馮偉、于慎思、王漢倬、周菊、黨一陶、朱蒂娜、夏小玲等，出版《小紅與小綠》[3]、《汪小小尋父》、《龍來的那年》等，共計四十七本。和畫家合作《你會我也會》、《咱去看山》等。翻譯過李奧尼（Leo Lionni, 1910-1999）的知名圖畫書《小藍和小黃》等。

3　本書由小魯文化重新出版，書名為《小紅和小綠》（2015年9月）。

四　林良

　　林良（1924-2019）出生於福建廈門，祖籍福建省同安縣。筆名子敏。畢業於省立臺灣師範學院國語專修科及私立淡江大學英國語文學系。曾任國語日報主編、編譯主任、出版部經理、社長、董事長等。為著名語文教育、兒童文學創作及散文寫作工作者。兒童文學著作有：《我要大公雞》、《我是一隻狐狸狗》、《小太陽》、《爸爸的十六封信》等兩百多冊。另有《淺語的藝術》、《小東西的趣味》等兒童文學論述專書。曾獲中山文藝獎、信誼基金會幼兒文學特別貢獻獎、文建會國家文藝特別貢獻獎、楊喚兒童文學獎兒童文學特殊貢獻獎、新聞局金鼎獎終身成就獎等。

　　成長過程歷經戰爭，隨家人多次逃難。一九四六年，考上「臺灣省國語推行委員會」離開廈門到臺灣。一九四八年「臺灣省國語推行委員會」創立《國語日報》，林良歷經編輯、主編、編譯主任、出版部經理、發行人兼社長，最後擔任董事長兼發行人。一九九五年參與牧笛文學獎設立（設置童話及圖畫書獎項）。二〇〇五年退休後仍規律寫作，為國語日報專欄「看圖說話」寫作兒歌，從一九五一年至二〇一九年底往生時，未曾間斷。

　　林良自國語日報出版「世界兒童文學名著」套書開始擔任翻譯，曾翻譯超過二百本圖畫書，和圖畫書淵源極深。一九五七年四月，臺灣省國語推行委員會編輯「小學國語課外讀物」，其中《舅舅照像》是林良首次為低年級小朋友寫作，故事貼近當時兒童生活，以圖文並茂方式呈現。一九六五年出版的「中華兒童叢書」，林良也擔任第一批編號第一的《我要大公雞》故事撰稿。《小學生畫刊》停刊（1966年12月5日）前一年，三〇七期到三三二期，林良擔任主編，以每一期皆為一則單一的故事，邀請國內作、繪者原創，採圖畫書形式編

排。一九七五年，他和鄭明進合作圖畫書：《小紙船看海》、《小動物兒歌集》。一九七八年，國內首家幼兒圖書出版社「信誼基金會出版社」成立，在該年七月出版「幼幼圖書」系列，第一本《媽媽》由他撰寫故事。即使年歲漸長，仍創作不輟，為臺灣兒童讀物出版發展奠定基石，貢獻及影響至為深遠。

五　曾謀賢

曾謀賢（1936-）出生於臺北市。一九五四年畢業於省立臺北師範藝術科，一九六三年畢業於國立臺灣師範大學藝術系。曾為《學友》、《東方少年》等雜誌繪製插圖。一九六四年任職臺灣省政府教育廳「中華兒童叢書」首任美術編輯。以林雨樓、曾璧等筆名發表。為《可愛的玩具》、《那裡來》、《太平年》等書繪圖，《可愛的玩具》於一九七一年獲得全國兒童讀物最佳插圖「金書獎」。一九九○年獲頒中國書畫會國畫「金爵獎」。

從國中教職，轉任臺灣省政府教育廳「兒童讀物編輯小組」美術編輯以及插圖工作，其中低年級叢書出版形式參照圖畫書概念進行，需要大量插圖。曾謀賢邀約畫家，如：席德進、張英超、曹俊彥、陳海虹、陳壽美、馮鍾睿、廖未林等，還有師大美術系前後期傑出系友如：沈鎧、高山嵐、張悅珍、張國雄、趙國宗、龍思良等人為「中華兒童叢書」繪圖，該叢書第一期共一六五冊，為曾謀賢任職期間完成。

一九六九年，曾謀賢到臺灣電視公司美術指導。一九七一年，到美國影片公司（Film Dimensions）擔任美術設計，製作十二集〈中國歷史〉影集。一九七二年舉家移居美國紐約，而後與太太張悅珍（1940-），也是大學同班同學，共同以Jean &Mou-Sien Tseng為名，陸續皆為美國小學教科書和圖畫書擔任插畫工作，合作出版具有東方

色彩的圖畫畫超過三十本為教科書和童書繪圖。其中一九九〇年出版改編中國傳統故事《*The Seven Chinese Brothers*》（Margaret Mahy文），獲得美國圖書館協會傑出童書獎（ALA Notable Book）。目前定居在紐約長島的格倫柯夫（Glen Cove）。

第四節　插畫家與作品

本期重要圖畫書插畫家皆為一九四〇至一九五〇年代，二戰前後出生、接受國民政府來臺後之美術教育者，介紹趙國宗、曹俊彥、洪義男、呂游銘、劉宗銘等人及其作品。

一　趙國宗

趙國宗（1940-）出生於高雄，一九六三年畢業於國立臺灣師範大學藝術系（52級）。曾在東方廣告公司工作，並編輯兒童雜誌及參與插畫創作。一九六五年，應聘專任明志工專工業設計科。一九六九至一九七二年，於德國福克旺藝術學院工業設計系高級部畢業（今艾森綜合大學），返國後先後任教於明志工專工業設計科、實踐家專美術工藝科、國立臺北工專工業

圖十四　《我要大公雞》

設計科、國立藝術學院美術系。一九九三年負責義大利波隆那兒童書展臺灣館視覺設計及作品展。圖畫書代表作：《我要大公雞》、《媽媽》、《誰吃了彩虹？》等。曾獲聯合國文教基金會暨臺灣省政府教育廳第一屆兒童讀物最佳插圖獎、金書獎、中興文藝獎章、水彩畫獎。

一九六五年，臺灣省教育廳兒童讀物編輯小組發行「中華兒童叢

書」，趙國宗為第一批擔任插畫工作者之一。雖然從來沒有為兒童畫過插畫，當時臺灣能參考的兒童讀物少有插圖，趙國宗看了由編輯小組提供的國外圖畫書，眼界大開。在為《我要大公雞》畫圖時，趙國宗用圖畫書概念進行，以誇大的公雞造型和比例，強調公雞在書中的重要性，畫出童趣又新穎的插畫。

　　趙國宗認為圖畫書是兒童欣賞藝術的管道，考慮到當時臺灣孩子欣賞美術作品機會不多，在為童書畫插圖時，嘗試發展新媒材和風格，希望提供給孩子們多元欣賞。趁教書之便，在教導學生認識、使用不同媒材時，也引用創作技法到圖畫書創作，例如：剪紙創作的《快腿兒的早餐》、蠟染創作《你會我也會》、陶瓷版畫《誰吃了彩虹》。繪畫擅長採用民俗元素、現代主義風格，呈現兒童畫般的純真童趣。從教職退休後，主要創作純藝術及設計為主。

二　曹俊彥

　　曹俊彥（1941-）出生於臺北大稻埕（太平町五丁目）。筆名：王碩、蔡思益、立玉、李麗玉、戴比仁、李易林等。一九六一年畢業於臺北師範學校藝術科，任職永樂國小。一九六四年保送臺中師範專科學校。一九六六年畢業後，於臺北市大同國民小學任美術教師。曾任臺灣省教育廳兒童讀物編輯小組美術設計，以及信誼基金出版社總編輯，擔任過出版社顧

圖十五　《小紅計程車》

問，也為國小教科書畫插圖。圖畫書代表作：《白米洞》、《赤腳國王》、《屁股山》等。曾獲信誼基金會頒發「幼兒文學貢獻獎」。榮獲中華兒童文學創作獎「美術類」、金龍獎、金鼎獎等獎項。

　　一九六四年，曹俊彥繪圖的「中華兒童叢書」《小紅計程車》出版，後來在他擔任臺灣省教育廳兒童讀物編輯小組美術編輯期間，編輯設計超過三六〇本以上「中華兒童叢書」。一九八〇年，離開兒童讀物編輯小組，擔任信誼基金出版社總編輯，社長為李南衡，兩人開創幼兒讀物，並策劃編輯《小袋鼠月刊》，為臺灣首次出現本土化幼兒刊物。一九八五年，參加「八五兒童圖畫書原作展」，展出《龍是好朋友》、《走金橋》及《小胖小》插圖。一九八六年，成為自由工作者。

　　曹俊彥能編能畫也能寫，嫻熟印刷專業知識，由他自寫自畫的圖畫書中，有一批作品以民間故事作為藍本改寫，也有仿造民間故事的風格所做的全新創作：《白米洞》、《圓仔山》、《赤腳國王》、《加倍袋》、《好寶貝》、《屁股山》，透過民間故事結合圖畫書特質，展現他對臺灣鄉土地與文化感情。

　　二〇一一年八月，由國立中央圖書館臺灣分館、信誼基金會與毛毛蟲兒童哲學基金會聯合主辦「天真與視野——曹俊彥兒童文學美術五十年回顧展」，並舉行學術研討會，同時出版《雜繪》，內容收錄作品評析，以及個人創作理念，表彰曹俊彥的成就。

三　洪義男

　　洪義男（1944-2011）出生於臺北市大龍峒。受擔任雕刻師傅的大哥薰陶，洪義男對繪畫感興趣，國小就讀時曾代表學校，參加全省國小美術比賽得到佳作。為替父母減輕家中經濟壓力，初一休學到印刷廠工作，後來到寶石出版社畫漫畫，十六歲出版漫畫處女作《薛仁貴征東》，獲得盛名。圖畫書代表作：《女兒

圖十六　《甘蔗的滋味》

泉》、《快樂是什麼？》、《甘蔗的滋味》等。曾獲金鼎獎，以及漫畫金像獎終身成就獎。

一九六六年，「編印連環圖畫輔導辦法」開始實施，造成許多漫畫從業者失業。洪義男服完兵役後到光啟社，工作三年多，婚後辭去工作，在太太支持下，開始在家工作，成為當時少有的插畫自由工作者。一九七一年，同兵營結識的曹俊彥邀請他為《治水與治國》畫插圖，是洪義男的第一本童書。此後轉為兒童讀物畫插畫，以及為國立編譯館出版的小學課本繪製插圖。

從事多年兒童插畫後，洪義男以自學精神摸索創作圖畫書，用一年時間完成《女兒泉》和《水筆仔》。《女兒泉》以八歲大女兒的樣子作為主角來繪畫。兩本圖稿完成後，經記者披露，受到皇冠出版社發行人平鑫濤支持，於一九八五年出版。

洪義男從漫畫創作鍛鍊中，找到線條、構圖和符號運用技巧，展現簡潔優美的線條以及清爽質樸的畫面風格，畫出各種充滿鄉土情懷的作品，他獨樹一格的繪畫語言獲得關注。謙虛、負責和不脫稿的態度，為他贏得出版社的信任，稿約不曾停過。六十三歲那年，洪義男為了畫《臺灣高山之美：玉山》親自登上玉山，進行觀察、拍照和寫生，取得書中的畫面和場景。甚至在二〇〇九年，被檢查出罹患肝腫瘤，仍在創作。二〇一一年十月一日，隨著洪義男辭世，屬於他的個人插畫風格走入歷史，留下彌足珍貴的圖畫書作品。

四　呂游銘

呂游銘（1950-）出生在臺北市萬華區，畢業於復興高級商工職業學校美工科（簡稱復興美工）。筆名：雷長。參與兒童讀物插畫。圖畫書代表作：《三花吃麵了》、《糖果樂園大冒險》、《想畫・就畫・

圖十七　《三花吃麵了》

就能畫》等，曾獲「中華兒童叢書」最佳插畫金書獎。曾獲入選豐子愷兒童圖畫書獎入圍、臺灣兒童百年好書、香港書叢閱讀俱樂部——第十屆書叢榜候選書目、中國時報開卷年度最佳童書、「好書大家讀」年度好書、金鼎獎等。

呂游銘自幼喜愛畫圖，在龍山國小就讀期間獲得美術老師鄭明進賞識，將圖畫作品「鳥籠」送到日本參加國際兒童畫比賽，得到第一名。就讀於復興美工期間，接受嚴格訓練，吸收專業知識與技術也享受繪畫藝術樂趣。十七歲那年，為國語日報出版《夏夜的故事》繪製插畫，直到服完兵役，從事室內設計工作期間沒有停止插圖工作。

為了成為專業畫家，在一九八三年，三十三歲那年，呂游銘和妻兒舉家移民美國西岸。初抵美國，受到文化衝擊，在全力投入繪畫藝術創作前，經過八個月努力，在一九八四年夏天完成無字圖畫書《糖果樂園大冒險》，初稿完成後因為開始投入繪畫藝術創作無暇顧及，而擱置在儲藏室，直到二○一○年返臺和鄭明進老師見面，受到鼓勵推薦，隔年出版問世，再度回到創作行列。

在專業藝術創作之餘，呂游銘憑著對家鄉的愛，融合童年記憶和熟練的筆法，透過大場景以及細節描繪，重現臺灣庶民生活，出版《想畫・就畫・就能畫》、《鐵路腳的孩子們》、《一起去看海》、《那年冬天》、《夢想中的陀螺》等，而這幾本繪本，全數採用電腦繪圖表現不同的媒材特色，呈現其扎實的美術基礎訓練。

五　劉宗銘

劉宗銘（1950-）出生於南投埔里。畢業於國立臺灣藝專雕塑科。曾於日本東京兒童教育專門學校繪本科研修。現為國立臺灣藝術大學多媒體動畫系兼任助理教授、中華漫畫家協會理事。作品包含漫畫與兒童插畫，圖畫書代表：《妹妹在哪裏？》、《千心鳥》、《比一比，誰最大？》等。曾獲教育部社教司連環漫畫比賽首獎。曾獲洪建全基金會兒

圖十八　《妹妹在哪裏？》

童文學獎圖畫故事組首獎、中華民國兒童文學學會年度優良圖書金龍獎、中華兒童文學創作獎「美術類」。

童年時期對報章雜誌刊登的漫畫特別感興趣，十五歲開始畫漫畫。一九七一年，二十歲那年，把握各種徵文徵畫機會，參加臺灣省教育廳「中華兒童叢書」徵文，獲得採用，《稻草人卡卡》是他的第一本兒童文學創作出版。一九七五年，以《妹妹在哪裏？》參加第一屆洪建全兒童文學創作獎，獲得「圖畫故事」類首獎。再以「我是黑彩龍」參加第二屆洪建全兒童文學創作獎，獲得童話類獎。後來在洪建全基金會上班，編輯圖書兼任美術設計。離職之後，和妻子陳芳美創辦《小樹苗雜誌》，最後因為營業狀況不佳，交出經營全權。之後，到日本「東京兒童文學教育專門學校」進行繪本創作科研修。當時遊學風氣還未盛行，他是最早到日本參加繪本研修的臺灣人。

劉宗銘從漫畫累積的創作經驗，對圖畫書創作幫助很大，也影響其繪畫風格。他認為漫畫和圖畫書的差異在於漫畫的連環分格，可以表現更多動態；圖畫書畫面比較大，藝術表現更加精密，較接近美的特質。兩者同樣重視故事性表現，在創作時都需針對不同年齡層讀

者，讓作品更貼近閱讀者心靈。

第五節　譯介與論述

　　一九六四至一九八六年間為經濟起飛到解嚴前，此時期在專書、學位論文，以及期刊報紙上發表和圖畫書相關論述，相較於經濟起飛前，已更進一步確定在兒童文學中的位置。師範學校轉型為師範專科學校，教師為因應「兒童文學」課程開設所需，參與教育廳主辦的研習營、廣泛蒐集相關資料，編著多本兒童文學通論教材。

　　圖畫書相關論述，主要出現在師專教師，因為「兒童文學」課程開設所需的兒童文學通論教材中，而其他相關圖畫書譯介論述，散見各書中，說明如下：

一　圖畫書概念引進

　　一九六五年兒童節，小學生雜誌社為慶祝《小學生》雜誌創刊十四週年，由林良、蘇尚耀、李畊、徐曾淵擔任編輯，出版《兒童文學研究》，內容包括：一、兒童讀物的理論。二、兒童讀物的現況和發展史的報導和評述。三、兒童文學工作者的經驗談。提供給兒童文學工作者作為寫作參考。一九六六年六月，小學生雜誌社再出版《兒童讀物研究》第二輯，為童話研究專輯，都是此階段極為重要的兒童文學研究資料。

　　檢視《兒童讀物研究》第一輯和圖畫相關文章有：林海音〈給孩子一個親切的世界——讀「讓路給鴨寶寶們」後的一些話〉、黃寶端〈歐美兒童讀物概況〉、童叟〈談「兒童圖畫故事」〉等。黃寶端的〈歐美兒童讀物概況〉介紹美國「美國『哥特可』最佳兒童圖畫讀物

獎」，說明「兒童讀物中的插圖已經被認為是圖書中的靈魂，所以歐美出版對這一方面特別注意，幾乎多數的兒童讀物中都有插圖。」（頁229）文中的「哥特可」亦即一九三八年由美國圖書館學會（American Library Association - ALA）創立，以紀念十九世紀英國圖畫書插畫家蘭道夫・凱迪克為名的獎項，每年從前一年出版兒童讀物中，選出最佳插圖首獎，以及二、三名，分別頒贈金牌、銀牌與銅牌，現多譯為「凱迪克大獎」。

　　「圖畫書」一詞，還出現在《兒童讀物研究》第一輯由朱傳譽撰述的〈連環圖畫六十年〉，文中提到，「民國六、七年間，上海畫家朱芝軒，創連續性畫冊，叫『圖畫書』，內容除京劇題材外，並且根據『薛仁貴徵東』、『羅通掃北』等舊通俗小說編繪，擴大了連環圖畫的領域……。到了民國十年，世界書局初創時，大量出版這一類讀物，改稱『連環圖畫』，一直被引用到現在。」（頁201）可見「圖畫書」在最初被引用時，是作為「連環圖畫」的意義使用，但是「圖畫書」的範圍太廣，其後形式因為描摹京劇舞臺上的故事，而有「連續」和「通俗」兩大特點。（頁201）再因為世界書局以「連環圖畫」為名稱，造成暢銷，而被「連環圖畫」名稱取代。

　　一九六六年五月二十日，《小學生》雜誌出版《兒童讀物研究第二輯》，以「童話研究」專題，主要論述童話此文類的特質與寫作經驗，其中收錄兩篇與插畫相關者，為趙國宗的〈談童話的伴侶——插圖〉、陳壽美的〈談童話插圖〉，前文著重在插畫欣賞以及畫家對待兒童插畫的態度，以及兒童讀物插畫的發展方向。後者則與個人經驗連結，以及插圖對於兒童的功用，儘管「圖畫書」的概念仍未清楚，文章中提及的「低年級的童話」：《讓路給小鴨子》、《傻鵝皮杜妮》（頁254）等，都是目前大眾熟知的圖畫書傑作。《兒童讀物研究第二輯》還收錄由林海音在一九六五年五月下旬到六月訪美回臺後發表的〈美

國的兒童讀物〉提到美國當時兒童讀物蓬勃發展，以及在〈我所認識的一位美國童話作家〉和瑪霞‧布朗碰面過程及觀察心得。

二　圖畫故事

一九七六年七月林良的《淺語的藝術──兒童文學論文集》由國語日報社出版，為「兒童文學研究叢書」之一，是關於兒童文學的思考，至今持續再版。其中談論到和圖畫有關的篇幅雖然僅有兩篇：〈圖畫裡的世界──談孩子們的「圖畫故事」〉和〈「快樂」在鏡子裡──評「阿大找快樂」〉，和當時期他師專時期的兒童文學論述的差異在於，林良給予「兒童圖畫故事」明確定義，包括文字和圖畫的特色，也針對圖畫書製作的方式提供想法。

〈圖畫裡的世界──談孩子們的「圖畫故事」〉曾發表於，一九七五年二月一日，第二一二期的《中國語文》月刊，談論在當時一般大眾重視文字甚於圖象，忽略圖畫也具有教育功能，認為當時「用圖畫來表達」的兒童圖畫書不發達的原因，「忽視圖畫在兒童教育上的功能，造成我國低年級兒童讀物的不發達。」（頁122）當然這和當時的經濟發展有關，「對出版社來說，製作一本一年級的兒童讀物，不但要出一筆『文字稿費』，還要付出另外一筆『圖畫稿費』，同時在彩色印刷上要花一筆可觀的製版和印製費用，而製成品又是必然的『滯銷』，所以他的『不敢嘗試』是可以原諒的。」（頁122）

林良為「兒童圖畫故事」定義，「它是『兒童圖畫讀物』的一種。」認為「『兒童圖畫讀物』是指『用圖畫來表達』的兒童讀物。這是最近這幾十年來逐漸發達起來的；最活躍的是在美國。」（頁122）林良認為這類書，「是剛開發出來的低年級兒童讀物的『現代形式』。」（頁123）也就是「兒童圖畫故事」。

關於「兒童圖畫故事」的製作，林良認為：

> 這種新的兒童讀物，製作過程是很複雜的。它是「設計者」、「作家」、「畫家」密切合作的產品。」他進一步提出，「設計者」提供一個構想，一種設計，一些細節。「設計者」可以是一個「文字並不很好」的「非作家」，可以是一個「把老虎畫成狗」的「非畫家」，但是他懂得教育原理，懂得教學法的靈活運用，而且有一腦子的好主意，新主意。他的腦子裡有一本一本的好書。他希望那些「腦子裡的書」能變成真的兒童讀物。怎麼樣發去發見一個「設計者」腦子裡確實有許多寶貴的念頭，這就要靠編輯的智慧和經驗了。沒有智慧的編輯，很可能去依靠一個很平庸的「設計者」，製作一些很平庸的書。（頁123）

林良強調圖畫書製作過程的複雜，必需要經過編輯團隊的製作，是少數從圖畫書的製作理解圖畫書者。

三　翻譯兒童文學理論與圖畫書論述

師專時期的兒童文學研究論著，皆為參考中文或英文著作編寫而成，葉詠琍雖然也是編寫兒童文學研究，卻因為曾到美國留學，而有更多參考資料。一九八二年出版《西洋兒童文學史》是首本以「兒童文學史」為題目的論著，參考書目來源皆為英文書籍，包括出版於一九六八年，美國學者哈克（Charlotto S. Huck）的 *Children's Literature in the Elementary School*，從教育角度閱讀運用入手，另一則是一九七三年，美國學者路肯絲（Lukens J. Rebcca）的 *A Critical Handbook of*

Children's Literature，從兒童文學批評入手。

葉詠琍在《西洋兒童文學史》註明「圖畫故事書」是翻譯自 Picture Books，這種文類吸引了藝術家們以各式各樣的技法參與創作，使得圖畫書的圖象風格更為豐富多元：

> 在二十世紀，圖畫故事書這一類的讀物，是發展最快，成就最大的一種兒童讀物。不論是童話、寓言、詩、幻想故事、寫實作品，乃至知識性讀物，只要一有圖畫，立刻美上加美，異彩大放。正因為在各種不同的兒童讀物的種類中，我們都可以看到圖畫的蹤影，所以在這些不同種類的兒童讀物，從圖畫的角度看，其實也都是圖畫故事書呢，圖畫故事書範圍之廣，之多，也就由此可見了。（頁107）

一九八六年葉詠琍著《兒童文學》第二章「兒童文學的分類」將「圖畫故事」與「兒童詩歌」、「童話」、「寓言」、「神話」、「傳說和民間故事」、「兒童小說」並列。「圖畫故事」之下再列「一、圖畫故事書的種類，二、圖畫故事書的重要性」，文類以「圖畫故事」為名，但內文則和「圖畫故事書」混用。

葉詠琍在《兒童文學》「圖畫故事」單元，敘述二十世紀開始，許多西方兒童心理學家和教育家注意到色彩、圖畫在孩子心中的分量，美術家們受到鼓勵，也加入兒童讀物的創作行列，「大量的圖畫開始走進兒童的讀書世界，使圖畫從此與文字平分了秋色……『圖畫故事書』這一類兒童文學作品，於焉誕生。」（頁153）她接著將「圖畫故事書的種類」分為一、「無字圖畫書」；二、「易讀故事書」；三、「圖畫故事書」，省略她在《西洋兒童文學史》中的第四則分類「插圖故事書」。（頁155）

　　在「圖畫故事」章節中，葉詠琍還論及，「我們臺灣近年來因為經濟起飛，人民的生活水準大幅提高，緊接著，生活品質也不斷提升，對兒童精神糧食的關注，日益迫切，在圖畫故事方面，創作漸多，佳績也頻見……」（頁163），並介紹董大山，「他的『董大山童畫世界』，將中國各地的兒歌，賦予新的生命，十分可愛。」（頁163）所舉的《董大山童畫世界──有趣的中國兒歌》為三冊，以一則圖配一則兒歌的方式呈現。但此書內容為「兒歌」非「故事」，並不符合葉詠琍在「圖畫故事書」中的分類。

　　再者，葉詠琍在「圖畫故事書的重要性」，提及曾於美國拜訪過兒童讀物作家兼插畫家芭芭拉庫尼（Barbara Cooney, 1917-2000），因為了解「庫尼女士創作的靈感，來自她本身對生活的體認」，而有感，「圖畫故事書的創作，看來好像十分簡易，其實卻需要很大的功力。不論有文字或沒有文字，它要求在有限的篇幅中，把一個有趣的故事，生動而巧妙地表現出來，既要鮮明，傳達內容含意，又要有趣，具有強大的藝術美感。」（頁168）

　　葉詠琍透過英語了解圖畫故事書也理解到兒童心理的重要，「這當然不僅文字作者要深入生活，了解兒童心理，才可能與文字作者配合得好，創作出精采的兒童讀物來。」（頁168）「由於圖畫的吸引力，即使年齡很幼小的讀者，看畫的態度，都是十分認真的，要求也是嚴格的，如畫的畫與文字有一絲一毫的不一致，都會被明察秋毫的小讀者看出，而對故事產生疑問，進而對讀物本身不發生興趣起來。」（頁168）

　　葉詠琍在一九九〇年著作出版的《兒童成長與文學──兼論兒童文學創作原理》，共分九章，談論幼兒文學如何配合兒童身心發展創作，以及何者為好的幼兒文學。且以長期教學經驗與研究成果相結合，供家長及幼教教師參考。

四 「媽媽手冊」與圖畫書概念

　　「漢聲精選世界最佳兒童圖畫書」是臺灣首次以套書形式，大量以取得翻譯版權，譯自國外的圖畫書出版，這套書由英文漢聲出版有限公司自一九八四年一月起印行，書籍的內容規劃為「心理成長類」與「科學教育類」兩大類，每月各出版一本。至一九九二年共計出版了九十六本圖畫書（四輯）。由於當時大眾對於圖畫書還未有概念，這是為了推廣圖畫書的概念以及這套書的使用方式，隨書附贈《媽媽手冊》。

　　國內出版社採用「媽媽手冊」做為書籍贈品命名，並不是從「漢聲精選世界最佳兒童圖畫書」開始，一九七八年將軍出版社推出以幼兒為對象的圖畫書時，每輯附有「媽媽手冊」，作為提示幼兒看圖畫書的要領。但當時沒有引起太多注意，隨著「漢聲精選世界最佳兒童圖畫書」的強力銷售，「媽媽」一詞被認為將閱讀者設限在單一角色並不妥，後來如台英公司為促銷「世界親子圖書館」圖畫書套書而出版的《親子讀書樂》及《親子導讀》、上誼出版社的「世界圖畫書金獎名家選」製作了《共賞扉頁間》，在名稱上刻意將使用族群拉大。

　　一九八四年，當漢聲雜誌社計畫出版自製兒童書籍時，邀請鄭明進為編輯們介紹圖畫書的相關知識，並加入「漢聲精選世界最佳兒童圖畫書」選書和《媽媽手冊》第一至三十六輯（1984年1月-1987年3月）的執行編輯工作，在手冊上發表介紹圖畫書的相關文章和撰寫「圖畫書與幼兒教育」專欄。正如專欄名稱將「圖畫書」與「幼兒教育」扣緊在一起談論，他特別重視圖畫書在親子共讀的運用，觀念雖是引自日本松居直的觀點，但也影響臺灣父母，了解與兒童共同閱讀的重要性，使得親子共讀，直到今日還是推廣閱讀的重要觀念。

　　當「漢聲精選世界最佳兒童圖畫書」出版時，歐美日等國家已進

入圖畫書蓬勃出版的時代，但西方學者們對圖畫書的論述還在摸索中，多將圖畫書歸屬在教育相關的研究，因此鄭明進從日本圖畫書發展取得的相關論述多與幼兒教育相關，完成階段性引入的譯介工作，不但開拓了臺灣讀者的新視野，也開啟翻譯圖畫書大量湧入的童書出版新紀元。

隨著「漢聲精選世界最佳兒童圖畫書」套書的銷售，對於臺灣當時對圖畫書還未有認知的年代，有引領作用。影響所及，至今雖然圖畫書銷售形式已趨向套書解套，但出版社仍習慣在圖畫書中附上以家長為閱讀對象的「專家導讀」，內容除了解析該圖畫書的主題以及圖畫的特色，通常也不忘強調圖畫書對孩子的好處，做法和多年前的《媽媽手冊》手法一致。

第六節　小結

一九六四至一九八六年的兒童圖畫書發展，隨著經濟的發展，呈現由公部門和民間的出版，持續並進的現象。而圖畫書發展所需要的條件，從境外交流以及經濟條件的發展，和印刷進步、人才創作投入等，比起上一時期更為發達。

在公部門的出版方面，首先有聯合國派員支持的省政府教育廳兒童讀物編輯小組的成立，讓臺灣本土兒童圖畫書創作有更多支援，為觀念創作表現和設計印刷，以及創作人才培育，提供充分支援。「中華兒童叢書」帶來突破性的發展，動用完整的編輯人員編制，以新穎的編輯理念，引入分齡閱讀的觀念，即臺灣在二〇〇六年之後盛行的橋梁書概念，內容針對低、中、高年級，不同閱讀需求，分別設定字數和內容，低年級和中年級皆加上注音。故事內容不再是翻譯或改寫，以特約撰述和公開徵稿，每一本都是出自臺灣作家撰寫和繪圖，

引導本土人才投入文字故事和插畫的創作，插圖占比例更多，加上印刷技術的突破，為臺灣兒童讀物出版帶來大變革，與接著出版的「中華幼兒叢書」，相繼立下臺灣兒童圖畫書發展重要里程碑。

民間出版方面，有國語日報出版部率先以西方的圖畫書為翻譯出版來源，出版「世界兒童文學名著」，開拓一般讀者的視野。另外，也有出版社以日本為取材來源，從中觀摩發展。此外，一九七九年光復書局推出「彩色世界圖畫書」三十冊、一九八四年英文漢聲雜誌社推出「漢聲精選世界最佳兒童圖畫書」百冊，兩套書都以直銷套書不分售，中上階層購買踴躍，導入下一時期圖畫書進入套書銷售的前段。

一九七四年四月，「洪建全兒童文學獎」創辦，儘管此時多數參賽者並沒有圖畫書概念，而因為此獎項接觸圖畫書以及創作得獎者，日後很多人都成了臺灣圖畫書創作的作家、插畫家或是推廣者。一九七八年設立的「佛教慈恩育幼基金會」自一九八一年起，每年支持舉辦一期「慈恩兒童文學研習營」，圖畫書為第五期的主題，是一般人接觸兒童文學的重要管道。

本階段重要人物：林海音引進美國圖畫書概念，倡導以兒童生活作為圖畫書創作主題；華霞菱是以幼教工作者參與圖畫書文字創作的作家；潘人木豐富的編輯經驗對圖畫書的創作提升有所貢獻；林良作為《小學生畫刊》最後一年的主編，直接採用圖畫書作為專題，有原創也有翻譯圖畫書，將圖畫書直接引入。後來更參與多本圖畫書的故事創作，留下重要經典作品；曾謀賢是臺灣省政府教育廳兒童讀物編輯小組的首任美術編輯。

插畫家在此時期，對圖畫書概念仍在摸索階段，以「為圖服務」的插畫概念為主。主要為臺籍插畫家，如趙國宗、曹俊彥、洪義男、呂游銘、劉宗銘等人，多在一九四五年之後，接受國民政府教育，然而政權轉換之際，即使如曹俊彥已具備文圖能力，仍謹守作為插畫者的

分際，即使有故事來源，初期對文字仍不具信心，須由其他作者掛名。而本階段創作者除趙國宗曾留學德國，呈現繪畫風格受西方畫家影響較深，其他創作者受到民間藝術薰陶以及漫畫影響較多。再者如趙國宗、曹俊彥因為出身教職，兼顧圖畫書可作為兒童美學教育的想法，經常採用不同媒材，讓兒童可以透過書籍欣賞繪畫表現。洪義男與劉宗銘從漫畫轉為兒童讀物繪製插圖和創作圖畫書，則是時代打壓漫畫下的生涯轉向。呂游銘年紀最輕，在一九七○年代移民美國之前，已經有很多圖畫書作品。

本階段圖畫書論述發展，開始「畫本」、「圖畫故事」等名稱的定義探討。早期師範專科學校教師論著，以民國初年論著和美國著作為參考資料。民間從事兒童文學討論，如傅林統以日本的論著作為參考，鄭明進也採日本論著資料，而日本論著參考自歐美國家圖畫書相關論述。因此，不論在臺灣主要關於兒童文學的論述來源主要還是直接或間接取自英美思潮。對圖畫書的定義、圖象藝術表現、文字的故事性、圖文關係等則已有見解。

有了圖畫書出版，也開始出現評論，如馬景賢在《兒童讀物研究第2輯》〈一年來的兒童讀物出版界〉討論《我要大公雞》的繪畫風格：「封面及插圖的講求，在兒童讀物中比較一般書籍要重要，出版界一定要重視這種工作，才能使兒童讀物有更進一步的發展。」（頁380）

此外，《國語及兒童文學研究——研習叢刊第三集》，也出現王玉川講述〈兒童讀物之韻文寫作研究〉，認為《我要大公雞》，「趣味豐富，含有濃厚的道德意味（努力工作才能得到報酬），語言自然，合於口語，音節也很美，絕未因形式而損及內容。」（頁175）而他也認為在用字上還是有可以仔細斟酌的地方，從一七六至一八五頁，就原文與修改作對照，仔細提出韻文修改想法。是此時期難得的評論內容。

第四章

解嚴到政黨輪替前（1987-1999）

　　一九八七至一九九九年，從臺灣解除戒嚴，到政黨輪替之前，此階段臺灣兒童文學發展，隨著政治氛圍改變，以及和國際交流機會更多，眼界開闊後，刺激本土原創作品，兒童文學作品有了不同風貌。兒童圖畫書的出版和創作，隨著經濟後發優勢，進入前所未見的榮景。

第一節　時代背景

一　政治經濟與社會環境

　　一九八七年七月十五日起，臺灣、澎湖、金馬等地區解除自一九四九年五月二十日起實施的「戒嚴法」，解除關於集會結社及遊行請願、言論、講學、報章雜誌、圖書等人民權利和自由受到的限制。解嚴後十一月二日起，開放臺灣人民，除現役軍人、公務員以外之一般人民赴中國探親，兩岸終於能再度往來。一九八八年一月一日，報禁解除，該年蔣經國總統逝世，威權時代結束，民主時代開始，國民平均所得也達到六千美元，隔年股市衝破萬點。高科技半導體產業，成為臺灣重要的產業代表。

　　一九八〇年代，外籍配偶（含大陸港澳、東南亞及其他）人數持續增加。一九八九年，外籍勞工開使始以專案申請方式引入，臺灣社族群更為多元。政治變化還包括一九九一年十二月終結「萬年國會」，在臺灣第一屆國民大會組成的老國代和監委全數退職。政治束

縛解除，加上臺灣社會開始從以初級產業為主的農村社會，轉型到以製造、貿易為主的工商社會，此時農村勞動力移入都市工商部門，家庭型態和人際關係變得不同。

除了政治改變告別舊社會，臺灣網路發展在一九九五年有重大變革，原先只限於學校的學術資源網路，由電信總局所開辦的網際網路服務Hinet正式收費啟用，一般民眾上網逐漸普及，臺灣上網人數迅速增加。

一九九六年三月二十三日，中華民國建國首次進行總統、副總統公民直選，由中國國民黨提名的李登輝、連戰當選，成為臺灣首位民選正、副總統。此次選舉是動員戡亂時期結束後第一次總統、副總統選舉，期間發生臺海飛彈危機。一九九七年，香港回歸中國，兩岸三地華文市場概念成型。

一九九九年九月二十一日凌晨，臺灣中部發生逆斷裂層型地震，造成二千餘人死亡與失蹤，多棟大樓倒塌，公共設施如道路、橋梁、學校等受到嚴重毀損，是臺灣戰後傷亡和損失最慘重的天災。

二　文化、教育等相關政策

一九八八年一月一日，報禁解除，自此解除一九四八年八月發布「臺灣省新聞雜誌資本限制辦法」，規定不能增加新報社、報紙不能增加版面的命令。在報禁解除後，有三十一家報社大幅增張，發行量大增，多家報社開始增加出版訊息刊登以及舉辦年度書獎。如：一九八八年四月二十日起，《中國時報》增設「開卷」週報，刊登各類圖書與作家訊息，一九九〇年起，舉辦年度最佳童書獎（一九八八年起，分為「最佳童書」和「最佳青少年圖書」兩類）。一九九一年，《聯合報》「讀書人」舉辦年度最佳童書獎十本，一九九四年起，更

將入選童書分為讀物類和繪本類（2006年起停辦）。一九九一年，中華民國兒童文學學會與《民生報》設置「好書大家讀」年度最佳少年兒童讀物獎，因兒童讀物出版數量與種類越見豐富與多元，一九九五年起分為「文學‧綜合」與「科學讀物」兩組分組評選。

　　報禁解除之前，全版以兒童閱讀為對象的日報，僅有《國語日報》。自一九八八年報禁解除之後，同類報刊相繼發行，有《兒童日報》、《國語兒童畫報》、《國語時報》、《小鷹日報》等，不僅內容豐富，印刷與排版更為精美。受到同業競爭，《國語日報》調整報紙內容及放大字體和調整版面。新增兒童報刊，最受矚目的是《兒童日報》（1988年9月1日創刊至1998年2月28日停刊），首任總編輯為洪文瓊，結合兒童心理、教育、大眾傳播等專家顧問，培養新人，例如：李瑾倫、賴馬、楊麗玲等人，製作兒童專屬日報。一九九二年五月三日，馬景賢主編《兒童日報：兒童文學花園版》，一九九二年間李倩萍在十五版（藝術版）「臺灣插畫家介紹」系列專文介紹童書插畫家，讓原本位居配角的童書插畫創作者獲得重視與肯定。

　　隨著政治禁忌鬆動，一九九三年，文化建設委員會將中央集權式的操作，改由文化地方自治化。一九九四年行政院「十二項建設計畫」特別加強社區文化發展，其中「社區總體營造」（community building或community development）統合此一新觀念。各地地方文史社團積極運作，啟動地方自主意識，試圖改善臺灣在經濟快速起飛後，經濟與文化失衡狀態。一九九六年，隸屬於行政院的原住民委員會成立，二○○一年客家委員會成立，政府重更加重視多元文化。

　　一九九三年臺灣出版社正式以「臺北出版人」名義參加波隆那兒童書展。由於臺灣童書插畫入選義大利波隆那兒童書插畫展獲得佳績，引起國人注意。一九九四年六月十二日著作權法公布，無翻譯版權書的延長期限。此後開始尊重著作權，也有助於讀物品質的提高和

取材國際化，且引發「多元文化」潮流。

　　成立於一九九〇年的財團法人兒童哲學基金會成立推動「思考探究」和「對話討論」為核心閱讀教育方式，一九九五年接受文建會支持，在全臺展開「書香滿寶島」閱讀和故事媽媽培訓，其中「圖畫書」是說故事者使用重要媒介。一九九四年「花蓮縣新象社區交流協會」於花蓮市成立，同時成立「繪本館」。一九九五年，婦運工作者陳來紅帶動一批位在臺北縣熱愛學習的媽媽們，在一九九六年成立「臺北縣書香文化推廣協會」，「故事媽媽」名稱開始被使用。各地也有各種兒童書香運動、童書俱樂部、英文繪本推廣等，引動圖畫書閱讀熱。

　　一九九二年，獲得日本國立御茶之水女子大學兒童學碩士林真美和一群好友在臺北縣新店市花園新城成立「小大讀書會」，推動親子繪本共讀。同一年，從日本學習返國的插畫家陳璐茜（LUCY）開始在耕莘文教院開設「陳璐茜想像力開發教室」手製繪本教學課程，吸引許多非科班出身的社會人士和學生創作手製繪本，帶動手製繪本的創作風氣。

　　在教育政策方面，一九八七年八月，九所師範專科學校改制為師範學院，「兒童文學」晉升為師院必修課（初級教育、幼兒教育、語文教育、數理、社會教育等學系），從邊緣課程成為核心課程。一九八八年五月二十七日，由臺中師範學院承辦九所師院舉辦的「兒童文學研討會」，開啟兒童文學研究風氣。一九八九年，研討會由臺東師範學院語文教育學系承辦，該系以「兒童文學」作為發展主軸。

　　一九九一年，九所師院改制為大學之後，臺東師範學院在一九九二、一九九三、一九九四年皆承辦以兒童文學為題的研討會。同時期，靜宜大學在一九九二年，舉辦第一屆兒童文學與兒童語言學術研討會。該年，各師範學院陸續成立幼稚教育學系，開設幼兒文學與圖

畫書欣賞與教學運用課程。一九九六年，教育部核准國立臺東師院成立「兒童文學研究所」，為國內第一所專門研究兒童文學的研究所，林文寶教授為籌備召集人。專業兒童文學研究所設立，為臺灣兒童文學理論建構與研究開啟新頁。

一九八九年，教育部開放國中藝能科及活動科目教科書為審定本，為實施九年國民教育中小學教科書開放審定之開端。教育部同時改編國語課本，邀請兒童文學作家林海音、林良、林武憲、陳木城等參與課文主稿。美術設計由劉伯樂負責。插畫邀請何雲姿、吳知娟、林傳宗、林鴻堯、洪義男、曹俊彥、陳維霖、楊麗玲、董大山、蔡靜江、簡滄榕、龔雲鵬等參與繪製。版面設計具現代感，繪圖風格多元，視覺感受活潑清新。

一九九三年九月「國民小學課程標準」修正發布，並擬從八十五學年度第一學期起實施「鄉土教學活動」科課程，希望以落實鄉土教育為主軸，進而立足本土，以「同理心」去尊重不同地域、族群和文化，建立多元文化觀。而國語則增列「課外閱讀」。新課程的實施，對兒童文學而言，自然有助於本土化，以及注重兒童讀物的傾向。一九九六年起，因教育改革開放民營出版商編印小學教科書，也有越來越多童書插畫家參與教科書插畫製作。

三　印刷、出版與通路現象

印刷技術和電腦結合進步在此時期達到突破性發展，美術設計排版更為方便，利用電腦繪圖現象增多，圖象時代來臨。網路發達，閱讀載體轉移，溝通交流和資訊取得更為便利，根據財團法人資訊工業策進會推廣處統計資料，全臺上網人口數在一九九六年六月為三十二萬人，一九九九年同期則達到四〇二萬人。一九九七、一九八八年由

美國帶起的網路熱潮，連帶影響全球網路發展。再者，出版通路從依賴直銷人員銷售套書的通路方式，逐漸解套，加上書籍行銷方式受到網路時代來臨，實體書店受到衝擊，代之而起的是網路購買，購書行為有重大改變。

此階段開始有更多專門為兒童出版的公司或部門成立，例如：一九八七年，上誼文化實業股份有限公司成立，為信誼基金會專門代理出版外文圖畫書成立之出版社。此外，信誼幼兒文學獎成立，凡年滿十六歲都可以參加，鼓勵圖畫書創作，隨著獎項的舉辦，吸引創作者投入，得獎著作也成為出版社的出版來源。

一九八〇年代初，臺灣出現專業著作權代理公司，例如：大蘋果版權代理有限公司、博達版權有限公司。一九八七年除了中文翻譯權之外，也處理連載權、合作印刷、圖片權利、影視等相關版權業務，圖畫書翻譯出版權取得更為快速。一九九〇年代，中國通過著作權法。一九九一年，臺灣與美國進行多年中美著作權談判，中文版權開始分為繁體、簡體兩種，過去臺灣出版社習慣取得翻譯全球中文版，自此授權範圍改為中國以外繁體字中文版權。

一九八九年，在經濟發展帶動下，誠品書店成立。一九九一年誠品在敦南店首次設置兒童書區。誠品兒童書店逐漸發展，為臺灣最具規模和特色的兒童書店，不同於傳統書店以書架為主的擺放方式，圖畫書增加平面擺放空間；進口圖畫書，以主題或作者建檔的排列方式，且增加專業兒童文學理論書；以摺頁文宣選書介紹配合，加強讀者的圖畫書概念。一九八八年，由行政院新聞局主辦的臺北國際書展，設立「兒童圖書主題館」，公部門及民間都更加重視兒童圖書出版。

公部門出版，以一九九一年起到二〇〇〇年出版的《田園之春》叢書一百本，主題涵蓋農林漁牧業等，由臺灣兒童文學作家和插畫家為主合作、中華民國四健會協會受行政院農委員委託發行。一九九四

年起，臺灣省政府教育廳兒童讀物編輯小組，開始出版第一批五本《中華幼兒圖畫書》，每年出版五至六種；另每三年一期，每一期舉辦一次「幼兒圖畫書書金書獎」，頒獎給文圖作者；出版後分送已立案之公、私立幼稚園。

民間出版，此階段許多出版社取得翻譯中文版權，以套書不分售分式，大量出版圖畫書。一九八八年遠流出版公司設兒童館「兒童的臺灣」系列大套書出版，多本獲得國際插畫相關獎項。

一九九五年，格林文化事業股份有限公司獲得布拉迪斯插畫雙年展（Biennial of Illustrations Bratislava，英文簡稱 BIB，1967年創立）「九五年度最佳童書出版社」，促成年底布迪拉斯插畫雙年展的「一九九五年世界巡迴展」，於臺北市立美術館及高雄市立中正文化中心展出。隨著套書皆以「繪本」為系列名，插畫入選獲得宣傳效應，「繪本」一詞也更加為讀者所熟悉。

一九九五年左右，電腦快速發展帶動排版軟體改進，改變排版到印刷生產流程，書籍編輯印製過程產生巨大變革。數位印刷從桌上排版系統如 PageMaker、Quark Express 和微軟的 Word 辦公室排版工具出現，不僅可運用的字體變多，美術設計和印刷作業功能更豐富。編輯、美術設計和印刷人員也必須學習使用新的操作系統。以圖畫為主的圖畫書在印刷、編排功能改進後，版面編排和裝幀設計更為精緻。

第二節　事件

一九八七至一九九九年間之重要「事件」，包含與兒童圖畫書相關的境外交流活動、公部門出版、民間出版、獎項與人才培育等，分述如下：

一　境外交流活動

（一）臺灣插畫家入選海外童書插畫展

圖十九　《水牛和稻草人》

一九八九年四月間，徐素霞以《水牛和稻草人》入選波隆那兒童書插畫展，為臺灣首度圖畫書原畫入選，開啟臺灣插畫者以此展覽作為競逐目標。

一九六七年開始，每年春天舉辦的波隆那兒童書展開始附設插畫展，主要為提供具國際水準的兒童讀物插畫者和出版社之間的交流。參選者可由個人或出版社提出五張原畫作品。作品不限是否已出版，如已出版必須為兩年內出版作品，且須勾選文學類（Fiction，具有故事性內容作品）或是非文學類（Non Fiction，圖鑑、科學等具有教育目的內容作品）參加。由於此書展為全球最大兒童書展，每年可看到世界各地不同風格的插畫，出版社能在此尋找合適的插畫者合作者，參加插畫展的插畫者也能在此尋覓合作出版社。一九八〇年代，臺灣取得國際資訊非常不容易，直到一九九〇年代才有更多獲得獎項資訊者參加且入選，例如一九九一年陳志賢、一九九二年入選的段芸之和王家珠。

臺灣經濟起飛後，出生於戰後嬰兒潮的插畫者開始投入圖畫書創作，且嶄露頭角，例如：劉宗慧、王家珠等人，在除了義大利波隆那兒童書展插畫展之外，接連入選各項插畫獎，讓國人了解臺灣圖畫書創作者的插畫技術已跨入國際門檻。例如：捷克「布拉迪斯國際插畫雙年展」、西班牙「加泰隆尼亞插畫展」（Catalonia Premi Internacional ilustración）等。

此外，臺灣出版社在一九九三年，正式以「臺北出版人」名義參加波隆那兒童書展。此階段童書插畫家的能見度更強，也有更多境外交流。

（二）臺灣創作者在海外出版圖畫書

曾經擔任臺灣省政府教育廳「中華兒童叢書」美術編輯的曾謀賢與太太張悅珍，曾參與多本「中華兒童叢書」插圖工作，移居美國後，得到合作童書插畫出版機會，兩人以Jean &Mou-Sien Tseng為名聯合創作，一九九〇年為改編中國傳統故事「七兄弟」《The Seven Chinese Brothers》，出版後獲得美國圖書館協會傑出童書獎（ALA Notable Book）。具有東方背景的他們，又陸續合作出版一些具有東方色彩的圖畫畫，夫妻倆人在美國合作出版童書共超過三十本（未有中文譯本）。

孫晴峰（Chyng Feng Sun , 1959-）曾獲得信誼幼兒文學獎首屆圖畫書創作評審委員推薦獎的（和市川利夫合作的《葉子鳥》），也是美國西蒙斯女子學院（Simmons College）兒童文學碩士，同時也是美國雪城大學（Syracuse University）教育碩士和麻州大學傳播學博士。透過她在美國與出版社接觸機會，引介陳志賢、劉宗慧在美國和她合作出版多本圖畫書，部分圖畫書也在臺灣出版。孫晴峰和陳志賢在美國合作出版的第一本圖畫書是一九九三年的Square Beak；隔年出版On A White Pebble Hill，同年由信誼出版中文版《白石山歷險記》。孫晴峰和劉宗慧合作的Cat and Cat-Face（1996），一九九九年由遠流翻譯出版為《貓臉花與貓》。

黃本蕊（BenreiHuang, 1959-）畢業於國立臺灣師範大學美術系，隨後負笈紐約，就讀於視覺藝術中心學院（School of Visual Arts）插畫研究所，研究插畫藝術。一九八一年畢業後參與兒童讀物

與圖畫書出版。第一本在美國出版的圖畫書為 *What Can a Giant Do？*，之後陸續在美國出書。一九九五年她為格林文化的「大師名作繪本系列」《馬褲先生》以及《狂人日記》畫插圖，也將個人從事兒童插畫創作經驗寫在著作《插畫散步──從臺北到紐約》。

插畫家除了和美國合作，到日本遊學的李瑾倫，也在一九九二年出版與日本學研出版社合作繪圖的「世界兒童繪本系列」之一，《賣梨人與不可思議的旅人》以日文出版。

（三）海外插畫家與出版來臺交流

在解除戒嚴後，臺灣有更多機會邀請海外插畫家來臺參與交流。例如：信誼幼兒圖書館在一九八八年開幕，邀請日本插畫家安野光雅以「我的圖畫書」為題發表演講。首屆信誼幼兒文學獎頒獎典禮，邀請福音館海外部主任穗積保演講。還有一九九二年第五屆邀請捷克插畫家史提凡・查吾爾（Stepan Zavrel, 1932-1999）來臺主持「兒童插畫專業工作坊」、一九九五年第八屆邀請美國插畫家大衛・麥考利（David Macaulay, 1946-）進行演講活動等。

此外，臺北國際書展曾在一九九二年，邀請奧地利童書作家莉絲白・絲威格（Lisbeth Zwerger, 1954-）在第三屆臺北國際書展，展出個人原畫展及發表演講。一九九三年捷克的柯薇塔・波茲卡（Kvta Pacovsk, 1928-），為一九八六年安徒生插畫大獎得主，應邀於第四屆臺北國際書展，展出個人原畫展及表演繪畫技巧，各種交流機會日漸增多。

自一九九五年起，臺灣圖畫書插畫多次入選國際插畫獎項，讓國人注意到國內的圖畫書插畫已達國際水準，而歐美各國童書插畫藝術蓬勃發展隨之引起國人重視，文建會和出版社配合，陸續辦理「布拉迪斯國際插畫雙年展」、「波隆那兒童書插畫展」、「國際大師卡門凡佐

兒個展」等大型國際兒童書插畫展覽，展出世界各國得獎傑出作品，提供國內出版界以及插畫家，了解國外兒童讀物插畫趨勢和觀摩機會。而一九九六年起，臺北國際書展改為民間承辦，兒童書店也因為商業活動需要，配合出版社新書出版宣傳活動，進行演講簽書、圖畫書原畫展等，活動邀約十分頻繁。

負責邀約國外童書插畫家來臺的出版社如格林文化、和英出版社、信誼基金出版社、青林國際、台英社等，皆是以出版圖畫書為公司主要出版品。臺灣外交艱困，出版社透過與國外出版社或畫家取得聯繫，累積資源和人脈。例如格林負責人郝廣才，一九九六年邀約到曾獲得BIB大獎和安徒生大獎的斯洛伐克畫家夫婦杜桑·凱利（Dušan Kállay, 1948-）和卡蜜拉·史坦洛娃（Kamila Štanclová, 1945-）、一九九七年的義大利插畫家英諾桑提（Roberto Innocenti, 1940-）來臺舉辦個人特展，也趁此機會擴大活動為一九八八年「第一屆福爾摩沙兒童圖書插畫展」（1997年12月-1998年2月）於臺北中正藝廊展出，將臺灣插畫家作品納入。一九九九年，邀請澳洲插畫家，羅伯·英潘（Robrt Ingpen, 1936-）來臺舉辦個人插畫展。凡此種種活動，皆為臺灣圖畫書閱讀、推廣與創作者，打開國際視野。

二　公部門圖畫書出版

（一）行政院農業委員會與民間出版社合作出版圖畫書

「自然生態保育叢書」是行政院農業委員會（簡稱農委會）為推廣業務，和民間出版社合作，首次進行的圖畫書出版。為加強兒童對自然保育認識，由農委會保育科與國語日報合作編輯圖書，邀請兒童文學作家撰寫故事、插畫家配圖，於一九八八年六月出版，叢書有：《小山屋》、《流浪的狗》、《獨臂猴王》、《穿紅背心的野鴨》等，

共計十五冊。此系列也是國內第一套針對當前自然生態為兒童編印的圖畫書。

一九九二年起，農業建設委員會再與多位文、圖創作者合作出版「田園之春叢書」，從一九九二年開始陸續出版至二〇〇〇年，共計發行一百本圖畫書。這套書從構想到圖文創作、編輯出版，主要由臺灣兒童文學界重量級作者和繪者合作，並由林良、鄭明進、曹俊彥、蘇振明、陳木城以及馬景賢等人擔任執行主編。

「田園之春」企劃之初，設定適讀年齡、開本、大小等，按照「科學類圖畫書」類型進行製作，專為臺灣兒童認識臺灣農村而設計。內容分為農、林、漁、牧四個大類，從生產、生活、生態等三方面，用「天、地、人」角度進行製作，不堆砌知識和資料，以圖文並茂的方式介紹臺灣的農漁業特產和自然生態和早期農村生活等，書籍製作動員臺灣兒童文學界多位作、繪者，以及編輯。作者有林良、陳玉珠、黃郁文、馮輝岳、林武憲、李潼、管家琪、陳木城、朱秀芳、王蘭、黎芳玲、陳月霞、王文華、劉克襄、劉還月、徐仁修……等人，繪圖和攝影者有曹俊彥、劉伯樂、洪義男、王金選、徐素霞、何雲姿、官月淑、林傳宗、林純純、許文綺、張哲銘、林麗琪、鍾易貞、何華仁……等人。

在翻譯書當道的童書市場中，「田園之春」提供臺灣人才參圖畫書圖、文創作與出版機會，也讓臺灣兒童能有更多機會認識臺灣風土民情以及農村。努力推廣「公共圖畫書」的蘇振明認為，「田園之春」提供給臺灣原創圖畫書創作者更多參與機會，「將人民繳納給政府的稅金拿來再利用，在合法的依據下，執行正義出版的原則，藉以培育愛鄉愛土的文化公民。」[1]具特殊意義。

1　出自陳玉金著：〈蘇振明——研創「公共圖畫書」傳遞鄉土之愛〉，《國語日報》兒童文學版「臺灣圖畫故事書和人」，2011年2月13日。

（二）臺灣省教育廳兒童讀物編輯小組「中華幼兒圖畫書」

一九九〇年代，臺灣童書出版蓬勃發展，公部門出版品中，由省政府教育廳兒童讀物編輯小組出版的「中華幼兒圖畫書」，雖然系列名稱為「幼兒圖畫書」，卻是由國內創作者企劃設計創作的「立體圖畫書」，在原創作品中顯得特別。

此系列書，以幼兒生活經驗為基礎，取材自幼兒生活周遭常見的事物，結合本土兒童文學作者與插畫家，投入編輯繪製，從一九九四年至一九九七年陸續出版，系列書有：《蝴蝶結》、《匆忙的一天》、《門，輕輕關》、《雅美族的飛魚季》等，共計二十二本立體書圖畫書。

由於此系列製作繁瑣，所費不貲，不易量產，定價也比一般坊間來得高。多數創作者未具備立體圖畫書的編輯製作技巧，加上在兒童出版市場中，已經引入許多國外知名童書出版社製作發行的立體書，相形之下難以突破，然而此套書仍有具巧思的作品，例如由李瑾倫構想故事以及編輯繪製的《門，輕輕關》，由一隻小狗總是用力關門的動作，而引起房子塌陷的趣味故事，作品利用紙張切割、摺疊、翻頁和黏貼的方式，呈現不同的造型。或是楊麗玲、賴馬合作的《匆忙的一天》，由兩個故事結合成為一個故是的方式，讓左右兩邊的圖，可以連貫起來閱讀，饒富趣味，在兒童讀物編輯小組裁撤後，此書獲得重新出版的機會。

三　民間圖畫書出版

（一）遠流出版社「兒童的臺灣」系列出版

一九八八年，遠流出版公司設兒童館，郝廣才策劃「兒童的臺

圖二十　《七兄弟》

灣」系列，出版「繪本童話中國」、「漫畫臺灣歷史故事」、「繪本臺灣風土民俗」、「繪本臺灣民間故事」等各套書，此系列內容由編輯撰文，再由插畫者加以「繪本化」。出版社將圖畫書插畫送到各國際插畫展覽參加競賽，獲致多項國際插畫大獎。

「兒童的臺灣」系列書皆以精裝全彩大開本出版，其中「繪本童話中國」三十冊和「繪本臺灣民間故事」十二冊，全書以單一改寫民間故事、圖畫書形式出版，參與故事撰文和繪圖者，很多是從漢聲英文雜誌社經歷豐富工作訓練轉任遠流的畫家參與。

一九九一年起，「繪本臺灣民間故事」套書多本獲得在伊朗舉辦的亞洲兒童書插畫雙年展，王家珠以《懶人變猴子》得到首獎。其他獲得佳作有：王家珠的《白賊七》、李漢文的《賣香屁》插畫作品。

一九九二年「繪本童話中國」王家珠繪圖的《七兄弟》，入選一九九二年義大利波隆那兒童插畫展，劉宗慧繪圖的《老鼠娶新娘》榮獲西班牙加泰隆尼亞國際插畫展首獎及當年中國時報開卷年度最佳童書。其餘中國畫家參與繪製的《顧米亞》、《青稞種子》、《火童》等，分別入選波隆那兒童插畫展及西班牙加泰隆尼亞插畫展。

上述由遠流出版「兒童的臺灣」系列多本作品入選國際插畫獎，是臺灣出版界首度獲此佳績，引起國人關注，而套書以「繪本」為系列名，也開始為讀者所熟悉。

（二）光復書局「光復幼兒圖畫書」、「光復幼兒成長圖畫書」

光復書局在一九九〇年和一九九四年各出版兩套幼兒圖畫書，首

先是一九九○年十月推出的「光復幼兒圖畫書」，總計有四個系列：
語文、數學、自然、美術等，每系列各十冊圖畫書。一九九四年八月
出版的「光復幼兒成長圖畫書」，則分五大系列，各八冊圖畫書，分
別是社會認知、自然科學、創造思考、心理成長、數學概念等系列，
此二套書皆製作提供給大人閱讀的親子手冊。

由於此二套書製作冊數龐大，由各組主編們分別在套書主題架構
確認後，協助找到適當的文字作者和圖畫作者。故事撰寫由資深兒童
文學工作者協助，如林良、馬景賢、李南衡、林武憲、謝武彰、陳木
城、蘇振明、張水金、方素珍、洪志明等人。插圖的部分，有鄭明
進、劉宗銘、洪德麟、龔雲鵬、劉伯樂、陳永勝、洪義男等人參與。
此外，還邀請許多「五年級」新秀插畫，如施政廷、林純純、何雲
姿、李瑾倫、陳璐茜、王金選、林鴻堯、林傳宗、官月淑、陳維霖、
蔡靜江、曲敬蘊、鍾偉明、嚴凱信、崔麗君、張振松等人。

光復書局出版此二套書，文字由資深兒童文學作家潘人木擔任總
監修；圖畫部分由曹俊彥監修。二○○三年，光復書局因經營不善倒
閉，這兩套書，僅少數獲得重新出版，如曹俊彥的《別學我》、《你一
半我一半》，以及陳木城文、邱承宗圖《大洞洞　小洞洞》等。

（三）臺灣英文雜誌社「世界親子圖畫書」

一九九一年底，英文漢聲雜誌社終止由臺灣英文雜誌社代銷合作
關係，在失去最重要的經銷商品《漢聲精選世界兒童圖畫書》之後，
台英社決定投入圖畫書《世界親子圖畫書》系列出版，邀請鄭明進、
潘人木、林良、馬景賢、嶺月、鄭雪玫、曹俊彥等兒童文學界人士擔
任出版顧問和諮詢委員，挑選世界知名圖畫書翻譯，如：《小藍和小
黃》、《和甘伯伯去遊河》、《巴士站到了》、《七隻瞎老鼠》等。

一九九二年，《世界親子圖畫書》配合直銷販售所需，套書不分

售。每輯皆針對書中內容附加「親子手冊」，邀請專家導讀。本系列
至一九九五年出版第六輯，共計一百二十本圖畫書，其中：《圓仔
山》、《鳥兒的家》、《看畫裡的動物》和《臺灣的蝴蝶》為臺灣原創。
二〇〇三年，本系列再增加二十本，總計一百四十冊圖畫書。

（四）格林文化和國外插畫家合作出版

一九九三年，郝廣才創立格林文化事業股份有限公司出版，創業
代表作「新世紀童話繪本」共二十冊，皆由郝廣才改寫知名童話，再
與國內外插畫家合作，例如：《小紅帽來啦》、《巨人和春天》、《皇帝
與夜鶯》、《新天糖樂園》等。此系列把經典童話中大家耳熟能詳的故
事經過改寫，加上精美的插圖與印刷，引起讀者關注。也成功銷售許
多國外版權。

一九九四年，格林文化再製作由臺灣作者改寫翻譯世界文學經典
名著，找國際插畫家合作出版「大師名作繪本」系列，共二十冊，由
臺灣麥克發行，其中《兒子的大玩偶》為黃春明著、楊翠玉圖，插圖
入選西班牙加泰隆尼亞國際插畫雙年展、捷克布拉迪斯國際插畫雙年
展，本系列後來發行出版共六十冊。由於作品皆為世界知名文學作
品，雖然為兒童改寫為繪本，但精美的插圖吸引成人讀者，擴大圖畫
書的閱讀年齡。

（五）遠流出版翻譯圖畫書

大量翻譯出版經典以及得獎圖畫書，是此時期的特色。一九九六
年六月，遠流出版公司童書館成立「大手牽小手」叢書，由林真美擔
任策劃及選書。一九九六年十一月先推出十一冊，一九九七年十二月
再出版十三冊，一九九九年二月出版十三冊。以美國知名經典圖畫書
為主，例如：《在森林裡》、《小房子》、《100萬隻貓》、《愛花的牛》

等。一九八八年開始，再以主題式選書，為套書出版策略，例如：邀請臺北市立婦幼醫院兒童心智科主治醫師陳質采擔任策劃選書，出版「我會愛精選繪本」系列，至二〇〇五年共計出版十三冊。

（六）天衛、新學友、三民書局出版原創圖畫書套書

原創圖畫書在此時期有相當多數量，採取套書或系列書規劃出版。一九九六年，天衛出版社出版「小魯成長圖畫書」系列，主題為兒童的「第一次生命經驗」，出版《第一次環島旅行》等，共十冊。

一九九六年新學友出版「彩虹學習圖畫書」系列，套書不分售，共三十五冊，分為七類：心理成長、語文發展、社會觀察、自然觀察、操作遊戲、想像創造、民族文化等，每系列出版五冊，本土作家與插畫家合作，例如：《大塊頭‧小故事》、《我家住在大海邊》、《我砍倒了一棵山櫻花》、《鏡內底的囝仔》等。此套書製作精良，提供許多臺灣創作者出書機會，可惜新學友後期倒閉，部分創作者甚至未拿到稿費。

一九九六年，三民書局出版「兒童文學叢書小詩人」系列，由簡宛主編，邀請多位詩人創作童詩搭配插圖，以圖畫書形式出版詩畫集，例如：《我是西瓜爸爸》、《家是我放心的地方》、《春天的短歌》、《媽媽樹》等，共計二十冊，數量龐大，為臺灣出版詩畫集留下記錄。

（七）臺灣英文雜誌社出版《精湛兒童之友》雜誌型圖畫書

一九九七年十二月，由臺灣英文雜誌社創刊的《精湛兒童之友》，效法日本福音館以月刊出版圖畫書方式，推出第一本圖畫書月刊，為翻譯自日本的林明子著《神奇畫具箱》。

只可惜一九九九年十二月面臨停刊。在二十期當中，有八本精彩原創，例如：鄭清文著、陳建良圖《沙灘上的琴聲》、潘人木著、鄭

麗媛圖《咱去看山》，前者以考察臺灣海景寫生，後者以膠彩畫作為
媒材，又以苗栗的火焰山作為故事場景，不論內容和插畫皆為一時
之選。

（八）紅蕃茄出版臺灣生態圖畫書

　　一九九九年，紅蕃茄出版社成立，出版致力於本土素材以臺灣生
態為題的圖畫書，出版社負責人邱承宗身兼作者與畫者，曾以《臺灣
昆蟲：蝴蝶》入選二〇〇〇年波隆那兒童書插畫展。〈臺灣保育類昆
蟲〉插畫五張，入選二〇〇六年波隆那兒童書插畫展之後，選擇在二
〇〇七年結束出版社。邱承宗以個人豐富的觀察生態經驗，將素材轉
換為圖畫書，成為專業作者，交由其他出版社編輯出版。

四　獎項與人才培育

　　此階段在各種兒童文學獎項推波助瀾之下，造成各種文類的兒童
文學創作熱潮，與圖畫書發展相關的有下列獎項：

（一）信誼幼兒文學獎

　　一九八七年一月三十一日創設的「信誼幼兒
文學獎」，凡年滿十六歲都可以參加，徵選為幼兒
適讀的圖畫書創作。除了一九八八年因受到舉辦
「福爾摩沙原畫徵獎」停辦之外，至今每年皆舉
辦一次。第一屆獲獎者，首獎：郝廣才文、李漢
文圖的《起牀啦，皇帝！》，圖畫書創作評審委員
推薦獎：孫晴峰文、市川利夫圖的《葉子鳥》，圖
畫書創作佳作獎：曾陽晴文、萬華國圖的《媽媽，買綠豆》。其他

圖二一　《媽媽，
買綠豆！》

幾屆得獎者有：陳璐茜、李瑾倫、陳志賢（陳仝）、賴馬、王金選、陳致元、林小杯、劉旭恭等。多數得獎作品獲獎後得以出版，成為信誼重要原創圖畫書出版來源。隨獎項舉辦，吸引創作者投入圖畫書獎與文字創作，發掘也培育臺灣圖畫書創作人才。

從第一到第十四屆（2002年），設圖畫書創作首獎、評審委員推薦獎、創作佳作獎，以及文字創作獎等，自二〇〇三年後則取消文字創作獎，至二〇一四年才又公布第二十七屆起，恢復文字創作獎項。信誼幼兒文學獎宗旨為幼兒文學定位、為幼兒創作好書、培養與鼓勵原創，對臺灣幼兒文學創作發展多所貢獻，從累積得獎作品能看到隨著社會變遷環境變遷，幼兒文學創作主題、繪畫風格表現，以及兒童觀等的變化。

（二）中華兒童文學獎

由財團法人鄭彥棻文教基金會與中華民國兒童文學學會共同於一九八八年五月設立的「中華兒童文學獎」，獎勵具有中華民國國籍之兒童文藝工作者，創作者獎項分：分為「文學類」與「美術類」，每類得獎者各一名。第一屆美術類得主為何雲姿，其他至十屆依序為：劉宗銘、徐素霞、曹俊彥、張義文、陳璐茜、劉伯樂、邱承宗、賴馬、劉建志等人。一九九七年之後改為「文學類」與「美術類」輪流頒發，第十二屆一九九九年「美術類」獲獎者為張又然、二〇〇一年為仉桂芳，此為第十四屆後停辦。

（三）陳國政兒童文學新人獎

一九九三年，臺灣英文雜誌社為了鼓勵更多學生參與圖畫書的創作，設立「陳國政兒童文學新人獎」。獎項委由中華民國兒童文學學會辦理，分為童話、童詩和圖畫故事三類，以「發掘創作新秀、提倡

並獎勵青年學生創作兒童文學」為宗旨。獎項分：圖畫書、童詩，每年頒布一次，新人獎三名、佳作一名。

　　一九九七年起，為擴大愛好者參與，改名為「陳國政兒童文學獎」，共舉辦九屆，獎項分：圖畫故事類、兒童散文類，社會組：首獎一名、優選一名、佳作一名，新人組：新人獎一名。第一屆圖畫故事類首獎由黃永宏的《彩虹山》獲得。此獎培育許多圖畫書創作者，例如：嚴淑女、施新宜、林莉菁、蘇阿麗、黃郁欽、廖健宏、林秀穗、曹瑞芝（陶樂蒂）等人。二〇〇二年，因台英社公司政策問題停辦，僅少數得獎作品獲得出版，如曹瑞芝的《好癢！好癢！》（第九屆首獎作品）。

（四）國語日報兒童文學牧笛獎

　　一九九五年，由財團法人國語日報社創設的「兒童文學牧笛獎」，設獎宗旨為「發掘兒童文學創作人才，鼓勵兒童文學創作風氣。」參加對象為年滿十八歲，以中文書寫的海內外華人，每兩年舉辦一次，分為「童話」與「圖畫故事」兩項。自二〇〇九年第八屆起，取消「圖畫故事」組獎項，轉型為每年一度徵選「童話」。

圖二二　《鐵馬》

　　牧笛獎一九九五年十月二十五日公布第一屆得獎名單，「圖畫故事」首屆首獎從缺、優等獎有兩名：王蘭文、張哲銘圖《鐵馬》、賴建名（筆名：賴馬）著《我變成一隻噴火龍了！》、佳作：高玉菁著《秘密花園》、黃麗珍著《不吃魚的怪怪貓》、方素珍文、仉桂芳圖《祝你生日快樂》、林宗賢著《鷺鷥阿莫》等。

　　牧笛獎歷屆所有獲獎作品，均由國語日報出版中心出版，例如：梁淑玲著《椅子樹》、黃郁欽著《烏魯木齊先生的假期》、蔡兆倫著

《我睡不著》、陳慧縝著《我們家的長板凳》等。許多得獎者後續仍持續創作圖畫書，例如：張哲銘、王蘭、林宗賢、郝洛玟、崔永嬿、蔡兆倫、余麗婷、童嘉瑩（童嘉）等。

第三節　人物

本期圖畫書發展相關重要推手，包括出版社圖畫書獎項創辦者、觀念推廣者，以及對圖畫書企劃、有開創性影響者等，計有：兒童文學作家馬景賢、圖畫書推廣與畫家鄭明進[2]、出版社負責人張杏如、同時身為編輯、文字作者和出版社負責人的郝廣才、家庭關係與幼兒教育學者黃迺毓等人。

一　鄭明進

鄭明進（1932-）出生於臺北六張犁，畢業於臺北師範藝術科，擔任國小美術教師二十五年。自教職退休後曾於英文漢聲雜誌社、雄獅美術、臺灣英文雜誌社圖書、光復書局《兒童日報》、《巧連智雜誌》等編輯顧問。圖畫書代表作：《十兄弟》、《小紙船看海》、《小動物兒歌集》等，圖畫書創作超過六十本，圖畫書翻譯《好餓的毛毛蟲》、《10個快樂的搬家人》等超過百冊。兒童美術教育及圖畫書推廣論譯介著作超過二十五冊。六十歲那年獲得「第五屆信誼幼兒文學獎特別貢獻獎」。

鄭明進擔任國小美術老師期間，非常重視兒童美術教育，編寫、翻譯、編輯多本和兒童畫相關著作。由於童年時期看過日本講談社出

2　由於鄭明進同時身兼圖畫書推廣與創作者，此時期他對觀念推廣更勝於創作，因此歸在「人物」之列。

版的繪本，深受書中插畫吸引。擔任美術老師期間，引用日本翻譯歐美圖畫書作為美術教學引導，對圖畫書產生研究興趣。一九六五年，從兒童美術教育領域轉向圖畫書創作與推廣，是臺灣兒童圖畫書推廣啟蒙者。一九六八年出版《十兄弟》，是他擔任插畫的第一本圖畫書。一九六九年，代表臺灣到日本參加亞洲兒童美術教育會議，在東京見到日本兒童讀物因為戰後受政府鼓勵而興盛，返臺後更盡力推廣圖畫書。一九七六年，和林良合作圖畫書《小紙船看海》及詩畫集《小動物兒歌集》出版。

一九七七年，從西門國小退休。一九八〇年，於臺北春之藝廊展出「童心、童話、童畫──鄭明進插畫展」，為臺灣首位舉辦個展的童書插畫家。一九八四年，漢聲雜誌社計畫出版自製童書，鄭明進加入「漢聲精選世界最佳兒童圖畫書」選書、為《媽媽手冊》撰寫「圖畫書與幼兒教育」專欄。次年參加「八五兒童圖畫書原作展」。一九八八年，首次到義大利參加波隆那兒童書展，後來鼓勵徐素霞將作品送展，隔年《水牛和稻草人》成為臺灣首度入選「文學類」作品。

一九九〇年起的十年間，鄭明進擔任農委會「田園之春」叢書企劃與主編，鼓吹製作知識類兒童讀物，讓兒童能透過閱讀圖畫書獲得科學知識。長年在報章雜誌介紹世界傑出圖畫書插畫家，結集出版《世界傑出插畫家》等書。

一九九三年，在臺北太平洋 SOGO 百貨公司舉辦「童話童畫 VS 名兒童插畫家──鄭明進先生畫作展」。二〇〇二年，七十歲那年在臺北市誠品書店敦南藝文空間展出「我和我站立的村子──鄭明進七十圖畫書文件展」。二〇〇七年，中華民國兒童文學學會主辦「臺灣資深圖畫書工作者──鄭明進先生繪畫創作、圖畫書原畫作品展及研討會」出版論文集。二〇一一年，鄭明進擔任國家美術館「臺灣兒童圖畫書百人插畫展」指導顧問並參與展出。洪文瓊認為早期臺灣美術

科班畢業生很少人願意終身投入兒童讀物插畫工作，鄭明進在學生時代曾入選過臺灣省全省美術展覽會，以此背景和實力卻未選擇在「純藝術」發展，讚譽為「臺灣兒童圖畫書教父」。[3]二〇一二年，鄭明進八十歲，毛毛蟲兒童哲學基金會發起與國立中央圖書館臺灣分館舉辦「繪本阿公‧圖畫王國——鄭明進八十創作展暨系列活動」，鄭明進也多了「繪本阿公」的暱稱。

二　馬景賢

　　馬景賢（1933-2016）出生於河北良鄉。一九四九年二月，隻身從上海跟隨國民政府部隊撤退到臺灣。因戰爭失學，來臺後努力進修至國立臺灣師範大學國文系畢業。曾任國立中央圖書館編輯、美國普林斯頓大學圖書館東方部館員、農委會圖書館館員等。工作之餘致力於兒童文學創作，包括：兒歌、圖畫故事、小說、散文，亦翻譯、改寫等。撰寫圖畫書代表作品有：《國王的長壽麵》、《小山屋》、《我的家鄉真美麗》等。曾獲中華兒童文學創作獎「文學類」、國家文藝獎、中興文藝獎。

　　一九六八年間，馬景賢到美國普林斯頓大學圖書館東方部工作，觀察到美國兒童讀物非常興盛，書信告知當時《小學生雜誌月刊》的主編林良。一九六九年返國，在圖書館任職之餘，也勤於撰文介紹在美國觀察到的兒童讀物相關發展措施與概念。一九七二至一九八三年，主編《國語日報——兒童文學週刊》，主動企劃與邀約國內兒童文學工作者提供兒童文學文類論述、作品介紹與寫作方法等文章。

　　一九七四至一九八三年，馬景賢在擔任洪建全基金會顧問期間，

3　出自《鄭明進畫集1950-1993》，由洪文瓊撰寫的〈為天下藝術家養魚——鄭明進老師側記〉，頁6。

建議設置「洪建全兒童文學創作獎」，參賽項目列入「圖畫故事書」參選，當時國內普遍對於圖畫書還沒有概念，此項作品徵選活動，讓原創圖畫書有了關鍵性的起步。一九七五年，馬景賢編著《兒童文學論著索引》出版，主要感於當時研究者查找兒童文學資料十分困難，引發他編著索引嘉惠研究者的想法。

　　一九八七年，馬景賢在理科出版社企劃「創作圖畫書」套書第一輯出版十本和撰文。在農委會工作期間，又促成農委會和國語日報共同合編「自然生態保育叢書」圖畫書，以及「田園之春叢書」系列圖畫書，是原創圖畫書重要幕後推手。

三　張杏如

　　張杏如（1947-）出生於臺中，畢業於臺大歷史系、美國伊利諾州立大學歷史碩士。擔任信誼基金會執行長，長期投入學前教育與幼兒出版事業，創辦「信誼基金出版社」，出版品達千種以上。成立「信誼幼兒文學獎」鼓勵圖畫書創作，發掘、培育臺灣重要兒童文學作家及兒童畫家，在臺灣原創圖畫書發展過程為具指標性的里程碑。

　　張杏如婚後負責信誼基金會運作，有了孩子更關注到當時民間能接收到的教育資源不多，加上當時臺灣社會從農業社會發展為工商業社會，小家庭越來越多，年輕父母脫離原有社區鄰里和父母親支持，又對以往父母教養孩子方式產生疑慮。基於這些因素，一九七七年，基金會成立臺灣最早從事推廣學前教育的專業服務機構「學前教育研究發展中心」，而「出版圖畫書」是幼兒教育重要一環。

　　一九七八年四月「信誼基金出版社」成立，為國內首家專業為幼兒出版圖畫書和教育玩具的出版社，第一本書為「幼幼圖書」系列的《媽媽》，由林良撰文，趙國宗繪圖。因製作成本高、定價不低，書

籍出版後，反應不如預期。為推廣圖畫書概念，張杏如一方面企劃編輯書籍出版，大量搜集國外圖畫書，也跟著有圖畫書經驗的前輩，例如：擔任社長的李南衡、總編輯曹俊彥、兒童文學作家林良、畫家趙國宗等人學習；另一方面到各鄉鎮做圖畫書巡迴展和舉辦演講，向大眾推廣圖畫書概念。

信誼出版社成立十年後，一九八八年設立「信誼幼兒文學獎」。起因於一位遠從美國洛杉磯回來臺灣買書的幼兒園老師在書店裡想找有華人孩子臉孔的書，發現作品不多，張杏如得知後，感悟到幼兒基本上是要先建立自我概念和自信，希望以「信誼幼兒文學獎」鼓勵圖畫書原創。又配合頒獎典禮，經常邀請國外知名圖畫書插畫家，如安野光雅等人來臺頒獎及演講，或舉辦研習活動、入圍作品展等。二〇〇九年，信誼跨足中國設立「信誼圖畫書獎」，邀集中國幼兒教育界與兒童文學界及閱讀推廣者共同支持，於二〇一〇年頒發第一屆得獎作品。多年投入圖畫書創作人才挖掘和作品出版，張杏如認為只有優質的圖畫書才是孩子成長真正的資糧，也才能一代又一代的流傳下去。

四　黃迺毓

黃迺毓[4]為臺灣高雄人，輔仁大學家政學系畢業。為美國南伊利諾大學家政教育哲學碩士、博士。曾任幼教老師，托兒所所長、信誼基金會諮詢顧問。任臺灣師範大學人類發展與家庭學系教授、臺灣閱讀協會第三屆理事長、臺灣家庭生活教育專業人員協會理事長、好消息電視臺「遇見圖畫書」節目主持人等。學術專業為家政教育、家庭教育、親職教育，以及兒童文學。積極推動家庭生活教育、生命教育

4　無法取得出生年，僅按著作資料推測排序。

圖畫書，以及親子共讀。著作《童書非童書──給希望孩子看書的父母》、《童書是童書》介紹圖畫書，撰寫宗教圖畫書《南京的方舟──魏特琳的故事》、《我是江蘇六合人──棣慕華的故事》等，翻譯經典圖畫書：《逃家小兔》、《月亮晚安》等。

　　黃迺毓二十六歲那年，取得碩士學位，回母校輔仁大學家政系擔任講師。兩年後，再赴美攻讀博士學位，注意到美國童書興盛，勤於閱讀和蒐集資料。三年後返臺，在師範大學家政教育研究所任教。當時研究所並沒有「兒童文學」課程，她主動提出開設課程，也從事生命教育圖畫書推廣。

　　一九九四年，黃迺毓和李坤珊、王碧華合著《童書非童書──給希望孩子看書的父母》，此書醞釀兩年，期間童書出版十分蓬勃，內文以問答方式，從孩子發展與教育角度和家長分享看法，提倡幼兒即可閱讀的觀念，期待閱讀成為親子之間享受的活動。書中所提童書多為圖畫書，也討論有關國內如何培養出更多童書作者和畫者的問題（頁225）。擔任此書編輯的宋珮，說明透過編輯這本書，因而認識了圖畫書，也開始嘗試把圖畫書和藝術欣賞的課程互相結合。一九九七年，黃迺毓返回南伊利諾大學進修，旁聽兒童文學課程，得到更多啟示和內容，也和更多同好，如柯倩華討論。一九九九年，黃迺毓再出版《童書是童書》，仍由宋珮協助編輯，書中回答更多讀者的疑問，也介紹更多圖畫書和製作方法。

　　黃迺毓曾經擔任教會「宣教士圖畫書系列」總編輯，雖然以宣教為主，邀請故事或圖畫創作者都是有童書相關經驗者，例如：李瑾倫、米雅、余治瑩、宋珮、郝洛玟、張淑瓊、劉清彥、蔡兆倫等多人參與，共計出版二十冊圖畫書，她也擔任撰文者。在教書、譯介和推廣圖畫書之餘，黃迺毓更參與電視節目製作，和劉清彥搭檔，推廣圖畫書。

五　郝廣才

郝廣才（1961- ）生於臺北市，政大法律系畢業，現任格林文化總編輯兼發行人。由他創作和主編、出版的圖畫書，延攬國內外傑出插畫家，詮釋經典文學及現代兒童文學創作，作品獲得各種國際插畫獎項肯定。重要撰寫圖畫書有：《起床啦，皇帝！》、《巨人和春天》、《一塊披薩一塊錢》等，專書：《好繪本如何好》。一九九九榮獲「美國大亨名人錄」票選下一個世紀亞洲五百位領導人，以及「美國馬奎斯世界名人錄」年度風雲人物榜。

一九八五年，郝廣才進入漢聲出版社擔任編輯，接觸到精美的國外圖畫書，促使他思考從事童書方面的工作。兩年後，編完漢聲《愛的小小百科》離開出版社。一九八八年，與擅長紙雕藝術創作的李漢文圖文創作《起床啦，皇帝！》，獲得第一屆信誼兒童文學獎首獎。

一九八八年，郝廣才擔任遠流出版公司「兒童館」首位主編，採編制內員工美術繪圖與設計，以圖畫書方式編印，策劃出版「兒童的臺灣」系列，包含《漫畫臺灣歷史故事》、《繪本臺灣風土民俗》、《繪本臺灣民間故事》三大系列，集合作、繪者：王家珠、李昂、李漢文、張玲玲、郝廣才、劉思源、劉宗慧……等多人。一九九二年五月出版《繪本童話中國》。使用「繪本」取代「圖畫書」作為系列名，以精美的插畫和裝幀設計，給人耳目一新的感受。

一九九三年，郝廣才成立格林文化事業有限公司，主導企劃與編輯流程，以出版圖畫書為主，雖然在百分之七十為自製書，因為大量使用國外插畫者，常被誤認為外國童書。一九九五年，格林得到布拉迪斯國際插畫雙年展主辦單位評選為世界最佳出版社榮譽。又因為格林出版圖畫書插畫，連續五年入選義大利波隆那兒童書展插畫展，一九九六年受邀擔任義大利波隆那兒童書展插畫展評審，為歷屆最年輕

評審、且是亞洲第一人，而引起注意。

國際市場是格林文化成立之初，即持續關注的市場，也獲得世界關注。格林與全球超過四百位國外畫家合作，包括國際繪本大獎安徒生大獎得主杜桑・凱利（Dusan Kallay, 1948-）、羅伯・英潘（Robert Ingpen, 1936-）等插畫家。原創圖畫書文、圖創作者有：王孟婷、王家珍、王家珠、李漢文、洪新富、唐壽南、孫晴峰、高鶯雪、張又然、張玲玲、陳建祥、陳盈帆、黃本蕊、黃淑英、楊翠玉、楊惠中、劉思源、劉瑞琪、鄭清文、龐雅文、嚴淑女等人，也提供新秀出版機會。二〇〇六年《好繪本・如何好》出版，郝廣才不吝將圖畫書創作技巧和編輯經驗與讀者分享。

第四節　插畫家與作品

本時期有越來越多戰後嬰兒潮出生的繪圖者參與圖畫書創作，除了與文字作者合作出版圖畫書，也都有個人擔任圖畫書的圖文創作出版，本節列舉插畫家，按出生年長至幼排列為：劉伯樂、徐素霞、邱承宗、幾米、劉宗慧、何雲姿、王家珠、陳志賢、李瑾倫等。

一　劉伯樂

劉伯樂（1952-）出生於南投埔里。文化大學美術系西畫組畢業。曾任廣告企劃、臺灣省政府教育廳「兒童讀物編輯小組」美術編輯。專業圖文作家、插畫家，從事圖畫書與散文創作、攝影、野鳥生態記錄等。圖畫書代表作：《黑白村莊》、《我砍倒了一棵山櫻花》、《我看見一隻鳥》

圖二三　《我看見一隻鳥》

等。曾獲中國時報開卷年度最佳童書獎、好書大家讀年度好書、新聞局小太陽獎、中華兒童文學創作獎「美術類」、楊喚兒童文學獎、豐子愷兒童圖畫書獎首獎。

　　一九七九年，劉伯樂進入教育廳「兒童讀物編輯小組」擔任美術編輯達二十餘年，設計、編輯兒童讀物，包含「中華兒童百科全書」、「中華兒童叢書」、《兒童的》雜誌等多種兒童讀物和雜誌，直到一九九九年「兒童讀物編輯小組」被裁撤，成為自由工作者，有更多時間做生態觀察和寫生，以及創作圖畫書。

　　一九九四年，《黑白村莊》由他自寫自畫，減少圖文作者「磨合」問題，在此之前，劉伯樂的插圖多為文字故事服務，並沒有和作者故事的機會。劉伯樂能寫、能畫、能編，為許多縣市文化局出版圖畫書，《我看見一隻鳥》發揮他長期自然觀察與記錄積累的功力，獲得中國時報開卷年度最佳童書，也獲得第三屆豐子愷兒童圖畫書獎首獎。

　　劉伯樂認為，臺灣很多創作者的想法是來自於西洋、歐美傳統，但一些從生活經驗中創作出來的故事則很欠缺。掌握來自臺灣生命底層的素材做出的作品，是他不斷嘗試努力的方向，他持續透過累積大量野外經驗，掌握臺灣的田野語言，豐富自己也豐富自己的創作。

二　徐素霞

　　徐素霞（1954-）出生於苗栗，畢業於新竹師專美術科。婚後赴法國國立南錫美術學院進修藝術創作。畢業於法國國立南錫美術學院，獲國家高等造形藝術表現文憑（Diplôme National Supérieurd'Expression Plastique），於國立新竹教育大學藝術與

圖二四　《媽媽，外面有陽光》

設計系教授退休。創作包括純藝術、插畫、圖畫書等。繪畫風格細膩，主題多從真實生活出發，創作且研究圖畫書插畫理論卓然有成。圖圖畫代表作：《水牛和稻草人》、《媽媽，外面有陽光》、《踢踢踏》等，並翻譯多本法文圖畫書。除了創作圖畫書，也研究出版插畫相關論述。二〇〇〇年主持國立臺灣藝術教育館「臺灣兒童圖畫書導賞指引」研究計畫，二〇〇二年出版《臺灣兒童圖畫書導賞》。為臺灣首位入選義大利波隆那童書插畫展畫家，曾獲中華兒童文學創作獎「美術類」。

　　徐素霞首次接觸圖畫書，是從新竹師專畢業後到小學教書時，收到朋友寄來的「洪建全兒童文學創作獎」圖畫故事書組的兩本得獎作品，閱讀後才發現圖畫書是如此迷人。一九八六年，取得博士學位從法國返臺，對圖畫書創作充滿興趣，擔任《水牛和稻草人》、《老牛山山》等書插圖。一九八七年，她以《家裡多了一個人》參加第十三屆洪建全兒童文學獎，獲圖畫故書組佳作獎。該年她參加東方出版社「法國兒童文學座談會」、中華民國兒童文學學會第一屆第三次論文和作品討論會，發表論文──〈從歐洲兒童讀物插畫談國內兒童讀物插畫〉。一九八八年接受鄭明進老師建議，挑選《水牛和稻草人》當中的五幅插圖，參加義大利兒國際童書展，隔年入選波隆那國際童書展插畫展「文學類」組，為臺灣首位入選波隆那童書插畫展者。

　　徐素霞發表過多篇圖畫書研究論文，因為深入了解圖畫書藝術，在創作時會有更多表現方式參考。她將對圖畫書的藝術表現呈在為李澤藩老師的傳記圖畫書《追尋美好世界的李澤藩》，以及知識性圖畫書《好吃的米粉》等書。二〇一一年，為了能有多一點時間照顧年邁的母親，從教職退休轉為兼任，在她的筆記中，有很多未完成的圖畫書構想，等著她在忙碌的生活之餘能逐項完成。

三　邱承宗

　　邱承宗（1954-）出生於臺中市，畢業於
私立光華高工電子科、日本東京攝影專門學
校。曾任光復書局《兒童日報》擔任攝影顧
問及出版部經理。創辦紅蕃茄文化事業出版
社，圖畫書代表作：《臺灣昆蟲：蝴蝶》、《池
上池下》、《我們的森林》等。曾獲國際當代
插畫展入選、「雄獅新人獎」、臺北市第九屆
優良讀物獎、最佳兒童及少年科學類圖書金

圖二五　《我們的森林》

鼎獎、中華兒童文學創作獎「美術類」、第一屆豐子愷兒童圖畫書獎
等，兩度入選波隆那童書插畫展非文學類組，為臺灣首位入選非文學
類組者。

　　一九八五年，邱承宗自東京攝影專門學校返國後，受聘於光復書
局《兒童日報》為生命轉捩點，四年工作中對兒童文學有進一步認
識，且獲得童書出版經驗。離開光復書局之後，於一九九二年創辦紅
蕃茄文化事業出版社，擔任負責人與總編輯。當時臺灣科學圖畫書，
大都來翻譯自日本、歐美，少有自製書。他設立「追追追生活系列」
區分人文和知識兩大類，製作臺灣原創圖畫書。毫無臺灣生態專業背
景的他，相對於一般的圖畫書創作者，能擔任書籍的企劃、撰文、繪
圖以及編輯、印刷出版等工作，也在創作中開始一段漫長的自我培訓。

　　由於科學類讀物最重視正確知識傳達，邱承宗透過研讀昆蟲以及
持續觀察生態生活，陸續完成多本科學圖畫書。出版後雖然得到不少
兒童讀物獎項，但市場反映不盡理想，他認為設計不夠活潑、促銷活
動推廣不夠都是重要原因，不過他認為「為人父母者盲目信服翻譯
書」也是其中原因之一。

　　邱承宗擅長以水彩和壓克力顏料表現具象寫實繪畫風格，尤其擅長光影處理。二〇〇〇年，以《臺灣昆蟲：蝴蝶》入選波隆那童書插畫展非文學類組。二〇〇六年，再度以「昆蟲新視界」臺灣保育類昆蟲入選，卻在這年選擇結束出版社，成為單純的文、圖作者。他認為臺灣原創圖畫書的出版量已進入某個高峰，質卻進入瓶頸，建議學習日本出版社如何在現代文明的架構中，注入傳統文化、保留傳統文化的同時，又加入現代文明的視覺，期許出版社編輯能擔任帶領國家文化趨勢的先鋒。除了持續扎實的昆蟲生態和記錄，一向不變的信念，就是透過圖畫書創作，讓更多臺灣孩子認識生活在這塊土地的昆蟲，他也在自己的創作中實踐。

四　幾米

　　幾米（1958- ）出生於宜蘭羅東，本名廖福彬，筆名來自英文名Jimmy，為臺灣具國際知名度圖畫作家。畢業於中國文化大學美術系，主修設計。四十歲那年，開始創作繪本，將傳統視為童書領域的繪本閱讀延伸至成人讀者群，繪本著作超過四十本，學界和媒體視為「幾米現象」分析討論。

圖二六　　《鏡內底的囝仔》

圖畫書代表作：《微笑的魚》、《地下鐵》、《吃掉黑暗的怪獸》等。曾獲中國時報開卷年度最佳童書、民生報好書大家讀年度最佳童書、聯合報讀書人最佳童書獎、金石堂十大最具影響力書籍、林格倫紀念獎入選提名等。

　　幾米在廣告公司上班期間，利用插畫表現廣告而開始畫插畫。在為作家小野的書畫插圖時獲得注意，開始為各大報副刊畫插圖。一九九四年春天，成為自由工作者。隔年罹癌，經過治療康復後再開始畫

圖。一九九六年九月，與向陽合作的臺語童詩集《鏡內底的囡仔》，高彩度顏色搭配流暢線條，呈現獨特風格。

　　一九八八年，幾米以繪畫對抗心靈恐懼、陰影，治療內心憂傷，為成人讀者出版繪本《森林裡的秘密》和《微笑的魚》，製作開本比起一般兒童圖畫書小、頁數增多，引起成人讀者共鳴。接著出版的《向左走・向右走》、《地下鐵》、《星空》等受到成人讀者喜愛，被改編成音樂劇、電影和電視劇。

　　二〇〇八年起，幾米和英國童書出版社 Walker 合作，陸續與國外文字作者陸續合作出版兒童圖畫書《吃掉黑暗的怪獸》、《我會做任何事！》等。二〇〇三年夏天，與林真美、柯倩華、張淑瓊、賴馬、劉鳳芯等朋友，促成繪本夏天學校舉行研習營。二〇〇八年九月，配合「Never Ending Story 幾米創作十年展」舉辦圖畫書編輯創作研習會培育人才。

　　幾米是臺灣少數有經紀人的繪本創作者，二〇〇〇年底成立的「墨色國際」（Jimmy S.P.A. Co., Ltd.）以幾米為品牌經營。早期幾米作品關心自身處境，引起讀者共鳴，接著關注成長與家庭，而後擴大到群體和社會價值。他認為鮮豔華麗的色彩是亞熱帶臺灣所擁有的顏色。曾多次得到全球童書界最高榮譽林格倫紀念獎入選提名，跨界創作獲得肯定。二〇一二年，由 Martin Salisbury 和 Morag Styles 合著的《*Children's Picturebooks—The art of visual storytelling*》在二十一世紀的圖畫書章節中，特別介紹來自臺灣的他。

五　劉宗慧

　　劉宗慧（1960- ）出生於臺北市，祖籍湖北宜昌。畢業於私立復興高級商工職業學校美工科，曾任漢聲雜誌社、遠流出版社繪圖編輯

圖二七 《老鼠娶新娘》

共八年。圖畫書代表作：《老鼠娶新娘》、《元元的發財夢》、《貓臉花與貓》等。插畫先後入選義大利Sarmede國際插畫巡迴展、波隆那童書插畫展，以及臺灣福爾摩沙插畫獎首獎、金龍獎、信誼幼兒文學獎「評審委員特別推薦獎」等。

劉宗慧在十七歲那年開始為兒童刊物畫插圖。二十四歲進入漢聲工作，同時接觸到國外圖畫書，了解圖畫書的插畫不同於一般插畫。在遠流出版社任職繪圖編輯時，負責「繪本童話中國」《老鼠娶新娘》，獲得多項國際插畫獎，成功售出多國版權。由於當時繪圖編輯很少有自己發揮空間，因為獲獎，才被重視。一九九四年，她受邀到西班牙加泰隆尼亞雙年展擔任圖畫書獎評審委員，備受禮遇，感受也特別強烈。

一九九二年以《老鼠娶新娘》獲西班牙加泰隆尼亞雙年展圖畫書首展，為臺灣首次有圖畫書獲得該展覽的榮譽，以及中國時報開卷年度最佳童書獎，隔年再以此書獲得金鼎獎與金龍獎；一九九四年、一九九五年、一九八八年以《元元的發財夢》先後獲選義大利Sarmede國際插畫巡迴展、波隆那童書插畫展，以及臺灣福爾摩沙插畫獎首獎。以《神鳥西雷克》、《鹿港百工圖》獲得金龍獎。

劉宗慧的繪畫線條細膩，富寫實能力，善於營造畫面細節，使用媒材包含色鉛筆、壓克力、水彩等。曾在美國書版社 HOUGHTON MIFFLIN Company 出版多本圖畫書。也有機會到美國的艾瑞・卡爾（Eric Care, 1929- ）美術館參觀和畫家碰面。然而越是接觸國外畫家，越是感覺不足，目標設定極高，擔心難以達到，後來靠著宗教信仰以及先生支持，度過低潮。二〇一三年，圖畫書創作中斷十四年後，再度和文字作者劉思源合作《射日・奔月：中秋的故事》。完成這本圖

畫書後，她也有著「長久在深廣大海中掙扎，終於上岸」的感覺。[5]

六　何雲姿

何雲姿（1962-）出生於臺北市，畢業於
復興商工美工科。筆名：何耘之。曾任出版
社、雜誌社美術編輯。一九八四年開始畫兒
童插圖及繪本。圖畫書代表作：《小月月的
蹦蹦跳跳》、《像母親一樣的河》、《鞦韆、鞦
韆飛起來》等。曾獲中華兒童文學獎美術

圖二八　《小月月的蹦蹦
跳跳課》

類、中華民國教育部金書獎、小太陽獎、臺北國際書展金蝶獎評審特
別獎等。

何雲姿在擔任美術編輯期間，學習到套書和科學類兒童讀物的編
輯方式，養成日後繪畫前會對相關內容進行資料蒐集和大量閱讀的習
慣。也因為編輯幼兒教材，了解插圖不僅是個人情感的抒發，也能傳
達理念給幼兒。

《好女孩》是她受到臺灣省政府教育廳兒童讀物編輯小組邀請，
參與「中華兒童叢書」的第一本書。一九八八年，獲得第一屆剛成立
的中華兒童文學獎美術類得主。婚後成為自由工作者，開始為「田
園之春」系列圖畫書，《甜橙果園》用蠟筆為媒材，改變繪畫風格，
不再拘泥於寫實表現，線條更為自在。《小月月的蹦蹦跳跳》是何雲
姿文圖創作的繪本，記錄五歲幼兒上舞蹈律動和肢體開發課程的繪
本；和路寒袖合作的《像母親一樣的河》，她嘗試用人物肢體來表

5　取自林秋岑著：〈兒童繪本畫家劉宗慧：繪本是我的避風港〉，《親子天下雜誌》第
　　49期，2013年9月。（http://www.parenting.com.tw/article/article.action?id=5052029&
　　page=1）。2014年6月30日查詢。

現，而不是用臉部表情。何雲姿和導演吳念真合作「九二一紀念繪本」《鞦韆、鞦韆飛起來》在距離九二一地震發生之後，於二〇〇五年出版。

　　長期畫兒童插畫，何雲姿感覺到，有些主題，不容易突破。像是替兒童文學作家林良所寫的《汪汪的家》配圖，為了表現出過去那個年代敦厚、溫潤的感覺，對她來說就是一大挑戰。而這樣的風格也延續到《那隻深藍色的鳥是我爸爸》，以及後來的插畫創作。

七　王家珠

圖二九　《巨人和春天》

　　王家珠（1964-）出生於澎湖馬公。銘傳女子商業專科學校商業設計系畢業。創作圖畫書獲得多項國際獎項與入選獎。圖畫書代表作：《懶人變猴子》獲得第一屆亞洲兒童書插畫雙年展首獎。《七兄弟》入選義大利波隆那兒童書插畫展。《巨人和春天》、《新天糖樂園》、《星星王子》、《虎姑婆》等，共計五本圖畫書，五度入選波隆那兒童書插畫展文學類組。另外《巨人和春天》曾入選巴塞隆納國際插畫雙年展、布拉迪斯國際插畫雙年展、福爾摩莎兒童書插畫展，以及中國時報開卷年度最佳童書等多項榮譽。

　　王家珠在銘傳商業設計系就讀期間已參與童書插畫工作，一九八五年畢業製作為無字繪本《夢》，獲得第十二屆洪建全兒童文學獎圖畫故事組佳作。畢業後進入英文漢聲雜誌社繪圖編輯，一年後轉任遠流出版公司，為遠流「兒童的臺灣」系列繪圖。一九八八年起陸續完

成《太陽的孩子》、《白賊七》、《懶人變猴子》、《亦宛然布袋戲》、《媽祖回娘家》、《東港王船祭》等書。因為《懶人變猴子》得到第一屆亞洲兒童插畫雙年展首獎而躍上國際舞臺。一九九二年出版的「繪本童話中國」第一輯《七兄弟》是她在遠流任職的最後一本書，也是入選波隆那兒童書插畫展的第一本書。一九九九年出版的《巨人和春天》投入加倍時間創作，為她贏來更多榮譽。

　　從工作中鍛鍊技術和累積經驗，王家珠對細節十分考究，重視視角運用和表現畫面的豐富度。離開遠流之後，她投入宗教生活，進行內在省思，二〇〇一年，由她圖文創作的《星星王子》，從構想到創作完成，大約花了六、七年琢磨。此後王家珠和姊姊王家珍圖文合作，從二〇〇五到二〇〇七年陸續出版：《鼠牛虎兔》、《龍蛇馬羊》、《猴雞狗豬》，畫面富裝飾性，細節經營細膩。二〇〇六年出版的《虎姑婆》也得到第一屆香港中華區插畫獎最佳出版插畫冠軍。王家珠深入簡出，作品則保持著一貫的用心和高度完整。

八　陳志賢

　　陳志賢（1964-）出生於嘉義縣朴子，成長於臺東。筆名陳全。一九八八年畢業於國立臺北藝術學院。圖畫書代表作：《長不大的小樟樹》獲選義大利波隆那兒童書插畫展、《逛街》獲得第三屆信誼幼兒文學獎首獎。二〇〇〇

圖三十　《逛街》

年，以《A Brand New Day 嶄新的一天》獲選波隆那兒童書展 A Four-Picture Story For The New Millennium 千禧書特展。二〇〇四年以《腳踏車輪子》再獲選波隆那兒童書插畫展，以及臺北國際書展金蝶獎。

　　童年時期，陳志賢隨家人搬遷到臺東，喜愛親近大海，海天景

色，豐富了視覺經驗。從小喜愛畫圖，也常參加畫圖比賽獲得佳績。國中畢業後到臺北就讀復興美工，開始正式接受美術訓練。

在臺北藝術學院就讀後，學校的自由風氣與專業學習，更加鍛鍊他的繪畫技藝與思想，同時他接下不少雜誌插畫案子，包括為童書插畫，獲得「親親幼兒圖畫書」《犀牛坦克車》（林良著）畫插畫的機會。一九九〇年看到波隆那兒童書插畫展資訊，將《長不大的小樟樹》寄去參展，獲得入選。該年他的個人創作《逛街》，獲得第三屆信誼幼兒文學獎首獎。

一九九一年，陳志賢赴加州洛杉磯 SIC-Arc 建築學院學習建築設計。一九九三年，進入位於瑞士阿爾卑斯山麓的 Lugano 建築工作室進修，轉換學習內容與工作。一九九三至一九九四年，受到孫晴峰邀請，共同文圖合作，由美國出版社 Houghton MifflinHarcourt 出版英文圖畫書《Square Beak》和《On A White Pebble Hill》（中文版為《白石山歷險記》）。

圖畫書作品曾收錄至波隆那插畫年鑑，獲日本雜誌《MOE》報導。二〇〇四年之後，工作重心轉移較少創作，二〇一〇年擔任《小球聽國樂》的繪圖者之一，他的舊作《池塘真的會變魔術嗎？》和《長不大的小樟樹》（改名為《小樟樹》），分別在二〇一三年和二〇一四年重新出版。他擅長以塊狀和抽象概念構成的畫面，儘管時隔多年重新出版，仍獨具風格。

九　李瑾倫

李瑾倫（1965-）為臺北市人。一九八八年畢業於世界新聞專科學校編輯採訪科，曾任光復書局《兒童日報》任職美術編輯。圖畫書代表作：《驚喜》、《子兒，吐吐》、《一位溫柔善良有錢的太太和她的

圖三一　　《子兒，吐吐》

一百隻狗》等。曾獲信誼幼兒文學獎獲得佳作與首獎、《中國時報》開卷年度風雲作家、《講義》年度最佳插畫家獎等。

　　李瑾倫於一九八九至一九九一年至日本遊學。一九九〇年於日本日本橋「夢人館」畫廊舉行第一次個人兒童插畫展。一九九二年出版與日本學研出版社合作繪圖的「世界兒童繪本系列」之一，《賣梨人與不可思議的旅人》以日文出版。由於在日本的創作經驗，激勵獨自創作的動力，回臺後陸續創作了《驚喜》（2009年重版改書名為《23》）、《子兒，吐吐》參加信誼幼兒文學獎獲得佳作與首獎。

　　一九九七至一九九九年，李瑾倫赴英國皇家藝術學院進修碩士學位，主修插畫，有別於過往的繪畫風格，線條充滿拙趣，顏色以飽滿的原色調為主。一九九九年，與英國最大童書獨立出版社 Walker 簽訂，圖畫書《The Very Kind Rich Lady and Her One Hundred Dogs》（一位溫柔善良有錢的太太和她的一百隻狗）獲得出版，臺灣中文譯本則由和英出版社取得版權。被 amazon.com 選為二〇〇一年二至六歲最佳編輯選書的首選。是亞洲首位和英國Walker出版公司合作的圖畫書作家。

　　從英國返回臺灣之後定居高雄，出版和動物相關的成人讀者繪本。轉而為成人創作的繪本，多過為兒童創作的圖畫書，但她越來越清楚，創作圖畫書不只是個人藝術表現的發揮，而是讓很多人讀了，可以得到快樂的產品。二〇一〇年自創品牌設計商品，開設「撥撥橘」展售周邊產品。

十　賴馬

　　賴馬（1968-）出生於嘉義，本名賴建名。畢業於協和工商美工科。曾在廣告設計公司工作、在出版社擔任美術編輯。圖畫書代表作：《我變成一隻噴火龍！》、《帕拉帕拉山的妖怪》、《我和我家附近的野狗們》、《早起的一天》等。曾獲得第一屆國語日報兒童文學牧笛獎圖畫故事組優等、「好書大

圖三二　　《我變成一隻噴火龍了！》國語日報版

家讀」年度優選、小太陽獎最佳創作、中華兒童文學創作獎「美術類」、小太陽獎最佳插圖，及數次「讀書人」年度最佳童書等。二〇〇七年受邀到日本大阪國際兒童文學館演講。

　　賴馬在《兒童日報》工作時也負責插圖和四格漫畫專欄，由自己構想故事到完成插畫，養成圖、文和編輯出版的能力。因為工作機會接觸顧問鄭明進、馬景賢、楊茂秀、黃宣勳等前輩，開始認識兒童文學及圖畫書。二十八歲那年，以《我變成一隻噴火龍了！》獲得國語日報兒童文學牧笛獎圖畫故事組優等，此後決定成為專職畫家。

　　賴馬認為來自國外的翻譯圖畫書很多，市場嚴苛，他養成了隨時思考「怎麼樣做，才能更有趣、更吸引人、更有意思」的工作態度。認為好的圖畫書，不僅小孩喜歡，大人也會喜歡。創作者同時應該考慮大人和小孩的心理，他也以這樣的想法創作圖畫書。

　　賴馬的繪本故事內容幽默，且貼近兒童生活，大都由他完成文圖創作，在故事的寫法和用字遣詞上，儘量以深入淺出的方式敘述。早期他最常使用蠟筆和水彩用作為媒材，圖象造型生動活潑，喜歡把畫面細節交代得很清楚，在畫作中，從大處見到細緻，在小的細節中隱藏很多小東西，製造翻閱驚喜，讓小讀者能一看再看，深得喜愛。曾

經連續三年登上品書店暢銷書榜圖畫書類第一名。賴馬婚後於二〇〇八年移居臺東。二〇一一年計畫成立賴馬繪本館，於二〇一四年開館[6]，陳列多年來的創作手稿及產品，讓更多民眾就近了解其創作歷程。

第五節　譯介與論述

一九八七至一九九九年間，圖畫書蓬勃發展，而研究論述還在起步，與圖畫書相關譯介和論述，多散落在各種報章雜誌，或是為推銷以套書為單位銷售的「親子手冊」當中，通常為購齊套書的贈品，不單獨銷售。

一　圖畫書插畫家與作品引介

最早積極推廣圖畫書的鄭明進，勤於蒐集日本圖畫書和相關訊息，又主動和日本童書出版社書信往來，透過日語取得許多國際圖畫書相關資訊，在《雄獅美術》月刊陸續發表介紹圖畫書插畫家專文，一九九一年，增訂集結出版《世界傑出插畫家》，總共蒐錄三十二篇介紹世界傑出插畫家專文。

一九九九年，鄭明進出版：《傑出圖畫書插畫家——亞洲篇》和《傑出圖畫書插畫家——歐美篇》，由絕版的《世界傑出插畫家》，加上後來在《雄獅美術》月刊發表的文章，增訂集結。相較於一九九一年，此時大眾對圖畫書已有更多認知。二〇〇二年，鄭明進的另一本《傑出科學圖畫書插畫家》，介紹科學類圖畫書是他關心的類型，也臺灣少見以科學類為專題的圖畫書插畫家介紹。

6　賴馬繪本館已於二〇一九年九月一日正式閉館。

二 親子共讀媽媽手冊

自從漢聲在一九八四年以套書不分售的方式推出「漢聲精選世界最佳兒童圖畫書」，創造銷售佳績，因贈品「媽媽手冊」命名引起許多討論。而後以直銷見長的臺灣英文雜誌社，在一九九二年至二〇〇三年出版「世界親子圖畫書」系列以套書不分售方式行銷，總計一百四十冊圖畫書，每輯皆附「親子手冊」，針對書中的內容，邀請專家作導覽。

劉鳳芯認為，和「媽媽手冊」相似的這類手冊，將圖畫書當作教養和親子互動材料，這種想法一直是許多出版社或民間討論所遵行的論述脈絡。她質疑「媽媽手冊」中以指導者的書寫方式所發的問題：「整體而言，我們不能忽略他們還是把圖畫書當作教養和親子互動的材料，訴諸臺灣大人一向以功能性作為選書標準，或把圖畫書當成學齡前兒童求知工具，而且在口氣上帶有強迫性。另者兒童圖畫書經過伸張，此文類的主體性似乎慢慢被建立；不過出版社過度膨脹兒童圖畫書之於親子教養的關係（舉例），反而使得兒童圖畫書由主轉客，逐漸成為依附親子教育和幼兒教育而存在的『他者』。」（頁65）[7]他的質疑也突顯臺灣圖畫書發展長期以來作為伴讀者的成人，經常忽略以兒童為主體的閱讀權。

三 圖畫書相關資訊

臺灣英文雜誌社有限公司於一九八六年十二月十五日創刊《精湛季刊》，這份刊物是為臺英社慶祝四十週年慶而誕生，雖然是以專業

---

[7] 出自劉鳳芯著：〈一九八四～二〇〇〇兒童圖畫書在臺灣的論述內涵、發展與轉變〉，頁65。

行銷公司為出發點的雜誌。每期都會提供兒童閱讀資訊，也報導推廣兒童文學閱讀的具體策略和圖畫書相關專題與討論，以及專為兒童設計的「兒童樂園」專欄，是早期圖畫書論述相關的重要來源。《精湛季刊》從二十一期開始，從原本作為贈品送給客戶，開始進入書店販售，內容不只有介紹台英社代銷或出版的書，也製作和閱讀與出版相關的話題，成為服務喜愛文化事業人士的刊物，至一九九七年九月三十日停刊，總計發行十年九月，三十二期。

　　《精湛季刊》曾有幾期製作和圖畫書相關專題，如二十五期的小特輯，安排在日本專訪知名的圖畫書插畫家林明子、松岡達英以及五味太郎聚在一起，暢談圖畫書的創作歷程。或是第二十七期的專題「圖畫書與我」，提供松居直、曹俊彥、嶺月、黃郁文、馬景賢等人對圖畫書的看法。第二十九期的「看圖畫書長大了」的專題，由張湘君主持，與鄭明進、高明美、郝廣才等人座談，就當時在臺灣已經發展了十幾年的圖畫書在市場的發展、未來的競爭力，以及人才的培育等想法。鄭明進追溯「漢聲精選世界最佳兒童圖畫書」剛推出時，出版社曾因為行銷而困擾，在文章指出，當時的童書市場規模，一年的銷售大約是二千冊。當時以童書市場規模推斷，一年大概只能賣二千本圖畫書，相當不符成本效益。為了打開一年至少銷售五千冊的市場，漢聲捨棄傳統的出版、銷售模式，主題方面以當時最缺乏的兒童心理成長和科學類為主，出版方式則模仿日本福音館的「月刊繪本」，每個月推出二冊，一年出版二十四冊，並交由臺灣英文雜誌社的直銷人員銷售。（頁32）上述內容至今都是臺灣兒童文學發展珍貴的資訊。《精湛季刊》後期，還發展出提供給兒童閱讀的《精湛兒童閱讀》別冊，把兩本書的預設讀者做了清楚的區隔。只不過既專業又小眾的刊物，在臺灣要維持生存並不容易，一九九七年出版的第三十二期是最後一期，刊物結束後還得到金鼎獎。

四　圖畫書選評

　　由信誼幼兒文學委員會策劃主辦的《幼兒的一一〇本好書》及《八一～八二年幼兒好書書目》，分別在一九九三年、一九九五年出版。此項選書由信誼基金會成立學前教育研究中心和信誼兒童文學委員會，委員們針對「如何選好書」，進行「幼兒讀物好書推介」的專案工作。《幼兒的一一〇本好書》評選從民國五〇至八〇年十二月為止出版的，仍在市面上及圖書館流通，適合零到八歲的幼兒讀物，收集共二五〇二冊，經過初選、決選，選出一百一十本好書。包括中文創作五十冊，翻譯類六十冊，再細分文學類和非文學類，有書影及推介的話。書後附有根據書中內容及蘊涵的概念，作成主題索引，依自我成長（自我概念、認知發展、基本能力、美感經驗等）、人際關係（互動技巧、家居生活等）、大環境（動植物、自然現象、社會文化等），對選書很有幫助。

　　《八一～八二年幼兒好書書目》的評選對象，包括民國八十一年一月至八十二年十二月間出版的六〇六本幼兒讀物，同樣經過初選、決選後，選出共計六十三本優良好書（其中中文創作十九冊、翻譯類四十四冊），再分為文學類及非文學類。書中內容也有書影、推介文及主題索引的製作，以方便讀者依主題檢索需要的幼兒讀物。這兩次幼兒讀物的評選及書目的編印，嚴謹、認真，勝過很多類似活動。

五　圖畫書概念與閱讀

　　一九九四年，黃迺毓和李坤珊、王碧華合著《童書非童書——給希望孩子看書的父母》，從美國留學帶回資訊的黃迺毓，是早期透過英語推介圖畫書的推介者。以問答的敘述方式、提倡藉由圖畫書的親

子共讀，進入孩子的心靈世界，讓閱讀成為一種可享受的親子活動。

　　一九九五年，日本圖畫書評論家松居直先生，曾經應邀來臺，在臺北演講「親子共讀圖畫書」。當時松居直的推廣圖畫書閱讀的著作《幸福的種子》由台英社翻譯出版。由於臺灣圖畫書重要推手鄭明進，在推廣圖畫書閱讀概念時，經常引用松居直的觀念，也曾在報紙發表專文介紹，此書的出版，讓讀者更能透過直接閱讀他的作品。

　　松居直在本書以自己的童年經驗和育兒經驗，加上個人多年從事童書出版後的深刻體認以平易近人的口吻，站在幼兒的角度，在書中道出圖畫書的趣味以及幼兒和圖畫書之間的幸福關係。二〇〇九年，此書轉換出版公司，重新出版，改以書名《再次撒下幸福的種子》以作區別，並邀請林真美進行審定，她在序文提及：「一九九五年，臺灣的圖畫書出版方興未艾。而就在當時，臺灣英文雜誌社將日本繪本出版翹楚、時任福音館書店會長的松居直所寫的《幸福的種子》一書譯介到臺灣。之後，此書一路見證臺灣圖畫書在套書之外另覓途徑後的蓬勃發展，當然，也成為一本為『親子共讀』推波助瀾的啟蒙之書。幾乎所有想要一窺圖畫書殿堂的大人，只要此卷在握，就差不多擁有和孩子共乘閱讀列車、共享圖畫書之旅的通行證了。」（頁9）

　　林真美在序文認為這本書打破了成人主導下的許多育兒迷思，影響許多臺灣新手父母。因為書中強調兒童成長過程中，父母不應缺席，松居直呼籲成人要像呵護幼苗般看待幼兒的閱讀。因為圖畫書的存在，不在達成大人的教育用途，而是要讓孩子因書而樂，並且在成人的陪伴下，自由無礙的從中汲取成長所需的養分。林真美也認為，臺灣圖畫書環境即使已經更趨多元和成熟，卻少有討論圖畫書的書籍可以像《幸福的種子》那樣，純粹站在幼兒的角度，為確保他們的快樂閱讀經驗，而卯足了力在向成人請命的。在圖畫書的文化尚未深深扎根於我們的生活之前，松居直的句句肺腑，應該都會是給臺灣成人

的最佳提醒才對。

六　圖畫書與幼兒文學

　　一九九五年，由中華民國兒童文學學會出版的《認識幼兒讀物》，由張湘君主編，集合林良、曹俊彥、謝武彰、黎芳玲、林真美等多位兒童文學工作者，針對幼兒讀物的種類、幼兒讀物對孩子的重要性、親子共讀，以及在創作、翻譯與編輯幼兒讀物方面的經驗。

　　曹俊彥撰寫的〈圖畫書故事的寫作〉提到，「『圖畫故事』顧名思義，便是以圖象語言說故事、以圖象語言寫故事，或以圖象與文字共同演出的故事，是有別於一般常見的，以文字寫作的故事的。」（頁88）他認為選擇文字作品必須考慮是否適合圖畫的表達，「是不是可以因為圖畫的配合演出而有更好的閱讀效果。」（頁94）他以實際創作為例，「大部分的情形是，文字雖然已經是完整的故事，為了使圖畫和文字互相呼應，又不讓讀者覺得過多的重疊和累贅，在圖畫完成或是草圖的階段，文字會再度進行增刪。」（頁96）而提供給幼兒閱讀的故事，必須以幼兒的生活經驗為基礎。

　　由林真美撰寫的〈活用圖畫書，增加親子情〉則是提供「好的圖畫書應該具備哪些條件？」指出，「用孩子的眼睛看世界、圖本身要有說故事的能力、文字敘述要能為故事帶來生機、具音韻之美的口語化文字」等條件（頁127-130），除了是提供給大人選書注意的條件，也是創作者必須關注的重點。再者，林真美認為父母應該以貼近孩子的心來看圖畫書，捨棄大人的目的，以兒童本位和兒童「共有‧共享」圖畫書的世界，而這也呼應了日後她在企劃翻譯圖畫書系列時提倡的想法。

　　一九九六年出版的《認識兒童讀物插畫》，同樣是由中華民國兒

童文學學會出版。本書由兒童插畫工作者施政廷主編，分別由林良、何政廣、曹俊彥、陳美燕、鄭明進、何華仁、洪德麟、徐素霞、林真美、詹楊彬、洪義男等兒童讀物插畫家與兒童文學工作者按個別專長撰寫，從插畫的藝術定位、各類型兒童讀物的插畫表現形式、插畫的價值與應用、插畫技法與製作上的實際經驗，以及創作經驗談等，讓讀者對兒童讀物插畫有更深入的認識與體會。而其中洪義男口述〈兒童讀物插畫觀〉提供他個人創作兒童讀物和圖畫書插畫的歷程。林真美〈圖畫書──幼兒的閱讀之窗〉（頁124-135）提到「圖畫的連續性」每張圖都有承先啟後的作用。（頁127）

　　一九九九年出版的《在繪本的花園裡──和孩子共享繪本的樂趣》（遠流），本書頁數雖薄，可說是林真美在臺灣推廣圖畫書發展歷程的重要觀念與史料記錄。林真美推動「小大讀書會」，鼓勵家長選擇圖畫書作為親子共讀。一九九六年起，她在遠流企劃譯介〈大手牽小手〉系列共出版三十七冊經典繪本。本書建議家長如何選好繪本和陪伴親子共讀，加上六位參與小大讀書會的媽媽們「親子共讀」經驗方享，內容分為：一、「走入繪本的世界」介紹什麼是繪本？如何幫孩子選書？作個繪本「演奏家」等內容，是林真美繪本理念的呈現，可作為繪本入門指引。二、「林真美和小大讀書會」專訪林真美，記錄她推動「小大讀書會」八年多的心路歷程。三、「與孩子同遊繪本國度」由六位參與大小讀書會的媽媽們分享「親子共讀」經驗。四、「從家庭文庫」到「小大讀書會」則是林真美自述她與繪本結緣始末。

第六節　小結

　　一九八七至一九九九年，臺灣解嚴後在整體環境與經濟發展之下，學前教育受到重視，「兒童文學」晉升為師院必修課。此時期，

社會大眾普遍認為，童書插畫就是漫畫，不是藝術，未將童書插畫放在純藝術層次欣賞的氛圍之下。在境外交流方面，從一九八九年，徐素霞以《水牛和稻草人》首次入選波隆那兒童書原畫展開始，圖畫書創作者開始參與國際競賽，此後有更多繪者以豐富的圖象語言和扎實的繪畫技巧表現，入選國際插畫獎項。

圖畫書出版方面，民間出版社的企畫編輯能力，超越公部門出版，特別在上一時期由漢聲雜誌社培訓的編輯和美術人才，開始有機會以完整企劃概念和人員編制，出版精美圖畫書，又以插畫作品參選國際插畫展，取得國際獎項獲得關注，在重文輕圖的傳統觀念中，插畫家獲得前所未見的地位。

民間出版社此時期，大量引進翻譯圖畫書進入童書市場，以套書直銷方式行銷。童書出版社因考量成本，直接找國外插畫家或是到中國找插畫家合作。例如，一九九三年，郝廣才創立格林文化事業股份有限公司與海外插畫家合作，突破以往以臺灣為主要市場的出版模式。同時期，儘管還是有部分，像是光復書局邀請臺灣創作者，出版大套圖畫書「光復幼兒圖畫書」和「光復幼兒成長圖畫書」，然而受到大量翻譯圖畫書引入，臺灣原創不免受到影響。

公部門和民間出版社合作，推出環保或認識農村生活的原創系列，或以鄉土素材創作圖畫書。先有農委會為了推廣業務和國語日報合作「自然生態保育叢書」，再委託臺灣兒童文學作者和畫家編輯製作「田園之春叢書」系列，提供本土圖、文人才創作發表機會。接著是省政府兒童編輯讀物小組推出以幼兒生活經驗為基礎，結合本土兒童文學作者與插畫家的「中華幼兒圖畫書」是臺灣少見立體書製作。

本期圖畫書發展過程扮演關鍵推手，出生從一九三〇年代跨到一九六〇年代，包括：鄭明進兼具推廣以及圖畫書插畫家身分，不斷催促與帶領臺灣圖畫書的前進；馬景賢在企劃推動圖畫書的發展扮演關

鍵性角色，也能寫圖畫書故事；張杏如推動幼兒教育，以基金會帶動研究、出版和創設信誼幼兒文學獎，為圖畫書發展提供穩定的發展基礎；黃迺毓在學術界開研究之先，以圖畫書作為課程使用，也著作推廣圖畫書的應用；郝廣才以出版社組織為後盾，企劃編輯帶動文字和圖畫創作者，成功以「繪本」取代圖畫書為系列名，推升圖畫書的插畫藝術表現，給予耳目一新的發展新頁。

在插畫家方面，皆為戰後嬰兒潮時代出生者：一九五〇年代的劉伯樂、徐素霞、幾米，皆為美術相關科班出身，繪畫技巧熟；邱承宗則是在日本學習攝影，同樣具有繪畫功力。一九六〇年代之後的劉宗慧、何雲姿、王家珠、陳志賢、李瑾倫、賴馬等人，除了李瑾倫非科班出身者，其餘皆為美術相關專業學校畢業。整體而言，相較於前一時期，對外吸收機會更多，更具圖畫的插畫表現和圖象說故事的能力。更特別的是，幾米擺脫繪本「為兒童而創作」的界線，作品感動大人，也受到兒童喜愛。

在譯介與論述方面，此時期仍停留在介紹插畫家、了解故事內容和重視教育使用的階段。由出版社編輯製作附加媽媽手冊或是親子手冊、親子讀書樂、親子導讀或共賞扉頁間等，資訊多是親職專家撰文，就故事內容提供教育延伸使用等。一九八〇年代建構的媽媽手冊論述脈絡，直到一九九〇年代仍為許多出版社或民間討論所遵行，以兒童為主體的閱讀權仍經常被大人忽略。

第五章
政黨輪替時期（2000-2016）

　　此時期為二○○○年之後，臺灣政黨輪替開始至二○一六年。兒童文學在臺東大學兒童文學研究所設置後，研究方面逐漸積蓄力量提升至專業學門階段，圖畫書譯介理論大量出現，超越其他兒童文學文類，論述視角也更為多元。在全球化風潮帶動下，臺灣圖畫書發展也受到影響。

第一節　時代背景

一　政治經濟與社會環境

　　二○○○年，臺灣進入政黨輪替時期，由民進黨推選候選人陳水扁當選總統，結束中國國民黨五十年執政，二○○四年再獲連任，政治主張與中國為「一邊一國」關係。二○○八年，中國國民黨候選人馬英九當選中華民國總統，兩岸大三通正式上路，主張「九二共識」，二○一二年再度連任。二○一六年，代表民進黨參選的蔡英文當選第六任總統，為首任女性元首，進入第三次政黨輪替。

　　此時期災難事件包含：二○○一年，中度納莉颱風帶來重大災情和傷亡，為臺北市七十年來最嚴重水患。二○○三年，臺灣出現SARS病例，為人民生活帶來恐懼與威脅。二○○九年，八八水災是臺灣自一九五九年的八七水災以來，最嚴重的水患。災後重建包括快

速道路、高鐵（2006年通車）和機場等交通工具，以及電腦網路、手機等和通訊有關設施快速發展。國家強力主導土地利用，如工業園區、科學園區、農業專業區等，人、物、知識、資金流動快速，社會生活單位改變，從村落為主的社會生活單位，轉為區域體系。

　　二〇〇一年施行「週休二日制」，臺灣轉入以休閒旅遊發展為主的社會。該年臺灣經濟成長率首次出現負成長，報業讀者流失、廣告量下滑，報紙營業規模被迫縮小。二〇〇二年，臺灣加入世界貿易組織（*World Trade Organization*，*簡稱*WTO），隨全球化腳步加快，貨物、資本在臺灣各地快速流通，人的流動也加快，不論外籍配偶或外籍勞工都快速增加。

　　二〇〇七年，美國次級房貸危機爆發「金融海嘯」（Financial Crisis），在二〇〇八年引起大型金融機構倒閉或被政府接收，造成全球性經濟衰退與金融危機，臺灣也受嚴重波及。「少子化」危機衝擊社會，從一九六三年出生嬰兒達到最高峰，四十二萬七二一七人，至二〇〇九年出生數僅剩十九萬一三一〇人。網路快速成長使得國際相關人、物、資金、資本以及資訊與知識快速流通，提供新的地方社會形成與發展的外在條件。二〇一一年，中華民國進入一百年。二〇一四年，三一八學運佔領國會事件，由大學生與公民團體發起社會運動。

二　文化、教育等相關政策

　　二〇〇〇年，教育部推動「兒童閱讀年」。二〇〇一年，「童書作家與插畫家協會（SCBWI）臺灣分會」成立。該年教育部正式實施九年一貫課程，鄉土語言設為正式課程。二〇〇二年，毛毛蟲兒童哲學基金會成立「圖畫作家」，作為圖畫書愛好者討論與創作圖畫書的園

地。同年，屬於省政府兒童教育廳的兒童讀物編輯小組受到裁撤，「中華兒童叢書」走入歷史，不再出版。教育部討論臺灣書店裁併事宜，於次年十二月三十一日結束營業。

二〇〇五年，由財團法人臺北書展基金會承接臺北國際書展的展覽業務，為劃分各年齡層閱讀族群，利用新落成的臺北世貿三館，做為兒童書區展覽區，也有畫展與演講活動場地。

二〇〇六年，「全國學生圖畫書創作獎」由教育部指導，國立臺灣藝術教育館主辦，各縣市政府教育局（處）、文化局協辦，分為國小低年級組、中年級、高年級、國中、高中（職）、大專等共六組競賽。創作適合三至十二歲兒童閱讀的圖畫書，每年每組選出特優、優選、佳作等，至二〇一三年連續舉辦，開啟各級學校學生創作圖畫書的風氣。

此階段父母社經地位高者，對兒童閱讀更為重視。女性受教育程度普遍提高，參與投入故事媽媽等活動，以閱讀繪本彌補童年的失落。由林真美推動的「小大讀書會」主要推廣圖畫書閱讀和重視兒童文化，在各地組織更為壯大，例如：二〇〇〇年在臺中成立的「小大繪本館」，以及由小大人接手經營位在臺北的「貓頭鷹圖書館」等。二〇〇七年，由財團法人浩然基金會贊助，林真美策劃，集合「臺北縣永和社區大學兒童文化研究社」、「全國小大讀書會」及「小大繪本館」共同執行推動「愛與陪伴‧經典繪本一〇〇深耕閱讀計畫」。二〇一二年，閱讀推廣跨越國際，小大聯盟馬來西亞分會正式成立。

信誼基金會自二〇〇六年起，引進世界性的嬰幼兒閱讀運動「Book Start」閱讀起步走，透過免費閱讀禮袋發送，贈書多為幼兒適讀圖畫書，和圖書館合作，開啟閱讀活動與服務。二〇〇九年起，教育部將「閱讀起步走～0-3歲嬰幼兒閱讀計畫」列為計畫重點之一，各地鄉鎮圖書館反映閱讀禮袋索取相當熱烈，二〇一三年活動年

齡層由零至三歲，擴大為零至五歲，免費提供閱讀禮袋，希望閱讀向下扎根。

二〇〇七年，高鐵通車後，成為臺灣西部重要長途運輸工具之一，南北交通縮短時間，文化活動和生產逐漸不再局限於北部。二〇一一年，高雄蒲公英故事閱讀推廣協會創設「小房子閱讀‧生活空間」，為結合閱讀、展覽與活動的繪本童書空間，收藏萬餘冊繪本與兒少文學，不定期舉辦繪本與童書活動。二〇一三年，轉型為「小房子書舖」，結合書店、展覽空間、圖書閱覽與兒童文學人才培育學校等多功能概念。高雄市圖總館國際繪本中心，於二〇一五年正式開幕，中外繪本藏書超過十五萬冊，是臺灣第一大繪本中心。

三　印刷、出版與通路現象

經歷「套書解套」風氣之後，此階段有更多歐美日等國經典圖畫書或圖畫書大獎，快速在臺灣翻譯出版。多家出版社藉由與公部門合作出版本土原創圖畫書，減少出版壓力。各地文化局，以宣揚政令或文化為主題的圖畫書，如雨後春筍誕生。也有臺灣插畫家獲得國際插畫獎項，將原創圖畫書銷售版權到國外，受邀到歐美國家與當地兒童讀者見面。

當優秀圖畫書多數被引進翻譯的情況下，圖畫書市場漸漸飽和，於是強調進階式閱讀重要性的「橋梁書」成了出版社競逐的市場。二〇〇六年開始，多家童書出版社，紛紛推出圖文並茂，針對低、中年級學童閱讀設計的橋梁書。為本土圖、文創作者提供更多發表園地。圖畫書與橋樑書興起，引發學者針對圖象閱讀優勢強大，導致孩子們對於文字閱讀興趣缺缺的憂慮。

張子樟曾於二〇〇七年五月《文訊》發表〈圖象與文字孰重孰

輕——中文文本繪本化的回顧〉，提出臺灣繪本的演進，「在經濟成長十分緩慢的四○、五○年代，臺灣適合兒童閱讀的讀物並不多，即使有的話，也是以文字文主的居多。……一般書籍能看到有顏色的大概只有封面與封底，而且由於當時印刷技術不是十分理想，常讓人有『失色』的感覺。值得注意的是，在那個插圖可有可無的年代裡，沒有人會想到五十年後繪本在臺灣蓬勃發展的模樣。」（頁50）他認為如何善加利用繪本圖文並茂的優點，鼓勵學子接受完全是抽象文字的閱讀，也許是二十一世紀的重大希望工程之一。

以華文整合主導的「豐子愷兒童圖畫書獎」在二○○九年七月，由香港陳一心家族基金會贊助舉行，每二年舉行一次，該獎項是全球首個華文原創兒童圖畫書獎，首屆臺灣入圍佳作有賴馬《現在，你知道我是誰了嗎？》、《我變成一隻噴火龍了！》、安石榴《星期三下午，捉‧蝌‧蚪》、童嘉《想要不一樣》、葉安德《我和我的腳踏車》、邱承宗《池上池下》。

二○一一年三月二十六日到五月二十九日，國立臺灣美術館舉辦「繪本花園～臺灣兒童圖畫書百人插畫展」，邀請臺灣兒童圖畫書插畫家一百人參與展出，作品共百餘件，此展覽肯定了臺灣圖畫書插畫家及其作品，許多圖畫書原畫展紛紛在咖啡館或小型展覽場舉辦。

二○一三年波隆那兒童書展為慶祝五十週年紀念，舉辦「世界最佳童書出版社獎」，格林文化是亞洲唯一華文入圍出版社。二○一四年起，宜蘭縣文化局舉辦「蘭陽繪本創作營」，分別由聯經出版事業公司與小魯文化承辦，前者邀繪本創作者，後者以繪本學校概念，結業學員合作出版繪本，培育創作人才。

第二節　事件

此時期與兒童圖畫書相關的境外交流活動、公部門出版、民間出版、獎項與人才培育等，擇要介紹如下：

一　境外交流活動

（一）波隆那兒童書展、插畫展

此時有更多插畫家投入參選波隆那兒童書展插畫展，邱承宗獲得二〇〇〇和二〇〇六年「非文學類」插畫入選，是臺灣唯一入選「非文學類」者。王家珠在二〇〇〇後，持續投入，二〇〇一、二〇〇五年獲得入選，共計五度入選，締造個人入選最高紀錄。新生代鄒駿昇在二〇〇八、二〇一〇、二〇一一年，三度入選，也在二〇一一年獲得波隆那插畫新人獎。而原本曾經巡迴臺灣的「波隆那國際兒童書原畫展」在二〇〇二年之後此展覽即停止在臺灣巡迴展出。

二〇〇〇年，臺灣公部門選出鄭明進的二十本圖畫書，在書展中代表臺灣，於臺灣主題館展出。二〇〇六年，臺灣出版界參加義大利波隆那兒童書展，以「東方小美人」主題設立臺灣館，推銷臺灣童書插畫家：賴馬、李瑾倫、幾米、王家珠、陳致元等人。此後多次沿用「東方小美人」的主題及意象，每年選出推介畫家和作品。為獲得較多實質版權交易，以及尋得國外插畫者合作，少數如格林文化、和英，兩家以圖畫書為主的出版品，則每年個別承租設攤參展。

（二）國外圖畫書插畫家與編輯來臺活動

此時期國外圖畫書插畫家和編輯來臺交流頻繁。二〇〇一年二

月，英國插畫家安東尼・布朗除了參與臺北國際書展簽名會之外，還赴九二一地震災區，陪伴臺中縣東勢國小「彩繪校園」。二〇〇二年，英國插畫家巴貝・柯爾（Babette Cole, 1949-）與法國童書編輯賽希莉・艾曼胡（Cécile Emeraud）來臺授課及舉行講座。由格林文化栽培的義大利插畫家朱里安諾（Giuliano Ferri, 1965-）於二〇〇四年、二〇〇六年兩度受邀來臺展覽，參訪大學和舉辦兩場研習營等。而華裔澳籍插畫家陳志勇（Shaun Tan, 1974-），也曾多次受邀來臺座談、簽書以及舉辦書展，讓繪本愛好者能近距離親近插畫家，以及意見交流。

　　各家出版社趁著臺北國際書展競相邀約圖畫書插畫家、編輯、熟悉版權交易者來參與，為書展一大特色。由和英出版社出面邀約的畫家，有二〇〇〇年《星月》作者珍妮兒・肯儂（Janell Cannon, 1957-）、二〇〇一年三度獲得美〈凱迪克獎的華裔美籍兒童插畫家楊志成（Ed Young, 1931-），以及二〇〇三年邀約瑞士插畫家約克・米勒（Jörg Müller, 1942-）來臺分享創作經驗。二〇〇六年八月，由幾米等人組成的「童書夏天學校」，也曾在書展期間，透過李瑾倫邀請 Walker 出版公司資深編輯 David Lloyd 應演講：「如何做一本圖畫書？Go Ask David！」，二〇一〇年八月再邀資深藝術總監 Deirdre Mcdermott 女士進行繪本研習講座「圖畫書編輯專業講座──從手稿到編輯臺」。

　　成立於二〇〇一年的「童書作家與插畫家協會臺灣分會」（SCBWI，Taiwan），除了會員插畫課程，也安排研討會及活動，積極鼓勵創作者在國內外發展，二〇〇九年與夏天學校和米奇巴克出版社舉辦「童書編輯、插畫家創作充電營」邀請法國插畫家沙基・布勒奇（Serge Bloch, 1956-）來臺授課。

　　而二〇一三年主題國為比利時，邀請曾獲得童書界最高榮譽「林格倫紀念獎」得主，也是比利時童書作家暨插畫家凱蒂・葛羅瑟

（Kitty Crowther, 1970-）出席書展。該年在福音館書店擔任童書編輯三十餘年的唐亞明分享「在日本童書編輯第一線三十年」，許多臺灣童書出版相關工作者獲得啟發。

此外，二〇一二年十一月，聯經出版公司邀請日本圖畫作家小林豐來臺舉辦免費專題講座，分別於新北市、臺南市、臺東市辦理三場講座：「從世界的這一端到那一端——小林豐暢談繪本創作」，同時邀請臺灣童書插畫家帶作品和小林豐進行創作討論會。

（三）臺灣創作者圖畫書境外出版

二〇〇三年陳致元的《小魚散步》，獲得美國《出版人週刊》（*Publishers Weekly*）評選為該年最佳童書獎。二〇〇四年，又以《Guji Guji》獲得美國紐約時報（*The New York Times*）圖畫書暢銷排行榜前十名。二〇〇六年，陳致元的《一個不能沒有禮物的日子》獲得該年日本圖書館協會年度最佳童書獎。二〇〇八年，由周逸芬撰文、陳致元繪圖的系列圖畫書首本《米米說不》，出版之前在波隆那兒童書展，售出十餘種語言版權，其中芬蘭、丹麥、以色列首度引進中文繪本。二〇〇九年，陳致元的《阿迪和朱莉》獲得二〇〇九美國國家教師會年度最佳童書獎，二〇一六年，又以《Guji Guji》獲得瑞典國際兒童圖書評議會（IBBY Sweden）彼得潘獎（Peter Pan Prize，或譯為小飛俠獎）。

二〇〇八年，幾米由英國專業童書出版社 Walker 公司出版《吃掉黑暗的怪獸》、二〇一一年，出版《我會做任何事！》、《不睡覺世界冠軍》都是循此模式和國外童書作者合作，再售出各國版權，內容皆貼近幼兒心理。二〇一二年，幾米以《地下鐵》（2009年出版的法文譯本）獲得比利時「維塞勒青少年文學獎」（Le Prix Versele）九～十二歲兒童青少年最愛圖書。多次入選義大利波隆那兒童書展插畫展

的鄒駿昇，在二〇一二年出版首版西班牙語《勇敢的小錫兵》。

二〇一三年，得到全球童書界最高榮譽二〇一四林格倫紀念獎（The Astrid Lindgren Memorial Award）入選提名，雖未獲獎，仍是臺灣圖畫書創作者獲得世界性的榮譽肯定，此後至二〇一六年連續獲得提名人選。二〇一三年，受邀參加全球第二大書展「墨西哥瓜達拉哈拉書展」（Guadalajara International Book Fair，簡稱 FIL）為全球規模最大的西語書展，到場參與簽書會及演講「我所熱愛的創作」。二〇一五年，幾米應邀參加義大利薩丁尼亞首府卡利亞里（Cagliari）舉辦的全故事嘉年華（Festival Tuttestorie）。二〇一六年，幾米受瑞典斯德哥爾摩國際圖書館（InternationellaBiblioteket）邀請，參加第十一屆「國際童書週」（Internationellabarnboksveckan）。IBBY 瑞典分會頒發給幾米「彼得潘銀星獎」（Peter Pan's Silver Stars）。

留學法國的葉俊良與法國友人在法國開設鴻飛文化出版社（Éditions HongFei Cultures），引入臺灣兒童文學作家的作品，交給法國插畫家配圖，合作出版圖畫書。二〇一二年，林世仁撰文的圖畫書《四季的禮物》（Le Cadeau des quatre saisons），出自他在一九九五年由民生報出版的童話集《十四個窗口》當中的一篇，經過法國童書插畫家喬安娜·畢拉（Joanna Boillat）繪製插圖，在法國上市。

（四）與日本大阪府立國際兒童文學館交流

二〇〇六年日本大阪府立國際兒童文學館以「漢語圈的圖畫書與日本的圖畫書：「臺灣」」為主題研究，收錄日本大阪教育大學副教授成實朋子的〈世界華文兒童文學中的「臺灣圖畫書」——歷史轉折中的圖畫書概念的演變〉，以及該館研究員鈴木穗波的〈論賴馬圖畫書《早起的一天》——存在於身邊的幻想世界與讀者之間的共鳴性〉，也邀請臺灣方面曹俊彥的〈聽故事、畫故事、編故事、說故事——我

的圖畫書體驗〉、游珮芸的〈解讀臺灣的「幾米現象」〉、張桂娥的〈日本兒童圖畫書在臺出版發展史與其影響力——臺灣圖畫書發展從「圖畫書」時代邁向「繪本」時代的推手〉等論文。

大會邀請在日本已有多本圖畫書翻譯出版的賴馬，和作品同樣富有幽默感、圖畫書很受日本兒童喜愛的長谷川義史進行對談。兩人在主持人的引導之下，發表個人對於彼此作品的印象、繪畫的表現手法、喜愛的圖畫書插畫家等議題。對談內容也收入《研討會「臺灣圖畫書與日本圖畫書」報告集》。此次境外交流為首度有外國學者對臺灣兒童圖畫書進行專題研究。

二 公部門以及與民間合作圖畫書出版

此時期承繼上一時期，公部門透過出版圖畫書方式，作為配合政令宣傳方式，且蔚為風潮。合作方式多由公部門配合政策需要進行選題，再由出版社提供作者與插畫人選、進行故事撰寫，以及插圖繪製，經過專家學者審核後由出版社發行。例如：一九八八年，由文建會，為宣揚「文化資產保存法」，委託雄獅圖書股份有限公司出版發行的「兒童文化資產叢書」，以淺易故事配合圖畫書形式，希望讓兒童了解文化資產保存涉及類別，共有：《瑄瑄學考古——考古學是什麼呢？》等十二冊。

一九九九年，臺南縣文化局《南瀛之美》圖畫書開始出版，由臺南縣文化局配合社區總體文化營造及中小學鄉土教育文化政策之《南瀛之美》圖畫書系列開始出版。負責企劃的蘇振明提出「一鄉一圖書」理念，每個鄉鎮特色都成為圖畫書的主要內容來源，以人物、產業、民俗等不同主題區分。自一九九九年至二〇一一年，網羅多位作家和插畫家共出版，最初由文化局委託個人編輯製作，從二〇〇四至

二〇〇八年間，改由和青林國際文化出版社合作，擴大邀請更多專業兒童文學作家與插畫家參與，包括《曾文溪的故事》等，共三輯二十本圖畫書。二〇一二年，青林與升格的臺南市政府文化局一同出版新書《臺南之美圖畫書》系列新書——《臺南食點心》等，共計四十五冊，以圖畫書記錄臺南縣民文化、風土生活小百科，內容包括民俗、名勝、生態、產業、鄉鎮與人物，成為臺灣各縣市政府出版公共圖畫書的動力火車頭。

青林最早參與和公部門合作圖畫書，是在二〇〇一年，由文建會策劃、青林編輯出版發行的「臺灣兒童圖畫書」系列。此系列網羅多位知名童書作家和插畫家參與，內容以圖畫書形式出版，不在書中添加側文本：《射日》、《走，去迪化街買年貨》等，共計十冊。

二〇〇七年，青林與臺中市文化局合作出版出版「臺中大墩圖畫書」，邀請當地兒童文學作家劉清彥、米雅和莊世瑩等，聯手推動在地關懷與落實閱讀植根，形塑臺中文化特色。出版：《阿志的餅》、《春天在大肚山騎車》等圖畫書。二〇〇九年，青林再與臺中縣文化局、國立自然科學博物館合作出版圖畫書《大肚王：甘仔轄‧阿拉米》，內容根據一九八〇年代，經由學者透過荷蘭文獻資料了解，十七世紀，拍瀑拉族的首領大肚王甘仔轄‧阿拉米勇敢善戰，曾經雄據臺灣中部，英勇抗荷的大肚王國歷史，題材特殊。二〇一一年，出版劉伯樂的《我看見一隻鳥》等三冊圖畫書。

二〇〇五年起，聯經出版社開始和各地文化局合作，例如：二〇〇六年出版「金門兒童繪本」，有《阿金的菜刀》等五冊。二〇〇八年，《我家開民宿》。二〇一一年，「花蓮縣文化局繪本」《我的大陳朋友》、《奇美》。二〇一二年，「連江縣文化局故事繪本」：《北海大英雄》等。

二〇〇六年，由文建會指導、國美館與東華書局合作出版「文化

臺灣繪本」叢書：《天上飛來的魚》、《油桐花·五月雪》等十冊，包含臺灣文化概念、城市旅遊及文化產業圖書和原住民文化圖書、臺灣美術家故事等。

二〇〇七年開始，臺東縣政府陸續出版「雅美（達悟）族語系列繪本」，由盧彥芬編寫、希婻·紗旮燕族語，和知名圖畫書插畫家曹俊彥合作出版《小孩與螃蟹》、《希·瑪德嫩》，和邱承宗（筆名筆兔）合作《嘎格令》，以及和劉伯樂合作《法艾奴達悟》等，為了提倡族語閱讀，書中以羅馬拼音標注故事內文和漢語並置。

二〇〇八年，臺北縣政府教育局開始出版「多元文化繪本」系列圖畫書，故事撰述由林秀兒、周姚萍執筆改編和創作，插圖由賴馬和楊麗玲負責，且製作教學指導手冊、和動畫、有聲書，以及教具等，第一、二輯，分別出版十冊，例如：《狸貓變變變》。內容有東南亞、南亞（印度）、東北亞（日本、韓國）、俄羅斯等國家文化，主題包含童謠、童話、節慶、飲食、服飾、居住環境和產業等多樣性內涵；而書中印有中、英、日、越南、印尼、泰國、緬甸七種語言，教材內容呈現出亞洲的多元語言與風俗文化。這兩套妻語多元文化繪本的策劃，目的為提供新住民家庭親子共讀的素材和培養學生尊重與關懷的多元文化素養。

桃園文化局自二〇一一年至二〇一三年，為了吸引更多的學童與民眾了解桃園在地的文化背景，結合在地的兒童文學工作者和插畫家，以圖畫書形式連三年出版文化繪本，每年出版十二冊，如：《神風機場》等。且以中、英對照和附錄國臺客英四種語言 DVD。

農委會林務局臺東林區管理處，以推廣在二〇一一年出版「知本森林故事繪本系列」，以知本森林遊樂區為主要故事場景，推廣綠色森林資產概念，出版《野鳥嘉年華》等四冊，還附錄學習手冊、「知本森林大富翁」遊戲導覽地圖等。二〇一三年，再邀劉伯樂、陳維霖

等插畫家出版四本圖畫書。

其他，如二〇一三年出版的「南科考古大發現」系列繪本：《南科考古大發現》、《人面陶偶的秘密》、《少年加弄與狗》等三冊，是以南科考古內容為題，由臺灣史前文化博物館委託臺東大學兒童文學研究所企劃編輯，透過已經證實的考古內容和設計想像的情節，利用圖畫書形式傳達考古知識與臺灣史前文化，題材特殊。

三　民間圖畫書出版

成立於一九八八年的和英出版社，除了出版翻譯圖畫書之外，在二〇〇二年開始推出「我們的故事系列」，深耕臺灣原創圖畫書，致力將版權售出國外。網羅臺灣重要的圖畫書作家陳致元、賴馬、劉伯樂、李瑾倫、劉伯樂、陳全（陳志賢）、黃本蕊等人的作品：陳致元的《一個不能沒有禮物的日子》、《阿迪與茱莉》，賴馬的《早起的一天》、《帕拉帕拉山的妖怪》、《我變成一隻噴火龍了！》，黃本蕊的楊喚童詩《夏夜》、《水果們的晚會》，劉伯樂的《泥水師父》，陳志賢的《腳踏車輪子》等。此外，也開發從廣告動畫界轉而參與圖畫書創作的葉安德的《我和我的腳踏》、《彈琴給你聽》、《山上的水》等圖畫書出版，以及新人如黃立佩的《安靜也可以很美麗》、畫家黃小燕的楊喚童詩《家》等。

二〇〇三年，遠流出版社由林真美規劃「沒大沒小」繪本系列五冊，提倡不僅只是兒童，大人也可以以不同的生命經驗感知繪本內容，成為繪本讀者。除了翻譯，遠流也出版原創圖畫書，如二〇〇三年出版的「臺灣真少年」以回溯童年，呼喚鄉土為主軸，從成人文學作家的作品搭配插畫家出版《跟阿嬤去賣掃帚》（簡媜著、黃小燕圖）、《八歲，一個人去旅行》（吳念真著、官月淑圖）、《故事地圖》

（利格拉樂・阿娳著、阿緞圖）、《姨公公》（孫大川著、簡滄榕圖）、
《記得茶香滿山野》（向陽著、許文綺圖）、《像母親一樣的河》（路寒
袖著、何雲姿圖）等六冊，其中邀請卑南族的孫大川和排灣族的利格
拉樂・阿娳兩位作家，用生命經驗書寫童年憶往，記錄臺灣自然與人
文之美，是具原住民身分的作家創作圖畫書，與過去多為漢人著作，
內容更能貼近原民文化。

　　二〇〇三年，由新自然主義出版社出版的「臺灣原住民的神話與
傳說」系列，邀請孫大川擔任總策劃，林志興等多位原住民作家共同
參與圖文製作，計出版族名為書名的《卑南族：神秘的月形石柱》等
十冊圖畫書。

　　二〇〇五年遠流出版的「福爾摩沙自然繪本」系列圖畫書，由凌
拂與畫家黃崑謀（1963-2008）合作完成：《無尾鳳蝶的生日》等，共
四冊。內容以孩子在日常生活中，身邊常見生物為主，從近處開始作
自然觀察和環境教育，可惜黃崑謀英年驟逝，無法繼續發揮深厚的繪
畫和實地採集功力。

　　題材富有人文色彩是此時期原創圖畫書的特色，例如李如青開始
創作出版《那魯》、《勇12──戰鴿的故事》《雄獅堡最後的衛兵》
等。此外，呂游銘繪著的《想畫就畫就能畫》，為慶祝二〇一二年恩
師鄭明進八十歲生日特別創作的圖畫書，師生情誼動人。二〇一二
年，幸佳慧和蔡達源合作《希望小提琴》，描述一九五〇年代臺灣歷
經白色恐怖，受害者的故事，是少數涉及政治議題，且引起關注的圖
畫書。

　　二〇一一年起，由玉山社出版，鄭清文原著、林婉玉改寫、陳貴
芳繪圖的圖畫書：《燕心果》等六冊，透過改寫讓兒童能經由圖畫書
親近作家的作品，在此之前，鄭清文也有過其他作品改為圖畫書出
版，例如一九九一年收錄在「大師名作繪本」套書中，由幾米繪圖的

《春雨》，以及一九八八年六月，《精湛兒童之友》月刊第五期，由陳建良繪圖的《沙灘上的琴聲》，是少數臺灣作家獲得作品改寫出版圖畫書者。

也是文創有限公司（巴巴文化），二〇一二年起以本土題材出版自製圖畫書：《紅花仔布的秘密》、《弟弟的世界》、《草帽飛起來了》等，提供給原創圖畫書出版機會。

許多舊書在此時期獲得新出機會，二〇〇五年，民生報重新出版林良撰文、鄭明進繪圖的圖畫書《小紙船看海》、《小動物兒歌集》。兩書原本為將軍出版社出版的「新一代兒童益智叢書」系列。搭配林良的兩外兩篇作品《我要一個家》、《汪汪的家》，以圖畫書形式出版。二〇一三年在廈門舉行的第九屆海峽兩岸圖書交易會上，祖籍福建廈門九十歲的林良先生在故鄉發表新書「林良童心繪本」簡體字版，包括《我要一個家》、《汪汪的家》、《小紙船看海》以及《小動物兒歌集》等四冊圖畫書。

二〇〇六年，信誼基金出版社出版「童書任意門」系列，從早期臺灣省政府教育廳兒童讀物編輯小組出版書中挑選出版《顛倒歌》等五冊。此套書，改變了原本以直排右翻版面的文字編排方向，改以橫向書寫排列重新出版，許多圖象配合版面編排變化，插圖必須左右反作，為特殊現象。還有二〇〇八年，信誼基金會出版《寶寶閱讀列車》、《幼幼閱讀列車》，其中收錄多本「中華兒童叢書」的舊作，此系列版面文字，也改為橫排書寫方式，因許多版面必須重新規劃設計，無法以復刻版方式重版，例如《我要大公雞》繪圖者趙國宗則採取完全重新繪圖方式，給予新風貌。

在翻譯出版圖畫書方面，已不限於美國和日本的譯者，有更多來自世界各地的圖畫書翻譯引入。許多以圖畫書為主要出版的小型出版社陸續成立，如米奇巴克（2002年成立）翻譯許多法文圖畫書、阿布

拉教育文化（2003年成立）出版歐美經典幼兒適讀圖畫書、大穎文化（奧林文化的子公司，2003年成立）以日本和歐美翻譯世界各地圖畫書為主要出版品。曾經在二○○三年起，因為三采出版集團出版韓國童書，主打韓國科學漫畫帶起的韓國童書風，也讓圖畫書出版社注意到，在二○○五年臺北國際書展中，帶起一波韓文圖畫書翻譯。或者如讀家文化在二○一○年出版歐洲比利時國家圖畫書等。二○○五年由和英引入中國插畫家熊亮的圖畫書《小石獅》等，在二○一一年起再由龍圖騰出版，引入熊亮領軍工作室合著的《泥將軍》、《紙馬》等書。

此時期，大型出版社投入繪本出版，例如天下遠見出版股份有限公司，於二○○二年另以「小天下」為品牌名稱，開始出版童書，二○○六年天下雜誌社也投入童書出版，以翻譯和原創圖畫書並進，也有更多本錢競逐歐美圖畫書大獎快速翻譯出版，例如美國凱迪克大獎等圖畫書。

四　臺灣兒童圖畫書插畫家作品展覽

二○○一年一月，「國際兒童圖畫書原畫展」於中正藝廊展出，展覽內容包括：臺灣兒童書原畫展、波隆那兒童圖書插畫展、田園之春圖畫書原畫邀請展。二○○二年九月，鄭明進於誠品書店敦南藝文空間舉辦「我和我站立的村子——鄭明進七十圖畫書文件展」，展出作家原畫、著作及國外圖書之收藏，展後作品由臺東師院兒童文學研究所收購典藏。二○○七年十一月十七、十八日，中華民國兒童文學學會於臺北市立圖書館主辦「鄭明進先生作品研討會」，並於臺北市立圖書館地下室展覽廳舉辦「鄭明進繪畫創作・圖畫書原畫作品展」。

　　此時期，除了資深創作者受邀，中生代也開始受到重視，雲林科技大學在二〇〇九年三、四月，「臺灣童書插畫家聯展」邀請SCBWI四位插畫家：陳盈帆、龐雅文、張又然、唐唐等人展出。

　　資深圖畫書插畫家曹俊彥，在二〇一〇年四月間舉行「雙個展」分別於紫藤廬「我畫庶民生活──曹俊彥插畫原作展」和毛毛蟲基金會舉辦「我的小黑大變身──曹俊彥三格漫畫展」。曹俊彥擔任臺東大學駐校藝術家期間，舉行「【曹俊彥X紙芝居】原畫展」，圖畫書創作者以藝術家之身分受到學院的重視，而有傳承和交流。

　　二〇一一年，為民國一百年，第十九屆臺北國際書展三館童書館展出「圖畫作家創意花園～十七位畫家亮麗的創作能量」，共有劉伯樂等十七位臺灣本土插畫家參展，透過書展，讓參觀者能親近童書插畫之美。該年三月二十六日至五月二十九日，國立臺灣美術館舉辦「繪本花園～臺灣兒童圖畫書百人插畫展」，邀請臺灣兒童圖畫書插畫家一百人參與展出，作品共百餘件。

　　此次展覽邀請包含老、中、青世代的一百位臺灣兒童圖畫書插畫家，展出百幅以上的圖畫書原畫作品，呈現臺灣圖畫書各階段發展的繽紛樣貌。展覽以作品的內容分類，區分為四大主題，分別是：一、臺灣風情：以描繪臺灣人文、自然、景物為主，藉以突顯原創圖畫書創作的特色與成果。二、動物王國：動物形象在童書中一直是重要角色，而臺灣兒童圖畫書的動物形象亦是豐富而多元，所以特別歸納主題來呈現。三、奇幻國度：以具有幻想情境的畫面，或特殊造型人物的超現實創作為主。四、繽紛世界：呈現人間有情的大千世界，以突顯圖畫書創作的多元變化與溫馨情感。

　　「繪本花園～臺灣兒童圖畫書百人插畫展」也展出早期重要代表性圖畫書，出版年代皆已超過三十年，為臺灣圖畫書發展中具開創性和精湛的作品。而展覽以圖畫書原作彰顯其藝術性，提供從鑑賞的角

度品味圖畫書的創意美學，對於圖畫書創作者及其作品的肯定，具有重要意義。

二〇一一年，為表彰資深圖畫書插畫家曹俊彥對臺灣兒童圖畫書的貢獻，在八月三日到二十八日，由國立中央圖書館臺灣分館、信誼基金會與毛毛蟲兒童哲學基金會聯合主辦「天真與視野—曹俊彥兒童文學美術五十年回顧展」，於國立中央圖書館臺灣分館四樓雙和藝廊展出，並舉辦「曹俊彥兒童文學美術五十年回顧研討會與座談會」，由於曹俊彥擔任過圖畫書的企劃、主編、美編、作者、插畫者，對圖畫書的發展更是參與其中，透過展覽不僅讓大眾了解其個人的創作，也理解臺灣圖畫書的發展。

二〇一二年八月七日至九月十六日，於國立中央圖書館臺灣分館舉辦的「繪本阿公・圖畫王國～鄭明進八十創作展」和曹俊彥的展覽意義相同，希望透過展覽回顧，對鄭明進此一曾被洪文瓊尊稱為「臺灣圖畫書教父」者，對臺灣兒童圖畫書作過的努力給予致敬。而同樣由國立中央圖書館臺灣分館與毛毛蟲兒童哲學基金會合作舉辦展覽以及活動。為了讓各地圖畫書愛好者也能參與，此展覽也在臺東、新竹市美術館暨開拓館，以及臺南臺灣文學館配合展出場地巡迴展出。

第三節　人物

此階段推動臺灣圖畫書發展重要人物有以圖畫書作為兒童哲學推廣工具的兒童文學學者楊茂秀、參與圖畫書出版熟悉行銷和出版原創圖畫書的林訓民、長期以圖畫書故事和插畫家合作推廣閱讀的方素珍、推動圖畫書閱讀和企劃圖畫書翻譯出版的林真美、以圖畫書為主要出版推動原創圖畫書創作的周逸芬，以及圖畫書作、畫家和推行手製繪本的陳璐茜。

一　楊茂秀

　　楊茂秀（1944-）生於彰化二林。十歲那年舉家搬到花蓮。為輔仁大學哲學系博士、美國西東大學雙語教育博士研究、愛荷華大學哲學博士研究。曾任教於美國蒙特克萊爾大學兒童哲學促進中心（IAPC）、輔仁大學、國立清華大學、國立臺東大學兒童文學研究所。擅長美學、社會哲學、兒童哲學、故事與思考、故事說演、兒童文學、圖畫書研究、圖畫書翻譯等。

　　楊茂秀對圖畫書的研究與翻譯，起因於女兒的誕生，陪伴共讀所需。一九七八年起，楊茂秀倡導「兒童哲學」教育理念。一九八九年受邀至《兒童日報》擔任顧問。一九九〇年，他與一群熱心思考教育的學者及家長，成立以推廣兒童哲學研究與教學為宗旨的毛毛蟲兒童哲學基金會。一九九三年，遠流出版美國蘇斯博士（Dr. Seuss, 1904-1991）的橋樑書，楊茂秀在該套書的附冊《觀念玩具・蘇斯博士與新兒童文學》撰文，提到蘇斯博士認為圖畫書是觀念玩具的概念，為當時臺灣以圖畫書教育功能優先的觀念帶來另類思考。

　　一九九五年，毛毛蟲兒童哲學基金會林明德監事提出「書香滿寶島」計畫，與文化建設委員會配合，推動全國家長與故事志工培訓，促成十六個故事團體成立。因培訓故事媽媽而引用圖畫書作為引導，以圖畫書為說故事文本，帶動圖畫書欣賞與閱讀風潮。

　　一九九六年，楊茂秀在臺東師範學院兒童文學研究所任教期間，擔任圖畫書課程教學，翻譯推廣美國知名圖畫書。二〇〇五年，促成專業圖畫書論述雜誌《繪本棒棒堂》季刊創刊。參與翻譯引進圖畫書論著，包括二〇〇三年莫麗・邦（Molly Bang, 1943-）的《圖畫・話圖：知覺與構圖》（*Picture This: Perception & Composition*），以及二〇一〇年諾德曼（Perry Nodelman, 1942-）的《話圖：兒童圖畫書的敘

事藝術》（*Words about Pictures：Narrative Art of Children's Pictures Books*）。個人著作以哲學基礎書寫繪本觀念，如《重要書在這裡！：楊茂秀的繪本哲學》等。提倡成立圖畫書交流與創作場所，二〇〇〇年二月正式成立「圖畫作家」，二〇〇四年因故暫停。二〇〇九年自臺東大學兒童文學研究所退休後，於二〇一〇年一月，再由毛毛蟲兒童哲學基金會在臺東成立「臺東圖畫作家」。

二　林訓民

　　林訓民（1952-）出生於雲林縣，畢業於輔仁大學企業管理學系，為菲律賓亞洲管理學院企業管理碩士。曾任臺灣英文雜誌社及陳氏圖書公司執行副總經理、臺灣直銷協會秘書長、輔仁、東吳及淡江大學講師。一九九四年創立青林國際出版公司，出版翻譯及原創童書，並與縣、市政府文化局合作出版多本原創圖畫書。

　　一九七八年，林訓民進入台英社，這是臺灣最大國外雜誌代理發行商，在一九七四年率先引進日本圖書直銷販售套書，成功訓練業務員推銷百科全書的經驗，將直銷方式傳授到臺灣。一九八二至一九九四年，林訓民擔任台英社執行副總經理，參與漢聲編輯製作「漢聲精選世界最佳兒童圖畫書」行銷工作，以套書銷售方式獲得極佳成績。此後由漢聲負責編輯製作，台英社負責行銷的《中國童話》、《漢聲小百科》、《漢聲精選世界兒童圖畫書》等書，透過直銷人員服務和解說，獲得驚人銷售業績。以《中國童話》為例，第一年就創下五十萬冊銷售數字，帶動套書直銷潮，改變童書傳統書店銷售方式，在一九九〇年代達到巔峰。

　　一九九三年，林訓民離開台英社，隔年與台英社同事林朱綺等人合組青林國際出版股份有限公司，以兒童書做為主要出版書種。在翻

譯書之外，也和政府單位合作圖畫書，提供更多機會給圖文創作者發揮機會。

　　林訓民長期關注原創圖畫書發展也關心臺灣在國際發聲機會，曾以個人名義加入國際少年兒童讀物委員會（International Board on Books for Young People，簡稱 IBBY），在二○○二年九月，IBBY 第二十八屆印度世界大會上，提議讓臺灣加入 IBBY，可惜受到政治杯葛。

　　林訓民認為，想提高臺灣在國際上的能見度或打造臺灣文化創意產業的實力，政府與出版業者和圖文創作者都必須積極做為，否則難有具體成果。他認為面對圖畫書市場困境，以圖畫書為主的出版社一定要推出具有「品牌」和「有特色」的名家作品，才能達到具體成效。

三　方素珍

　　方素珍（1957-）出生於宜蘭，輔仁大學教育心理系（中文輔系）畢業。筆名小珍珠。一九七五年獲得第二屆洪建全兒童文學獎「童詩佳作獎」，開始兒童文學創作至今。曾經擔任救國團張老師、中國海峽兩岸兒童文學研究會常務理事、理事長、中華民國兒童文學學會理事、康軒國語科編輯委員、香港教育出版社語文科顧問、兒童文學家雜誌社社長等。與多位插畫家合作出版圖畫書，從事童詩、童話、兒童小說、圖畫故事等創作，以及翻譯圖畫書、編寫國語科課文和兒童文學推廣工作。曾獲洪建全兒童文學獎、楊喚兒童詩獎、國語日報兒童文學牧笛獎、聯合報讀書人年度最佳童書獎等。和插畫家合作圖畫書已出版：《祝你生日快樂》、《媽媽心‧媽媽樹》、《我有友情要出租》等超過三十冊，翻譯圖畫書二百餘冊。

　　方素珍對圖畫書產生濃厚興趣，源於一九九一年她自費和國內出版商一同到義大利參加波隆那兒童書展，打開視野，也認識很多童書

出版從業人員，獲得翻譯圖畫書的機會，同時興起嘗試圖畫書文字創作的念頭。為了增進專業知識以及和畫家溝通，開始一連串自我進修歷程，到大學旁聽圖畫書設計課，也進修藝術史和電影課。又和多位童書出版社編輯同好，自一九九三至一九八八年間，共組「十三妹讀書會」，加強圖畫書專業知識。

在臺灣，少有以圖畫書文字故事寫作為專業的作家，方素珍認為，畫家和作家一樣，畫家的一筆功力，需要二十年，文字作者寫的故事，何嘗不是需要二十年的功力？她和多位插畫家合作，遇到對圖畫書不熟悉的新手，不僅扮演文字作者的角色，還是企劃和執行編輯。在中國經濟發展之後，圖畫書開始受到重視，她的圖畫書在中國出版簡體字版獲得銷售佳績，同時除了臺灣插畫家，也和各國插畫家合作出版圖畫書、且推廣圖畫書閱讀，以「花婆婆」享有盛名。

四　林真美

林真美（1959-）出生於臺中，畢業於中央大學中文系。為日本國立御茶之水女子大學兒童文學碩士。自日本學成返臺，曾擔任一年半的幼稚園老師，從事幼教和發展障礙兒童「早期療育」工作。推動成立親子共讀團體「小大讀書會」多年，最盛時期有二十餘個讀書會。曾任清華大學中文系兼任講師，也在永和社區大學講授「兒童與兒童文學」、「兒童文化」等課程。催生多套外國經典圖書，譯介圖畫書超過百本，翻譯推廣成人閱讀繪本的《繪本之力》等著作。二〇一〇年，《繪本之眼》出版，分析繪本歷史、影響繪本發展的關鍵技術、人物和重要作品，為臺灣圖畫書概念與閱讀推廣重要推手。

在日本進修期間，參與家庭文庫（KATEIBUNKO，HOME-BOOK-READING）活動，為民間於一九六五年發起的「親子讀書運

動」之一，源於日本二戰敗後，父母對孩子期待與擔憂，而開始的親子閱讀活動，曾於一九六〇、七〇年代於日本蔚為風潮，甚至發展為代表社會與政府對話的發聲者。

林真美感受到日本戰後社區推廣大人和孩子共讀繪本的凝聚力，將此種閱讀活動帶回臺灣。一九九二年開始，積極向親朋好友推廣親子共讀讀書會。一九九四年創立「小大讀書會」深耕社區共讀觀念。在推廣閱讀同時，一九九六年策劃以及翻譯「大手牽小手」系繪本，引入英、美、日等國經典圖畫書，以「繪本」為系列名，同時出版《在繪本的花園裡──和孩子共享繪本的樂趣》傳遞圖畫書相關概念，透過遠流博識網「繪本花園」與多位故事媽媽推廣繪本閱讀觀念。二〇〇〇年，與小大讀書會成員在臺中創設「小大繪本館」，藏書超過兩萬冊供借閱。

林真美在二〇〇〇年前後到社區大學教授兒童文學課程，提倡「兒童文學」並非兒童專屬的文學，是大人與小孩共有、共享的文學。她認為大人接近兒童文學，不僅可以因此而更了解兒童，也可以喚醒自己的「內在小孩」，學習重新用一個「非大人」的觀點來看世界。社區大學的學員成立兒童文化研究社，更進一步推動兒童權利，走入公民運動。

五　周逸芬

周逸芬（1961-）出生於臺北市，畢業於淡江大學日文系。文化大學日本文學碩士、美國威斯康辛大學教育心理碩士。二〇〇二年取得中國北京師範大學幼教博士學位。曾於美國擔任幼兒園老師。一九八八年，以父母的名字取名，於新竹創立「和英出版社」（後更名為「和英文化事業有限公司」），出版翻譯與原創圖畫書，兼具全球視野與本

土原創。曾獲得金鼎獎最佳主編獎，擔任總編輯也和畫家黃進龍合作出版《冬冬的第一次飛行》、和陳致元合作「米米系列」等圖畫書。

周逸芬留學返臺後，感於新竹缺乏全國性出版資源而投入出版工作。多次拜訪圖畫書作家，以及邀請來臺演講。二〇〇二年起，和英開始深耕本土原創，推出「我們的故事系列」圖畫書，陸續邀請李瑾倫、林世仁、徐素霞、陳志賢、陳致元、黃小燕、黃本蕊、劉伯樂、賴馬、呂游銘等人出版圖畫書。同時也提供具專業繪畫技巧的李如青、葉安德、黃立佩、黃進龍等人的出版機會。二〇〇四年推出楊喚童詩繪本，與臺北市立國樂團合作「永遠的楊喚與趣味唸謠」音樂會。二〇〇五年再與臺北柳琴室內樂團在國家音樂廳舉辦和英繪本音樂會。二〇一〇年《小球聽國樂全集——永遠的兒歌》是籌劃六年的作品，出版之後獲金曲獎最佳兒童音樂專輯獎、冰心兒童文學獎。

周逸芬嘗試將原創圖畫書推廣國際版權卻遇到瓶頸，二〇〇五年三月成立美國和英出版社，獨資設立展館參與國際兒童書展而有成效。二〇〇八年三月，周逸芬與陳致元合作，以學齡前幼童為閱讀對象的「米米系列」，首推《米米說不》，在波隆那兒童書展，售出法國、美國、簡體中文、芬蘭、荷蘭、丹麥、西班牙、韓國、泰國、以色列（希伯來文）等十種語言版權。深信「兒童圖畫書」是臺灣最具「國際賣相」的文化創意產業，能跨越國界，打破種族和文化的藩籬。

六　陳璐茜

陳璐茜（1963-）出生於臺北市，畢業於輔仁大學大眾傳播學系。為自由創作者與手製繪本專業老師。一九八八年榮獲日本 KFS 全國童書大賞入賞。一九八九年回國後以《皇后的尾巴》獲信誼幼兒

文學獎圖畫書創作特別佳作獎，此書入選《臺灣（1945-1998）兒童文學一〇〇》。著作種類豐富，包含散文、小說、童話、圖畫書、圖文書、玩具書和工具書等近六十冊。圖畫書代表作：《皇后的尾巴》、《三個我去旅行》等，以及手製繪本教學：《繪本發想教室》、《趣味繪本教室》、《想像力插畫教室》等。曾獲信誼幼兒文學獎、中華兒童文學創作獎「美術類」、金書獎、金鼎獎。

　　大學時期開始學習日文，畢業後曾從事日文翻譯。一九八七年赴日本講談社童畫繪本專門學院研習，在埼玉縣祇園畫廊舉辦首次個展。一九九一年，陳璐茜在臺北太平洋 SOGO 百貨公司繪畫暨手製繪本個展，並創辦「想像力開發教室」。一九九二年，在耕薪文教院首次開設「陳璐茜手製繪本班」，讓非科班對繪本創作有興趣者進修機會，學員中有上班族、學生，也有家庭主婦。一九九六年，陳璐茜在臺北市太平洋 SOGO 百貨公司舉行「陳璐茜手製繪本班教室」學生聯展，學生成立臺灣第一個手製繪本創作團體「圖畫書俱樂部」，每年都定期舉辦手製繪本創作聯展至今。從二〇〇二年起，陳璐茜的學生陸續參加各種文學獎，開始得到獎項，也得到機會，例如：劉旭恭、陶樂蒂、黃郁欽、童嘉、陳和凱等人。

　　二〇〇五年，陳璐茜出版《繪本發想教室》、《趣味繪本教室》、《想像力插畫教室》，讓無法親自參與課堂創作者，能有自學機會。二〇〇六年，在文化大學推廣教育部開辦「繪本創作師資培訓班」。二〇〇九年，將培訓師資集合成立「臺灣繪本協會」，讓需要師資的團體方便找到師資，協助師資派遣，並成立「臺日繪本交流／未來繪本文學獎」。二〇一〇年設立「臺灣繪本教室」主辦個人風繪本獎，鼓勵繪本創作。多年推廣繪本，陳璐茜從一個人的力量，經過多年耕耘，將一個人在創作上得到的快樂，分享、擴大到更多人一起從事，鼓勵更多創作者，以創作繪本豐富自己的生活。

第四節　插畫家與作品

本階段多數圖畫書畫家同時也是圖畫書作家，介紹從一九六〇年代出生，跨度到一九七〇年代：李如青、蔡兆倫、葉安德、湯姆牛、張又然、孫心瑜、林小杯、劉旭恭、陳致元、鄒駿昇等人。

一　李如青

圖三三　《雄獅堡最後的衛兵》

李如青（1962-）出生於金門縣，本名李懿倫。國立藝術專科學校畢業，曾任廣告公司企劃。二〇〇七年開始創作圖畫書，作品多為歷史與人文議題，擅長水墨畫，繪畫風格獨樹一格。圖畫書代表作：《雄獅堡最後的衛兵》、《旗魚王》、《拐杖狗》等。曾獲豐子愷兒童圖畫書佳作獎、金鼎獎兒童及少年繪本類最佳繪本、好書大家讀年度最佳少年兒童讀物獎、好書大家讀年度最優秀畫家大獎等。

高中畢業後，李如青離開金門，到臺北就讀國立藝專美工科。畢業服完兵役後，在臺北的廣告公司擔企劃，也曾開過自助餐以及其他工作。二〇〇七年出版的《那魯》是他自寫自畫的第一本圖畫書，在此之前，並沒有參與兒童讀物插畫。

動物是李如青繪本當中的重要角色，他喜歡馬，在《追風者：馬踏飛燕傳說》和《小旗手》可以看到他喜愛的角色與場景。《旗魚王》是李如青對臺灣漁業生態資源反省與關懷的作品。《拐杖狗》是無字繪本，藉由忠心的狗與老人的情感為主軸，呈現臺灣土地與人文畫面。而這本書卻也是他個人生命經驗的映照，故事起始地是高雄的光榮碼

頭，這個碼頭是他首次離家的第一次停泊，是遊子的第一個港口。

　　儘管起步較晚，隨著《雄獅堡最後的衛兵》、《勇12——戰鴿的故事》、《紋山》、《旗魚王》到《拐杖狗》等繪本陸續出版，題材充滿歷史感與陽剛味，選擇從弱勢與邊陲出發，有別於大敘事，以小敘事著手。因內容寫實，貼近土地與人文關懷，在充斥著甜美溫馨故事，或奇幻想像童話的主流市場中，獨樹一格。

二　蔡兆倫

圖三四　《看不見》

　　蔡兆倫（1966-）出生於彰化，畢業於復興高級商工職業學校。曾擔百貨公司美工、卡通公司動畫師、國語日報美術主編，現為自由工作者，創作插畫、漫畫與繪本。圖畫書代表作：《我睡不著》、《看不見》、《杯杯英雄》等。曾獲豐子愷兒童圖畫書獎佳作、波隆那兒童書展拉加茲童書獎（Bologna Ragazzi Award）特殊主題佳作等。

　　蔡兆倫在國語日報擔任美術主編期間，曾在二〇〇一年以複合式繪畫媒材創作《我睡不著》，參選第四屆兒童文學牧笛獎，並且獲得圖畫故事組首獎。此事引發內部員工參選會有不公平的疑慮，次屆規定員工不得參選。二〇〇九年，在國語日報工作十五年後，感覺到工作不斷重複，逐漸停滯沒有成長，成為自由工作者。

　　二〇一二年繪本《看不見》以看不見的男孩為題，邀請讀者參與扮演視障者的體驗活動，感受視障者生活中的不便，以及看不見時內心的害怕與不安。二〇一六年，獲得波隆那兒童書展拉加茲童書獎特殊主題「失能」（Disability）類佳作。法國《讀書周刊》（Livres Hebdo）專欄記者克勞德‧康貝特（Claude Combet）是加茲童書獎特

殊主題佳作評審之一，分享《看不見》當中有一幕揣摩盲人在黑暗中穿鞋的畫面，在白色的鞋子表現細節，讓評審大為感動，認為這是創作者情感的細膩表現，是常人不以為意的小事，卻對盲人的日常生活無比重要。在親自到波隆那兒童書展領獎參與盛會後，蔡兆倫認為，「繪本是最容易在國際交流的文藝創作，好的繪本有機會在這裡與其他國家的作品一同被看見，不同地區有不同的思考邏輯，更增加繪本多樣性。」他看見許多創作者獨特的繪畫風格，以及新人對創作的努力及爭取曝光的機會。

《看不見》出版後，陸續獲得多項童書獎項鼓勵，包含第三十七屆金鼎獎最佳兒童及少年圖書獎、二〇一二年好書大家讀年度最佳少年兒童讀物獎、二〇一三年豐子愷兒童圖畫書獎佳作等。《杯杯英雄》是他得獎後的力作，創作繪本要學的東西很多，他認為「興趣」是最主要的推手，同時要有忍受長期抗戰的心理準備。認真的持續創作，慢慢才會有一些成績出現，「想要靠創作繪本維生剛開始是蠻困難的。」他特別能享受繪本在創作過程中的經歷和樂趣，認為過程比完成後的喜悅更令人有深刻體驗。

三　葉安德

圖三五　《我和我的腳踏車》

葉安德（1967-）出生於新竹，曾擔任動畫員、構圖指導、企劃導演等工作。現任教於國立臺北藝術大學動畫系。圖畫書代表作：《我和我的腳踏車》、《誰偷了便當》等。曾獲金鼎獎、開卷年度最佳童書獎、好書大家讀年度最佳童書獎、豐子愷兒童圖畫書佳作獎。

葉安德繪畫才能自幼就受到肯定，考量家

中經濟狀況，在高職和專科學校選擇電子科就讀。畢業後從事多種工作，曾擔任汽車銷售員、房屋仲介等，然而喜愛畫圖的他，仍然嚮往成為動畫師。得知宏廣動畫公司將招考動畫師，他積極參加，非科班出身的他甚至得到第一名錄取。

在宏廣動畫公司工作十五年間，葉安德從動畫員做起到擔任企劃導演。在臺灣動畫代工的黃金時期，公司承接許多來自美國好萊塢和歐洲動畫公司的動畫代工，他也從中學到動畫製作技巧。工作十餘年後，轉任公司企劃部做自製片，擔任《少年噶瑪蘭》副導演及《紅孩兒決戰》的企劃導演，得到金馬獎最佳動畫片肯定。

二〇〇〇年之後，公司陷入財務危機。將滿四十歲那年，葉安德離開公司，嘗試創作繪本《我和我的腳踏車》，從自己的童年故事發想，總共畫了六十幾頁。「好書大家讀」評委王行恭給予高度評價，「書中人物造形的近景、遠景、誇張與變形，都符合動畫『合理運動（movement）』的語言原則；因此畫面取景的誇張性和視覺壓縮的效果表現，都再再凸顯出作者的創意與敘述表達的概念。」這本繪本在二〇〇六年出版之後，售出多國版權，包括法國、英國、西班牙、以色列、韓國、泰國等。

葉安德持續出版自寫自畫繪本，題材不限於童年故事，繪畫風格也不相同。二〇〇九年之後，他到大學任教，繪本出版速度也放慢。葉安德的繪本多數圍繞著臺灣這塊土地，他希望藉由繪本，記錄臺灣美好的一面，為臺灣每個時代留下故事。

四　湯姆牛

湯姆牛（1966-）生於臺北，本名劉鎮國，另筆名湯庫西。畢業於松山商職廣告設計科、國立藝專雕塑科。曾任廣告公司美術設計。

圖三六　《像不像沒
關係》

圖畫書代表作：《愛吃青菜的鱷魚》、《像不像沒關係》、《最可怕的一天》等。榮獲信誼幼兒文學獎、好書大家讀年度最佳少年兒童讀物獎、金鼎獎最佳插畫獎、豐子愷兒童圖畫書獎、德國國際兒童青少年圖書館白烏鴉獎，入選義大利波隆那兒童書插畫展。

服完兵役，在外商廣告公司擔任美術設計，獲得構思故事和畫腳本的經驗，有了分鏡概念，在創作圖畫書時，較容易將想法落實。早期採用奇異筆，搭配壓克力顏料，也是因為在廣告公司經常使用奇異筆，使用較熟悉。

二〇〇二年，湯姆牛想轉換工作，開始創作圖畫書，隔年以《愛吃青菜的鱷魚》得到十五屆信誼幼兒文學獎插畫推薦獎。本書以造型可愛逗趣的人物和動物、簡潔的線條和鮮明顏色構成，主題緊扣幼兒成長經驗，以有趣的故事代替生硬說教。得獎後和編輯企劃合作，以食衣住行為題創作繪本。

二〇〇八年，湯姆牛將作品適讀年齡提高。因為著迷於藝術家康丁斯基的幾何抽象畫，他嘗試著轉換成插畫表現。《像不像沒關係》，把讀者定位為小學中、高年級，甚至到國、高中，希望提供更多視覺經驗。在接下來出版的圖畫書《下雨了！》，書中延伸了幾何圖形，每一隻動物都帶有現代立體風。除了圖畫書創作，他嘗試創作純藝術作品，在《Kling kling庫西的藝想世界》出版同時，推出「klingkling！在世界形成之前——庫西的藝想世界插畫展」，展現多元創作力。

五　張又然

　　張又然（1968-）出生於臺北景美，畢業於復興高級商工職業學校主修雕塑。曾從事玻璃雕刻，在漫畫雜誌連載漫畫創作，也在出版社擔任過美術編輯，後來成立「貓屋插畫館」工作室獨立作業。圖畫書代表作：《春神跳舞的森

圖三七　《春神跳舞的森林》

林》、《再見小樹林》和《少年西拉雅》。曾獲文建會福爾摩莎插畫甄件入選、中華兒童文學獎圖畫書創作金獎、入選波隆那童書插畫展。

　　張又然和嚴淑女圖、文合作的《春神跳舞的森林》，在還未出版之前，插畫即獲得二〇〇一年波隆那童書插畫展入選。張又然希望插畫能傳達故事內容，又兼顧欣賞及收藏功能，將原住民口傳文學中神話性的寓意思維和代表性圖騰，隱藏在畫面中，加強畫面的豐富性和敘事性，每張插圖耗費一個月完成。插畫入選之後，繼續創作兩年，在二〇〇三年出版。

　　二〇〇七年出版的《少年西拉雅》，故事由林滿秋撰寫，敘述三百多年前活躍在臺灣南部平原的平埔原住民西拉雅族少年與荷蘭少年相遇的故事，張又然延續注重考據與搜集資料的嚴謹態度，以及對繪圖作品的自我要求。

　　二〇〇八年《再見小樹林》出版，這本書是張又然回溯童年記憶中住家附近樹林的美好記憶，由嚴淑女故事撰寫。他從孩童的角度討論自然與人的關係，傳遞尊重自然，親近自然、愛護自然的觀念，擅長以細膩多層次繪畫技巧呈現，投入長時間繪製畫作。以細緻線條和渲染的技巧，精細勾勒出濃密葉片下的神秘森林，畫面層次豐富，意涵深刻，巧妙傳達森林共生的環保觀念。儘管繪本創作過程艱辛且漫

長，但是他懷抱理想，所有的學習和認識都在深愛這片土地的心情中
化為感動，也促成想要創作的動力。

六　孫心瑜

孫心瑜（1969-）出生於新店，臺灣師範
大學美術學系研究所畢業。繪製過郵票，曾
到長江探源，旅居美、加、上海、遊歷歐
亞。從事各類視覺設計工作多年，現為自由
工作者。圖畫書代表作：《一日遊》、《午
後》、《北京遊》等。曾獲信誼兒童文學獎評

圖三八　《一日遊》

審委員特別獎、好書大家讀年度最佳少年兒童讀物獎、金鼎獎、波隆
那兒童書展拉加茲童書獎「非小說類」佳作等。

孫心瑜在臺灣師範大學美術系就讀，表現優異，獲得直升研究
所，開始接觸電腦繪圖，當時電腦繪圖已逐漸被創作者接受，但是仍
有許多創作者和評論家對於電腦圖象美學持保留態度。

師大畢業後，放棄國中教職，在科技業任職。因為同事介紹，孫
心瑜參與新學友書局的「彩虹學習圖畫書」套書創作。一九九六年出
版的《我的寶貝》（文、連翠茉）是她的第一本圖畫書。出版後受到
新學友書局倒閉牽連，沒有收到版稅。儘管沒有實質收入，仍持續創
作繪本。

孫心瑜曾到過美國西雅圖的公司，做多媒體光碟介面和遊戲場景
繪製，因為想念臺灣而返國。二○○五年，返國後獲得雅虎奇摩視覺
設計主任的職位。因為鍾愛繪畫，放棄高薪職位，成為自由工作者，
從事繪本創作、插畫以及創意設計。

孫心瑜曾連續參加信誼幼兒文學獎十年都沒有得獎，終於在二

○○八年，以《一日遊》獲得評審委員特別獎。隔年，再以《午後》，獲得佳作。這兩本書的場景都設在臺北市，畫面中出現多處著名景點，以乾淨的線條和大量的冷色調，形塑出城市安靜的氛圍，也展現獨特的清新與簡潔的風格。她也嘗試和其他文字創作者合作繪本或橋梁書。

《北京遊》是孫心瑜以都會場景，作為主題的無字圖畫書。出版後獲得法國出版社青睞，也爭取到直接和法國出版社合作機會。二○一五年，更獲得波隆那兒童書展拉加茲童書獎「非小說類」佳作。能夠從世界眾多作品中脫穎而出，獲得殊榮，她認為決定走這偏僻而孤獨的繪本創作之路，是甜美無憾的，更鼓舞有志從事繪本創作者。

七　林小杯

林小杯（1973- ）生於臺北，本名林靜怡。畢業於文化大學美術系、臺東師範學院兒童文學研究所。圖畫書代表作：《阿非，這個愛畫畫的小孩》、《假裝是魚》、《喀噠喀噠喀噠》等。曾獲信誼幼兒文學獎圖畫書創作首獎、文字創作獎、好書大家讀年度最佳少年兒童讀物獎、中國時報開卷年度最佳童書獎、義大利波

圖三九　《假裝是魚》

隆那書展臺灣館插畫家聯展、臺北國際書展金蝶獎（繪本類）整體美術與裝幀設計獎榮譽獎、豐子愷兒童圖畫書獎首獎等。

一九九九年，林小杯以《假裝是魚》獲得信誼幼兒文學獎圖畫書創作獎，內容假裝是魚就變成魚，滿足孩子的想像力，引起心理層面的感受，搭配簡潔的圖畫和文字，讓主角自己說話，隨故事發展，構圖取景手法生動，得到好評。

　　二〇〇一年，林小杯自臺東師範學院兒童文學研究所畢業，碩士論文以《我不是林小杯》為題，分析自己從一九八八年起至二〇〇〇年間，九本圖畫書創作歷程、心得和檢討，主要內容包含創作故事起源、技法選取、創作困境和解決方案，也討論創作與靈感的關係、風格和出版過程與編輯互動等，留下的創作心得。二〇〇二年，她以《阿非，這個愛畫畫的小孩》獲得圖畫書創作首獎、《全都睡了一百年》獲得文字創作佳作獎。

　　二〇一四年林小杯自寫自畫的《喀噠喀噠喀噠》獲得第四屆豐子愷兒童圖畫書獎首獎。二〇一六年和郭奕臣，文、圖合作《宇宙掉了一顆牙》，郭奕臣曾獲得威尼斯雙年展等大獎，為當代藝術和繪本創作的跨界合作，內容不僅以當代藝術形式展覽，結合繪本出版，書籍裝幀特別，全書主調為具有層次的藍色，以簡單線條勾勒人物等畫面，在安靜的氛圍中，充滿動感。

　　林小杯常用的媒材有鉛筆、水彩、麥克筆及電腦拼貼，一直以看似自由隨興的筆調作畫，充滿童趣的背後下了不少功夫。除了自寫自畫，也和文字作者合作繪本、橋梁書、童詩等，例如：《找不到學校》、《誰在床下養了一朵雲》等。

八　劉旭恭

　　劉旭恭（1973-）出生於臺北石牌，畢業於國立臺灣大學土木學系研究所。尚未專注於繪本創作之前，曾經做過很多行業，包括工程人員和校車司機。圖畫書代表作：《好想吃榴槤》、《請問一下，踩得到底嗎？》、《誰的家到了？》等。曾獲信誼幼兒文學獎第十四屆佳作及第十八屆首獎，二〇〇六年好書大家讀年度最佳少年兒童讀物、九歌九六及九七年童話選入選等。

　　一九九六年，劉旭恭參加陳璐茜手製繪本教
室，由於陳璐茜也是非科班出身的圖畫書創作
者，她的教學方式啟發了劉旭恭，他開始畫圖畫
書。二〇〇二年，劉旭恭以《好想吃榴槤》獲得
信誼幼兒文學獎佳作之後，仍持續土木本業。直
到二〇〇六年以《請問一下，踩得到底嗎？》獲
得第十八屆信誼幼兒文學獎三至八歲組首獎，堅
定了投入創作繪本的決心，決定以插畫和寫作做
為一生的志業。

圖四十　《請問一下，
踩得到底嗎？》

　　劉旭恭自寫自的圖畫書，內容充滿童趣與哲思。隨著作品累積，
開展不同的主題，在幽默童趣與哲學思考之外，涉略社會關懷議題，
繪畫風格也隨之改變。例如由他文、圖創作的《橘色的馬》就在書末
版權頁楊茂秀的推薦文，喻為是一齣「兒童哲學短劇」，認為，「這是
一本有豐富思考趣味的玄想性繪本，應用判準轉換的手法，為觀察與
反省作比較，創作出了思考的遊戲與實驗；在人類認知的基礎活動，
分辨相同與差異上，提供了一齣充滿輕快思維韻律活潑而不吵鬧的紙
面小戲，我稱之為兒童哲學短劇。」也針對一些舉有思考性的議題創
作圖畫書。

　　劉旭恭的插畫具有童趣天真的自由樸拙特色，為了磨練和加強繪
畫技法，累積實力，他參加雷驤的速寫課程。雷驤認為一切的畫都是
從自然觀察而來，在課程期間，劉旭恭進行顏色、光影和立體空間感
的學習，透過環境觀察，加強技法練習，不同的學習經驗，讓作品圖
象表現更豐富，創作風格也更加多元。

　　劉旭恭和喜愛繪本創作的另一半許增巧結婚，育有兩個男孩。他
認為創作一開始是最困難的階段，在這個時期，不斷嘗試不同的媒材
和畫風。在創作初期，「有時彷彿在隧道中行走，眼前是伸手不見五

指的黑，不過突然間你發現亮光了，出口就在眼前，外面是海闊天空。」除了持續創作圖畫書，他也教導成人創作圖畫書，培育人才。

九　陳致元

陳致元（1975-）出生於屏東市，高職畢業。曾任廣告公司美術設計、信誼小袋鼠劇團擔任美術設計人員。圖畫書代表作：《小魚散步》、《Guji Guji》、《一個不能沒有禮物的日子》等。曾獲信誼幼兒文學獎、金鼎獎最佳插畫獎、「好書大家讀」年度最佳童書獎、金蝶獎金獎、美國「國家教師協會」年度最佳童書、美國《出版人週刊》年度最佳童書、日本

圖四一　《小魚散步》

圖書館協會年度選書、波隆那童書插畫展入選等多項殊榮。

陳致元從小就喜歡畫圖，二〇〇〇年以無字圖畫書《想念》得到信誼基金會幼兒文學獎佳作，想創作圖畫書的想法獲得信誼出版社高明美總編輯的支持和鼓勵，給了他很多的動力。二〇〇一年《小魚散步》獲第十三屆信誼文學獎圖畫書創作首獎以及波隆那童書插畫獎，更獲選二〇〇三年美國《出版家週刊》十大最佳童書（*Publishers Weekly* Best Children's Book 2003），《學校圖書館雜誌》（*School Liberary*）評此本圖畫書：「透過一個小孩的想像力，勾起人們親密熟悉的情感，這本書早已跨越國界。」二〇〇四年，《Guji Guji》獲第十五屆信誼文學獎圖畫書創作佳作，再獲金蝶獎插畫金獎、登上《紐約時報》圖畫書暢銷排行榜第十名。

除了自寫自畫，陳致元也和周逸芬圖文合作「米米系列」：《米米說不》等書，透過逗趣的人物造型，和貼和幼兒發展的故事，售出多

國版權。陳致元早期在看圖畫書會先注意繪畫技巧，「後來發現故事最重要，就算畫得很拙也沒有關係。」過去他認為藝術優於插畫，插畫優於漫畫，經過長期的創作，他逐漸感受到，只要能夠傳達給孩子是好的，就沒有優劣之分。

憑著對於圖畫書的熱情，持續不輟的創作，陳致元透過觀察歸納自己的想法，畫出獨特風格，成為臺灣少數能躋身國際舞臺的圖畫書創作者。他和日本籍妻子與雙胞胎女兒，定居在高雄，設立工作室，希望透過圖象文創、使更多人愛上奇妙而美麗的圖畫書世界。

十　鄒駿昇

鄒駿昇（1978-）出生於臺中豐原，畢業於嘉義師範學院美術系，為英國金斯頓大學平面設計、皇家藝術學院視覺傳達藝術設計研究所碩士。曾於國小任教，現為吉日設計創意總監。圖畫書代表作：《勇敢的小錫兵》、《禮物》、《軌跡》等。插畫作品入選各大國際插畫獎。曾經獲得美國Adobe 設計成就獎、德國Reddot國際紅點視覺傳達設計比賽、美國3X3國際插畫競賽（3x3 International Illustration Annual ）童書組金獎、

圖四二　　《勇敢的小錫兵》

插畫曾四次入選義大利波隆那童書插畫展、波隆那兒童書展SM基金會新人獎（Bologna Children's Book Fundation SM）等。

在英國求學過程中，鄒駿昇曾入選以及獲得過十多項國際插畫獎項。二〇〇八年以「炸魚薯條」、二〇一〇年「玩具槍」、二〇一一年「羽之舞」、二〇一六年「軌跡」等作品，入選義大利波隆那兒童書展插畫展。鄒駿昇在西班牙出版社邀請下，出版第一本圖畫書《勇敢

的小錫兵》，配合西班牙作家茱莉亞・聖・米格爾（Julia San Miguel）改寫安徒生經典童話「小錫兵」，賦予作品新圖象與新思維，二〇一二年底在臺灣出版中譯本。

鄒駿昇以「羽之舞」，在二〇一一年獲得波隆那兒童書展 SM 基金會新人獎，獲得獎金三萬美金。本獎項頒發給三十五歲以下的插畫家，臺灣是首度在國際書展中獲此殊榮。獲獎作品由西班牙最重要的出版社 Maria Jesús Gil Iglesias 出版插畫集，也獲得在二〇一三年的波隆那兒童書展中舉辦個展機會，同時舉行西班牙語版《勇敢的小錫兵》新書發表會。二〇一二年，德國專門出版藝術設計書籍的 Gestalten 出版社，在以圖畫書插畫為主的專書：《*little big books: Illustrations for Children's Picture Books*》，收錄當代一百位優秀新興世界各地傑出圖畫書作品，文中介紹鄒駿昇來自臺灣，曾獲得各種插畫大獎等，評析《勇敢的小錫兵》融合傳統中國水墨畫以及日本漫畫、街頭美術（street art），以及一九六〇年代流行的蒸汽龐克（Steam punk）繪畫風格。

二〇一四年，鄒駿昇和臺北市立美術館合作出版繪本《禮物》，隔年榮獲第五十五屆美國傳達藝術（Communication Arts）插畫獎。同年，為臺北建城一百三十年周年公共藝術設置製作了繪本《軌跡》，採精裝屏風摺頁（或稱觀音摺）的裝幀方式呈現，圖象以類似版畫的古樸風格，結合手繪和電繪的混和媒材呈現。鄒駿昇以強烈的個人風格，不斷挑戰繪本的各種可能。

第五節　譯介與論述

在臺灣有許多圖畫書介紹和論述著作在此時期出現，包括圖畫書作品、插畫家介紹，以及圖畫書概述、編輯製作以及延伸推廣閱讀和

教學應用者，不論是翻譯自國外或是專業論著，增加迅速。多數譯介撰述資料來源主要是從日本，以及英語語系資訊。以下按分類以時間順序擇要分述：

一　圖畫書概論與閱讀

　　二〇〇六年，郝廣才著作出版《好繪本如何好》。將個人參與出版編輯的經驗作為實際案例，說明他認為的「好繪本」，從何得見？書中以他個人長期對圖畫書的出版與研究，和國際各大插畫家合作的經驗為例，透過製作過程獲得的實際案例，進行解析，希望幫助對圖畫書插畫友興趣的插畫家和編輯，以及書迷能透過引導，掌握閱讀繪本的奧妙。由於書中舉例繪本主要為格林出版，圖片使用無虞，筆調內容撰述輕鬆，版面圖文並茂，藉由解構分析可以領略繪本欣賞與製作的細節。

　　二〇〇六年，信誼基金出版社出版《遇見圖畫書百年經典》，從中國兒童文學學者彭懿在同年五月以簡體字出版的《圖畫書──閱讀與經典》（二十一世紀出版社）改版而來。此書為彭懿經過七年研究圖畫書所得，內容篇幅龐大，收集資料並引據中、英、日文文獻，以圖文並茂方式編排，上篇以一百多本圖畫書為例，從一本實體書的結構封面開始談起，到圖文關係等方面，帶領讀者了解圖畫書的各種型態和表現。下篇引六十六本經典圖畫書，導讀故事內容及作家生平介紹。

　　二〇〇七年，楊茂秀著作《重要書在這裡！：楊茂秀的繪本哲學》出版，集結他在《張老師月刊》「我的繪本」專欄刊登的文章，總計介紹五十冊繪本。楊茂秀曾在一九九三年六月出版的《觀念玩具──蘇斯博士與新兒童文學》（與吳敏而合著），提到蘇斯博士最大

的貢獻是「使兒童圖畫書變成觀念玩具。」（頁66）在本書他再以「繪本是觀念的玩具」作為篇名，配合另外兩個篇章「陪哲思小孩作想像實驗」、「親子共讀二重奏」等篇名，收錄十九篇文章，透過繪本介紹，引導如何透過陪伴，幫助孩子發展和處理創意、情緒、自我概念、想像力等能力。不同於多數以教育功能導向的圖畫書介紹導讀文，或譯介文章，他以個人研究與實踐觀點陳述，行文中的哲學角度和賞析，讀者往往無法在閱讀的同時，即刻得到答案，反倒是隨著文章的邀請，進入深層思考。

二○一○年，由林真美出版的《繪本之眼》以她對此文類的發展史軌跡、重要人物和兒童觀為內容，撰文出版。此書描述的繪本發展史，參考國外論著對蘭道夫・凱迪克作品幽默的圖文關係表現，透過圖文搭配仔細說明，是臺灣論述未曾提過的重點。而關於「兒童觀」也提及「很多成人在為孩子畫繪本時，並未真實的站在孩子的角度去鋪展出一個他們可以當下進入的世界。他們不是太過『大人本位』，就是『矮化孩子』。」（頁148）提醒成人在對待兒童讀者時，不應認為孩子是幼稚、好哄騙，甚至是不具品味的。

此外，二○○五年，林真美翻譯的《繪本之力》，作者為河合隼雄、松居直、柳田邦男等，三位分別是臨床心理學者、兒童文學家與出版家、報導文學作家等身分，透過從不同專業和領域對談繪本的力量。特別是柳田邦男因喪子，無意間讀到繪本，他以生命經驗，說明繪本對成年人的影響，三人皆認為從○歲到一百歲的人都喜愛繪本。二○○六年，由柳田邦男撰寫的《尋找一本繪本，在沙漠中……》，再次提倡成人應該閱讀繪本的想法，也推薦適合書單。二○○八年，收錄經營兒童書店「蠟筆屋」的落合惠子，發表在《每日新聞》以心情結合繪本閱讀的短文：《繪本屋的一百個幸福處方》，主張閱讀繪本沒有年齡限制，任何心情都可以找到對應閱讀的繪本。這一連串的書

籍也提醒臺灣的讀者，關於繪本適讀年齡，以及成人閱讀繪本的相關議題。

　　二〇一一年，翻譯自日本的《如何幫孩子選繪本：二十八部世界經典繪本深入導讀》，是日本學者谷本誠剛、灰島佳里等人對於各種繪本歷史的介紹，以及經典繪本的深入導讀，而本書的譯名，以如何幫孩子選繪本，顯然有誤導之嫌，副題：二十八本世界經典繪本深入導讀，才是主要內容。

二　插畫家與作品介紹

　　二〇一〇年，鄭明進延續上述著作，由佐渡守文字整理出版《鄭明進與20個插畫家的秘密通訊》，透過他與圖畫書插畫家之間的交流往來，以第一人稱敘述。插畫家有：捷克的柯薇‧巴可微斯基、約瑟夫‧帕萊切克、杜桑凱利，保加利亞的伊凡‧甘喬夫，奧地利的莉絲白‧茨威格，日本的真鍋博、藪內正幸、荒井良二、福田純子、石川浩二，中國的張世明、朱成梁，以及臺灣的曹俊彥、劉宗銘、呂游銘、官月淑、何華仁、鍾易真、王金選、林麗琪等人。

　　二〇〇三年七月，由臺東大學兒童文學研究所舉辦的「臺灣兒童圖畫書學術研討會」，會後蒐錄賴素秋等八篇與臺灣圖畫書歷史發展、翻譯書籍等議題論文，以及附錄臺灣圖畫書發展年表和論述書目、學位論文等資料，為《兒童文學學刊》第十期專題，為臺灣兒童圖畫書的學術價值取得定位。

　　有鑑於臺灣圖畫書日益受到各界重視，二〇〇四年十一月二十七、二十八日，由中華民國兒童文學學會主辦的「臺灣資深圖畫作家作品研討會」，希望在面對全球化和殖民化的挑戰的同時，藉由討論議題向資深臺灣圖畫作家致敬，讓大眾了解臺灣早期圖畫書篳路藍縷

的創作過程與作品風格，主辦單位集結林德姮〈圖畫故事書的意義與界說〉、林素珍的〈當「臺灣」遇到「圖畫書」〉、李公元的〈劉伯樂圖畫故事初探〉、賴素秋的〈從創作的演變看臺灣圖畫書發展〉等共計九篇論文，出版《臺灣資深圖畫作家作品研討會論文集》。

　　二〇〇七年，中華民國兒童文學學會再次以圖畫書為題舉辦「臺灣資深圖畫書作者鄭明進作品研討會」，此次為臺灣首度以兒童插畫家個人為學術研討會專題，研討會除了探討其創作與推廣兒童文學的成就外，同時在臺北市立圖書館地下室展覽廳舉辦「鄭明進繪畫創作·圖畫書原畫作品展」，為兒童文學界對資深前輩的努力不懈也藉此致上最高敬意，相關論文也出版論文集。

　　二〇〇六年，由曹俊彥和其子曹泰容聯合著作的《臺灣藝術經典大系插畫藝術二──探索圖畫書彩色森林》，以實際邀訪九位臺灣圖畫書創作者：洪義男、徐素霞、何雲姿、林傳宗、陳璐茜、林芬名、李瑾倫、賴馬、陳致元等人，敘述其創作成長經歷、個人藝術創作理念，以及生活體驗，包括推廣圖畫書藝術的想法。此書的出版，顯示臺灣圖畫書插畫家受到關注，創作理念也得到重視。

　　二〇一一年七月，《雜繪──曹俊彥兒童文學美術五十年》出版。這年曹俊彥七十歲，且投身臺灣兒童文學創作、編輯和教育推廣屆滿五十年。此書由國立中央圖書館臺灣分館與毛毛蟲兒童哲學基金會、信誼基金會在共同策劃「天真與視野──曹俊彥兒童文學美術五十年回顧」系列活動之餘，由主辦單位搭配企劃編輯。曹俊彥身為圖畫書的企劃、美術編輯、圖畫作者與繪者等多重身分，他的創作歷程和臺灣兒童圖畫書的發展息息相關，書中集結其創作歷程以及對自己作品的告白，且蒐錄眾多好友們所述說的生命故事，資料十分珍貴。

　　臺灣資深童書插畫家洪義男於二〇一一年十月一日病逝，他是臺灣戰後少數第一代參與圖畫書創作的插畫家。洪義男年少以漫畫創作

聞名，轉行為童書繪製插圖，在圖畫書尚未在臺灣流行之前，獨自經歷摸索，創作圖畫書《女兒泉》、《水筆仔》。為了紀念其貢獻，在洪文瓊、曹俊彥的策畫主編之下，由中華民國兒童文學學會在二〇一二年出版《臺灣童書插畫奇才洪義男》，希望促進洪義男相關作品研究。書中邀集藍孟祥、林武憲與王金選等協力合作，匯集洪義男先生的大事年表、著作書目，以及學術、藝文界研究評介他的論著，為臺灣兒童文學留下寶貴史料。

除上述之外，還有其他介紹國外圖畫書插畫家專書，例如遠流出版社在推出系列繪本時，搭配贈送的專書，像是二〇〇〇年，由楊茂秀、黃孟嬌等著《認識波拉蔻——波拉蔻故事繪本的世界》，藉由個人自述、楊茂秀的訪問及各書譯者與專家對作品的評介，引介這位美國圖畫書插畫家派翠西亞‧波拉蔻（Patricia Polacco, 1944-）。二〇〇一年，由黃瑞怡等著作的《藝出造化‧意本自然：Ed Young 楊志成的創作世界》，配合專業圖畫書插畫家楊志成到臺灣訪問而出版。書中對此位華裔美人的生平、作品和文化哲學，有深入淺出的探討。

此外，二〇〇六至二〇〇七年因為電影「波特小姐」在臺灣上映，有一波探討英國童書作家與插畫家波特女士（Helen Beatrix Potter, 1866-1943）的翻譯出版，例如《波特女士：小兔彼得的誕生》，以及二〇〇八年的《波特小姐與彼得兔的故事》等。

三 圖畫書導賞與教學

二〇〇〇年十一月，林敏宜著《圖畫書的欣賞與應用》出版。林敏宜為臺灣師範大學家政教育研究所碩士，此書編寫以作為幼兒教育和保育科學生教科書使用。內容涵蓋欣賞與應用，欣賞篇有：圖畫書的種類、插畫世界面面觀、主題圖畫書導覽、文學要素分析等。應用

篇有：多元智能的圖畫書活動設計、網狀圖示法的分析與教學和選擇
圖畫書等。每篇附錄教學目標等資料，提供讀者對圖畫書的發展以及
教育使用提供選書和參考資料，出現在圖畫書在童書市場蓬勃，不論
教育文學和出版界都十分需要對圖畫書取得進一步資訊之際，內容雖
點到為止，卻是包羅萬象，在其他相關著作尚未出現之前，成為經常
被引用的參考選書。

　　二〇〇二年十一月，徐素霞編著的《臺灣兒童圖畫書導賞》出
版。此書為國立臺灣藝術教育館委託國立新竹師範學院徐素霞教授主
持研究，希望探討圖畫書蘊含的藝術表現特質，以及傳達內容的相互
關係，建立一套圖畫書賞析模式。此書內容有：蘇振明主筆〈圖畫書
的定義與要素〉、鄭明進主筆〈國內外兒童圖畫書的源流與發展〉、蘇
振明主筆〈圖畫書與兒童教育〉、鄭明進主筆〈圖畫書的主題與分
類〉、徐素霞主筆〈兒童圖畫書的圖象特質與文字表現〉、徐素霞主筆
〈圖畫書的圖象傳達藝術表現〉、由林良、曹俊彥、黃宣勳、陳璐
茜、邱承宗、林松霖、鄭明進、徐素霞、林磐聳、蘇振明、莊玉明、
宋珮、鄭清文、幾米、幸佳慧、鹿橋、范文芳、許雅芬、張世宗等多
人撰述〈兒童圖畫書導賞選析〉、徐素霞主筆〈兒童圖畫書的導賞與
延伸教學運用〉等。

　　徐素霞認為圖畫書對於兒童學習人文藝術有莫大幫助，在結論與
建議，提出：一、應確立「兒童圖畫書」的名詞及特色。二、要帶領
孩子走進美術館，請先跨入圖畫書的門。三、善用原創圖畫書，有助
於國內「藝術與人文」課程與教學的內涵。四、多方鼓勵圖畫書的創
作，以強化臺灣兒童圖畫書的質與量。五、廣泛成立社區圖書館，以
推動圖畫書的欣賞與閱讀。六、多方鼓勵兒童圖書館相關的研究。而
書後收錄臺北及臺中兩場專家學者參與的座談紀錄，會議由徐素霞主
持，蘇振明協同主持，參加者都為專業人士，如臺北場有曹俊彥、林

訓民、劉鳳芯、徐秀菊、柯倩華、林敏宜、林小杯、呂淑恂、張素椿
等，臺中場有林武憲、李振明、陳秀鳳等，討論關於圖畫書與兒童藝
術文化教育、兒童圖畫書導賞的理念與策略、圖畫書的延伸應用等，
特別在圖文關係上，既有實務經驗也有理論論述，內容具參考價值。

　　二〇一三年由林文寶、江學瀅、陳玉金、林珮熒、嚴淑女、周惠
玲合著的國立空中大學教材《插畫與繪本》，透過了解兒童文學與兒
童觀之間的關係，以及插畫美學，從而了解在兒童的審美能力下發展
出喜愛的繪本風格，加以對繪本與插畫的介紹、分析，以及編輯製作
和閱讀欣賞，使創作者與讀者對於繪本有更深一層的認識。課程內容
定義繪本與插畫本質上的不同、探討作家與作品的實例、欣賞繪本與
插畫之藝術美與激發創意思考，以及了解繪本與插畫創作的基本概念
與技巧。此書雖為參考彙整資料撰述，卻也是注入本地發展經驗的新
知識，在圖畫書編輯製作以本土插畫家的作品為例，且將臺灣發展的
橋梁書納入編目，再者，於如何閱讀繪本加入臺灣故事媽媽推廣經
驗，都是臺灣特有經驗，也是經過融會圖畫書論述之後的內容。

　　二〇一四年，幸佳慧著《用繪本跟孩子談重要的事：能獨立思考
的孩子，到哪裡都能過得好》，以公民議題選書，倡議繪本，不只是
童書而已，也是最佳公民教材，有別於一般的繪本導讀介紹。

四　圖畫書評選

　　文建會訂定二〇〇〇年為兒童閱讀年，委由臺東師範學院兒童文
學研究所林文寶主編的《臺灣（1945-1998）兒童文學一百》，在三月
出版。此次活動自一九九九年七月即開始進行，為了「讓孩子也能從
本國作家那裡得到快樂，不要只看翻譯的外來讀物。」（潘人木）該
書針對臺灣兒童文學發展作歷史回顧，彙整自一九四五年以來原創各

類兒童文學作品二千四百多冊書目，分兒童故事、童話、小說、寓言、民間故事、兒歌、童詩、兒童戲劇、兒童散文、圖畫故事十類，透過問卷列出各類候選書目，再委由各類評選委員決選。共選出一百零二本好書，由評選委員或國立臺東師範學院兒童文學研究所學生撰寫推薦理由印成專集。

　　圖畫故事類選書由鄭明進擔任諮詢委員，曹俊彥、郝廣才擔任評選委員。鄭明進在他撰寫的圖畫故事組評選說明，說明他在籌備會議上曾經提議，分類名稱不要採用日本慣用的「繪本」，改用圖畫書（頁198），也邀請更多出版社提供書目，找到五七三本書，他認為自一九五四年以來各時期臺灣兒童圖畫書的重要代表性書目都已經到位。透過包含對作家、畫家和教授等問卷調查列出不同時期的圖畫書作品：一九六五至一九七九年：六本、一九八〇至一九八五年：六本、一九八六至一九九〇年：十五本、一九九一至一九九八年：十八本。最後選出的代表性書單為：《我要大公雞》、《小紙船看海》、《聚寶盆》、《女兒泉》、《穿紅背心的野鴨》、《起牀啦！皇帝》、《媽媽，買綠豆》、《皇后的尾巴》、《國王的長壽麵》、《逛街》、《老鼠娶新娘》、《子兒，吐吐》、《黑白村莊》、《兒子的大玩偶》、《我變成一隻噴火龍了！》、《祝你生日快樂》、《咱去看山》等十七本。上述書單，除了《女兒泉》、《穿紅背心的野鴨》、《國王的長壽麵》因為出版單位變更，或是並非以圖畫書為主要銷售出版而斷版，其他書目仍然持續再版，或以改版方式在出版市場流通。

　　二〇〇〇年四月二十九日成立的「臺灣閱讀協會」，配合教育部「全國兒童閱讀運動實施計畫」，接受委託推薦兒童讀物，使父母師長可以針對三至八歲年齡層的孩子們，找到能夠培養自身能力的圖畫書，編輯出版的《童書久久》，從各年度重要選書獎項活動選出的書單中，按照主題篩選，提供包括選擇圖畫書的標準，提供出版資料、

內容摘要、推薦理由等。二〇〇一年十一月出版的第一輯《童書久久》選定以提供兒童信心、動機、努力、責任、主動、毅力、關懷、團隊合作、常識、解決問題、專注等能力者，推薦九十九本圖畫書推薦。二〇〇四年，第二輯《童書久久II》，以在情意、情感、情意三方面為選書主題。二〇〇六年，第三輯《童書久久III》根據語音、語意、語法和語用四個向度來選書。二〇一四年：第四輯《童書久久IV》為英美經典繪本推薦。

　　二〇〇八年，由陳書梅編著的《兒童情緒療癒繪本解題書目》（國立臺灣大學圖書資訊學系）是主題特殊的繪本選書書目。起因於二〇〇八年五月十二日四川大震災之後一個多月，臺灣大學圖書資訊學系與國家圖書館發起「送兒童情緒療癒繪本到四川」專案活動，希望結合圖書資訊界、心理衛生與心理諮商界、兒童文學界等三十位學者專家，針對災區兒童之心理需求，挑選具情緒療癒效用之五十種繪本。經過挑選後，由陳書梅教授負責解題書目的編撰工作。希望能在幫助災區而同心靈重建之外，也能使一般大眾了解繪本的功效。內容以「情緒——害怕、憤怒、難過、思念、寂寞、兒童形象——助人、肢體殘障、病痛」、「生命歷程——死亡」、「人際關係——友誼」、「家園——重建、搬遷、建築、寄養、單親」等項次，分類收錄書單，並且附錄：書目療法簡介、選書會議報告、選書考量說明、選書作業規則、參與繪本徵集活動之出版社一覽表等資料。本書是華人地區，第一本有關兒童情緒療癒繪本的中文解題書目。

　　二〇一一年，行政院原住民族委員會出版，林文寶主編《臺灣原住民圖畫書五十》選出五十本原住民題材圖畫書。研究根據臺東大學兒童文學研究所在二〇〇〇年舉辦的「臺灣地區一九四五年至一九八八年兒童文學一百本評選活動」統計結果，在一九九〇至一九八八年間，臺灣出版之原創圖畫書類有五四二冊，同期屬原住民圖畫書出版

僅十三冊。而追溯一九四五至一九八八年，五十餘年之間，政府與民
間出版圖畫書僅三十冊和原住民題材相關，而之後的十年間，則出版
七十六冊，其內容多元且原住民籍作家也開始投入。本書選輯其中五
十冊精采作品，最早蒐錄者為一九六六年出版，中華兒童叢書當中的
《雅美族的船》（宋龍飛著、陳壽美圖）。透過書影及書籍資料和內容
簡介撰述，許多平常不易見到的出版品，得以讓更多需要者獲得資訊。

　　二〇一一年，由國立臺灣文學館出版，林文寶主編的《臺灣兒童
圖畫書精彩一百》，編選出一百本臺灣原創圖畫書，提供每一本圖畫
書的書籍基本資料、作繪者資料以及圖文內容與導讀，供讀者參考。
編選目的為兒童提供本土優良圖畫書，也為學術界提供研究史料。編
選原則以臺灣圖畫書參考入選《臺灣（1945-1998）兒童文學一百》
的十七本圖畫書為優先入選，再者由於為了避免和《臺灣原住民圖畫
書五十》資源避免重複使用，以及讓更多精采圖畫書有機會被看見，
因而此書並不選入原住民為題材的圖畫書，改以附錄《臺灣原住民圖
畫書五十》的書目。因此以十年為一世代，同一世代每位圖畫作家以
選擇一本為原則，合計選出一百本。最早選入圖畫書為一九五六年出
版的《瑪咪的樂園》。此書可作為工具書，以及臺灣兒童圖畫書趨勢
發展參考年鑑與導讀百科。

五　圖畫書發展與史料

　　二〇〇三年，由林文寶、趙秀金合著《兒童讀物編輯小組的歷史
與身影》，因為省府教育廳兒童讀物編輯小組受到裁撤，為該小組留
下紀錄，包含小組成立與發展、組成與運作，出版過的「中華兒童叢
書」、「中華兒童百科全書」、「兒童的雜誌」、「幼兒圖畫書」等介紹，
附錄第一期至第八期《中華兒童叢書》書目、兒童讀物編輯小組相關

之規章、兒童文學工作者訪問稿等相關文獻。同時期由林文寶主編的《我們的記憶‧我們的歷史》，則是由多位讀者就個人閱讀兒童讀物編輯小組編製的讀物留下的記憶。此二書為臺灣兒童圖畫書發展留下珍貴資料。

二〇〇四年，洪文瓊著作《臺灣圖畫書發展史——出版觀點的解析》，為單一文類發展史專書。出版感言提及此書緣於作者對於出版、編輯有較深厚經驗，因此選擇從出版觀點加以分析立論。全書從事件分析、論述，不涉及作家的風格評論，以及作品的內容分析。（v、vi）論述從影響臺灣圖畫書發展的大環境因素談起，再從出版者層面和行銷層面以及編寫技術研究層面看影響臺灣圖畫書發展的大環境因素，再以縱向發展將一九四五至二〇〇四區分為三期：一九四五至一九六九年：伊隨醞釀期、一九七〇至一九八七年：譯介、創作萌芽期、一九八八至現在（2004年）交流開創期。整理提出影響近六十年臺灣圖畫書發展的關鍵事件：省教育廳設立兒童讀物編輯小組、洪建全教育文化基金會設立「洪建全兒童文學創作獎」、信誼基金會設立「信誼幼兒文學獎」、台英與漢聲產銷合作出版「漢聲精選世界最佳兒童圖畫書」、國立臺東師範學院成立「兒童文學研究所」等。本書爬梳整理臺灣圖畫書發展的脈絡與關鍵事件，留下重要資料與論述。

此外，二〇一〇年，蘇振明等著《南瀛之美圖畫書學術研討會論文集》（臺南縣文化局）論文集，是出自二〇〇九年十月十七日舉辦的「二〇〇六《南瀛之美》圖畫書學術研討會」，內容包括：郭建華、游珮芸合著〈「南瀛之美」圖畫書的臺灣兒童文化意義〉等五篇發表論文及評論、「南瀛之美」系列圖畫書相關資料、研討會活動記錄與文宣圖錄等。蘇振明在總編輯序以〈從文化自覺到文化生根〉為題，闡述他的「公共圖畫書」理念，作為此系列龐大書系企劃出版說

明。二〇一三年二月，方素珍的《繪本閱讀時代》記錄二十多年兩岸
播撒閱讀種子歷程，由浙江少年兒童出版社出版簡體字版。

六　圖畫書插畫與美學

　　二〇〇三年，莫麗・邦（Molly Bang, 1943- ）的《圖畫・話圖：
知覺與構圖》（*Picture This: Perception & Composition*），由楊茂秀翻
譯，毛毛蟲兒童哲學基金會出版。是一本以視覺藝術的概念分析圖畫
書中的知覺和構圖的專業書籍。一九八八年，楊茂秀在臺北新生國小
教室研習會，曾使用這本書作為談論圖象語言的教材書，引起回響，
之後促成翻譯出版。莫麗・邦是美國著名的圖畫作家，她將自己對於
圖的思索——圖象結構和情緒的關係，整理成課程來教學，透過六年
實驗教學，將心得歸納成這本書，書中以古典童話《小紅帽》為例，
利用剪紙的方式，呈現幾何圖形，透過圖形變化，討論基本設計原
理：為什麼斜線充滿動感，為什麼水平線讓人覺得平穩？為什麼紅色
熱情、藍色冷靜？讓讀者透過實際案例理解藝術視覺原理。

　　二〇〇六年，珍・杜南（Jane Doonan）著作的《觀賞圖畫書中
的圖畫》（*Looking at Picture in Picture Books*）由宋珮擔任翻譯，雄獅
圖書出版。珍・杜南是英國中學教師，曾受過藝術史訓練，她以圖畫
書的美學和表現為題寫作文章、評論和演講。本書提供採用美術觀點
切入、以圖畫書為例，提供欣賞圖畫書中圖畫的方法，藉由深入賞
析，探討繪畫基本元素在圖畫書中的特質，以及可能表達的手法。本
書翻譯出版時，臺灣多數導賞圖畫書偏向從教育角度評析，此書的引
入，適時提供過圖象欣賞圖畫書的閱讀方法。

　　二〇一〇年，培利・諾德曼（Perry Nodelman, 1942- ）的《話圖：
兒童圖畫書的敘事藝術》（*Words about Pictures: Narrative Art of Children's*

Pictures Books）由楊茂秀、黃孟嬌、嚴淑女等人翻譯，財團法人兒童
文化藝術基金會出版。本書結合了視覺心理、圖象知覺心理學、符號
學、藝術史和文學理論等，再配合實際圖畫書作品為案例分析，深度
審視一個作品或利用多數作品的相互印證比較的圖畫書專論。

　　諾德曼認為多數關於童書，包含圖畫書在內的討論，都注重教育
功能，探討研究圖畫書敘事藝術的重要著作，而錯失許多樂趣和價
值。本書提供了談論圖畫書的專業術語，也探討圖畫書中的圖文關
係，如何藉由獨特的方式傳遞訊息和說故事。諾德曼認為透過像羅
蘭‧巴特的符號學理論（semiotic theory）的形式來思考，同時援引
如貢布里希（E. H. Gombrich）的圖象力學，或是魯道夫‧安海姆
（Rudolf Arnheim）的知覺和藝術理論，甚至是伊瑟爾（Wolfgang
Iser）的讀者反映論等來深入探討圖畫書藝術的本質。可以讓圖畫書
的討論更加多元且豐富。本書共有十章：第一章討論圖中的敘事訊息
必須仰賴觀者熟悉已知的假定和意義符碼，提供類分類法裡的目錄，
來說明圖如何傳達有關主題的訊息。從第二章到第六章，提供從考量
全書的整體意義效果開始，進一步思考書中圖象的整體意義，最後探
索圖裡特定細節的效果。第六章，探索系列圖中，圖和圖之間重要的
關聯。第七、八、九章，討論圖文關係的各種不同層面。第十章，提
出整體的書呈現的意涵。

　　此外，單篇散論，如William Moebius的〈圖畫書符碼概論〉
（Introduction to Picture Code，馬祥來譯），刊載於二○○○年《兒童
文學學刊》第三期。以及培利‧諾德曼著《閱讀兒童文學的樂趣》在
二○○○年的出版，其中談論圖畫書的部分，篇幅雖不多，他所提供
的閱讀方式為許多本地相關論述採用。

七　圖畫書編輯與製作

陳璐茜自一九九二年起，在耕薪文教院開設「陳璐茜手製繪本班」，將她在日本遊學期間學習的手製繪本風氣帶到臺灣，由於課程設計，以故事發想為主，不強調繪畫技法，即使不善繪圖者，也能透過課程的學習，以手工製作出一本完整的圖畫書。這種低門檻由不受約束的方式，吸引業餘興趣者投入，使得手製繪本製作蔚為風潮。二〇〇〇年，由陳璐茜的學生：鄧美雲、周世宗夫婦，著作的《繪本創作DIY》，以及其後陸續出版的《繪本教學DIY》、《繪本玩家DIY》，更引發一陣學習手製繪本熱潮，後續類似著作如雨後春筍般出版。

二〇〇四年，陳璐茜著作的「陳璐茜手製繪本教室」系列：《繪本發想教室》、《趣味繪本教室》、《想像力插畫教室》等三本繪本創作教學書出版，內容分別提供如何寫作和繪製圖畫書，以及利用想像力創作插畫，所有書中的範例，皆是由陳璐茜實際製作示範。提供給更多無法親自到她的課程上課者，能夠透過閱讀自行操作。

陳璐茜的學生：呂淑恂、鄭淑芬、戴惠珠、陳和凱等人，在二〇〇四年也合作出版《一起做遊戲書：好玩的繪本》，是實用的繪本教學書，附錄紙樣可按圖製作。二〇〇五年，林美琴的《繪本遊藝場》，以及二〇〇七年，她和穆醓煙合著的《手製繪本快樂玩》，是以實際引用繪本教學案例，提供手製繪本教學。

二〇〇五年，黃本蕊（1959-）的《插畫散步——從臺北到紐約》，提供她客居美國紐約參與童書插畫工作近二十年的創作經驗。畢業於國立臺灣師範大學美術系的黃本蕊，在美國紐約視覺藝術研究所主修插畫，因父親遽逝，陪同罹癌的母親赴美就醫，在美國尋找到經紀人，接到童書插畫工作。和Harper Collons、 Simon & Schuster、Augsburg Fortress、Albert Whitman、Viking等出版社合作，以及臺灣

的格林、和英等，作品如童詩、童謠、圖畫書等皆有。

　　黃本蕊認為西方出版界，因為有悠久的歷史，許多地方值得臺灣參考，如編輯和作者之的信任建立、討論與互動關係。書中內容包括個人在美國從事童書，出版過六十餘本圖畫書，以自己的故事作為題材，插畫工作十餘年的經驗。作為插畫者，她如何從接到故事之後，開始進行：發想、草稿、收集資料等過程，到分鏡、角色成型、文圖配合，最後呈現出一個完整的故事等。

　　此外，也有翻譯自國外的實際製作圖畫書參考書，例如：二〇〇〇年，翻譯自沙利伯來（Martin Salisbury）的《彩繪童書——兒童讀物插畫製作》，透過兒童讀物的歷史背景、創意表現和出版實務等，提供讀者參考，而裡面的舉例多為圖畫書。二〇〇八年，翻自日本南雲治嘉的《繪本設計》，是以實際製作出版圖畫書為目標，提供讀者從設計的角度來進行繪本創作。

八　其他

　　由國立臺東大學兒童文學研究所負責編輯企劃的《繪本棒棒堂》季刊，於二〇〇五年九月創刊，為一年發行四本的季刊。是臺灣第一本討論圖畫書的專業雜誌，內容藉由焦點團體討論臺灣出版的圖畫書、引介、翻譯國外圖畫書論述、深度賞析引導閱讀方式，於二〇一一年一月第二十期停刊。此刊物最重要以探索團體的討論進行撰寫圖畫書評，看似駁雜而沒有系統，實則為打破精英專業導讀的單一詮釋，在專業學術批評之餘，也能有更多不同的發聲機會，只可惜無法持續出版。

　　本時期碩博士論文以圖畫書題者迅速增加，在邱各容編輯《一九五三～二〇〇八碩博士論文目錄》整理數量，可以看出和圖畫書相關

論文，在此一時開始迅速發展，至二〇〇七年超過一百本，到達高峰：一九九五年：二冊、一九九六年：一冊、一九九七年：四冊、一九八八年：六冊（出現以繪本為題目者）、一九九九：五冊[1]、二〇〇〇年：九冊、二〇〇一年：二十冊（出現以臺灣為題目的論文）、二〇〇二年：三十冊、二〇〇三年：五十冊（補編號B100459臺灣兒童讀物插畫近五十年發展研究）、二〇〇四年：五十二冊、二〇〇五年：七十一冊、二〇〇六年：九十三冊、二〇〇七年：一一二冊、二〇〇八年：四十六冊，這也是此時期最具特的論述發展現象。

第六節　小結

　　二〇〇〇至二〇一六年，隨著政治、經濟和環境接連遭受變遷，在全球化的影響之下，臺灣整體社會氛圍受經濟影響，從強而逐漸轉弱。圖畫書的行銷，從大套書逐步隨著經濟的變化解套，改為小套書或系列叢書出現。而電腦排版軟體的發達和網際網路的通暢，改變了圖畫書的編輯製作流程，以及往來溝通方式，少數創作人才透過作品的流動而有更多交流和發展。

　　此時期受全球化效應，境外交流機會大增，年輕世代插畫家到海外學習者增加，透過個人力量獲得獎項，例如在波隆那兒童書展獲得入選者，引起公部門重視而以童書特別是圖畫書為形象建制臺灣印象。每年臺北國際書展和多家兒童書店也因為商業活動需要，配合出版社新書出版宣傳活動，進行演講簽書、圖畫書原畫展等，邀約國外知名圖畫書插畫家來訪，透過書展同時舉行的各項插畫家分享、童書編輯講座或是版權交易談判等，活動頻繁。

1　此冊數為扣除編號B090096「羅德・達爾童書中的顛覆與教訓意涵」，非為圖畫書論文者。

　　公部門圖畫書出版，此時期透過各地文化局出版以當地特色為素材者增加迅速，幾乎各縣市政府皆有出版。再者，因應社會族群變化，出現多元文化素材，原住民和新住民議題開始被重視。而參與圖畫書創作，也因為部分文化局邀請當地兒童參與，展現更多元的風格。公部門出版圖畫書受到出版時間製作期限制，且部分具有特定目的的內容，有時較難充分發揮，卻也有少量佳作獲得國際青睞，如劉伯樂的《我看見一隻鳥》。

　　民間圖畫書的出版，套書解套成為主流，以系列規劃主題出版為主流，主要從歐美或日本引入，除了親子共讀觀念，更推廣至成人閱讀的觀念。系列企劃者有時也是翻譯者，成為出版社翻譯經常出現的人名。有多家出版社積極布局，將圖畫書推向國際，以及往中國發展。圖畫書翻譯出版更為迅速，世界各大圖畫書得獎書的翻譯版權，成為較大型出版社之間的競逐項目。知名重點得獎書，通常在該年度公布後，隨即翻譯出版。

　　民間出版亦關注本土題材圖畫書，例如遠流二〇〇三年出版的「臺灣真少年」圖畫書、二〇〇五年的「福爾摩沙自然繪本」系列。二〇〇三年，和英出版社開始出版由「我們的故事」圖畫書系列。其他如部分標榜人文繪本者或是關注生態環境者，也開始出現。由於發展時間已有累積，開始有舊書新出現象。

　　此時期，臺灣圖畫書發展重要人物有楊茂秀、林訓民、方素珍、林真美、周逸芬以及陳璐茜（按出生年排列）。最值得注意的是陳璐茜引領手製繪本，引起風潮，擴大了不同階層的圖畫書創作者參與。

　　在圖畫書插畫家方面，一九六〇年代出生者：李如青、蔡兆倫、湯姆牛、張又然、孫心瑜、林小杯，一九七〇年代：劉旭恭、陳致元、鄒駿昇，創作者多數自寫自畫，題材與內容豐富多元。圖畫書插畫也因為國立臺灣美術館舉辦「繪本花園～臺灣兒童圖畫書百人插畫

展」，對插畫家地位提升有極大作用。

此時期兒童圖畫書已經是大眾熟知的文類，受到臺東大學兒童文學研究所的成立，課程內容納入圖畫書，教學所需引入更多英語圖畫書論述翻譯，專業碩博士論文產出增加迅速。有更多不同系所的碩士論文以此為題，開拓不同面向的圖畫書的研究。

和圖畫書相主題關研討會成為主流，有感於對圖畫書探討理論書籍太少，由楊茂秀帶起的幾本專書翻譯：《圖畫・話圖：知覺與構圖》等，讓臺灣讀者能透過此書理論引介，從過去欣賞、共讀圖畫書，逐漸進入剖析創作的文化內涵及藝術層次的領域。而專家學者，也有更多圖畫書介紹和論述著作出現，特別在引用文化論述為論述議題，或整理趨勢發展，開啟寬闊視野。

第六章

結論

　　臺灣在一九四五年政權轉換，除了透過日本體系引入歐美兒童文學概念，又透過美國引入英語系兒童讀物，成為境外提供譯介和概念的豐沛來源，臺灣兒童文學經由模仿和學習逐漸發展。而戰後兒童文學發展的各項文類中，以童話、民間故事、兒歌、童詩、少年小說等發展為先，在二十一世紀來臨之前，伴隨著經濟蓬勃發展，圖畫書逐漸成為臺灣兒童文學中的熱門文類。

　　本書以臺灣兒童圖畫書發展與興起為題，透過文獻探討與關鍵發展事件等條件，將臺灣兒童圖畫書發展史建構分期為：戰後到經濟起飛前（1945-1963）、經濟起飛到解嚴前（1964-1986）、解嚴到政黨輪替前（1987-1999）、政黨輪替時期（2000-2016）等，按每一時期的「時代背景」、「事件」、「人物」、「插畫家與作品」，以及「譯介與論述」等項次分節論述，以釐清每時期的兒童圖畫書發展狀況與特色。本章歸納結論如下：

一　圖畫書形式背後的兒童觀

　　圖畫書的教育功能被彰顯，是此文類在臺灣兒童文學發展的首要條件。對照從各分期兒童圖畫書的發展來看，「戰後到經濟起飛前」由臺灣省國語推行委員會臺灣的「小學國語課外讀物」，低年級採用圖畫書形式呈現，為配合國語文推行運動，開始搭配注音符號的編排

設計，作為輔助學習使用。而加入以強調教育功能、以成人為隱含讀者的側文本也在同時出現。一開始由公部門主導的圖畫書存在注音符號和側文本，為臺灣兒童圖畫書的形式定調。民間出版社跟隨教育政策同進之時，即使文本適合幼兒閱讀，由家長陪伴、讀給不識字的幼兒閱讀，或者以中高年級以上適讀的圖畫書，也有許多仍有設計配置注音符號。及至現今，側文本仍普遍存在，即使來自歐美的圖畫書原本並無側文本，而翻譯後卻是由本地編者邀請專家學者撰述加入，形成慣常現象。

兒童讀物出版反應整體社會的意識形態，在西方現代主義興起之後，讀者及閱讀活動地位受到提升，認為讀者擁有詮釋文本的權利。從隱含讀者看臺灣兒童圖畫書的理念流變，以圖畫書的製成和閱讀，涉及的成人集團，討論成人集團心中的兒童觀，皆對圖畫書發展和創作產生影響。在許多翻譯圖畫書中，即使原文書籍並無「導讀文」，在翻譯出版後，仍出現許多由本地專家學者或知名故事媽媽進行導讀。部分本地翻譯透過以夾頁導讀的方式，邀請專家學者進行導讀，顯示出版者仍未將閱讀詮釋權交給「隱含讀者」，而有些為了加入本地專家學者的導讀文而出現破壞畫面的設計而不自覺。凡此種種都顯示，在成人集團的主導下，兒童被視為「他者」。而近年標榜「人文繪本」的作品，即使未必以兒童為隱含讀者，因為多數圖畫書都加上注音，被歸類為兒童讀物，難以跳脫既定印象。

二 套書行銷以及解套現象涵意

臺灣出版市場因人口結構數量較小，有其先天限制。以人員直銷多本圖畫書組成套書不分售的行銷方式，卻是圖畫書在臺灣在經濟起飛後，迅速成為熱門文類的主要因素之一。一九六五年，國語日報社

以翻譯圖畫書為主的「世界兒童文學名著」系列，以平裝本印刷，採用盒裝不分售的方式，附加賞析導讀本，開啟了臺灣以翻譯圖畫書套書方式出售的方式。

經濟起飛之後，精美印刷裝訂的圖畫書，以裝講究形式的多本合成套書不分售方式行銷，在經濟起飛的年代成為臺灣從農業社會逐漸轉型為工業社會，農村人口開始移入都會的工作選項，以人員推銷的方式，使得大套印製精美、標榜獎項與經典或大師級的圖畫書，讓原本輕圖畫、重文字的閱讀習慣，因為圖畫書的帶動，讓兒童插畫受到重視，而圖畫書在臺灣也從眾人陌生的文類，一躍成為兒童文學的重要文類。然而套書的售價高，也讓大套圖畫書消費和閱讀與上層階級緊密結合，隱含精英主義思維。

一九九六年起，消費者意識抬頭，加上以兒童閱讀為主的兒童書店經營條件成熟，而各種閱讀團體和親子共讀概念與活動盛行，伴隨著家長相關知識增長，亦希望掌握主動選書權，圖畫書必須以套書方式購買引起爭議，多數購買者爭取套書解套的消費方式，使得出版商必須順應套書解套的趨勢而改變。

此外，出版社在套書的製作因為選題數量龐大，而希望爭取能短期製作，壓縮成本。因此以翻譯得獎好書或是特定教育功能選題者最易行銷，來自全世界各地，特別是美國、英國和日本的經典圖畫書因而率先獲得青睞，儘管提高了讀者的眼界，卻也擠壓了原創空間。在套書解套後，許多原本從事圖畫書創作者轉往教科書插畫製作，而教科書插畫講究和文字的高度配合，少去自我發揮的空間，部分插畫家或以公部門出版圖畫書為主要創作發表來源，僅少數以圖畫書創作為志業者，能持續以此為志。

三　臺灣圖畫書發展推手

　　創作發展需要人才，而圖畫書創作在人才培育方面，有各種課程、講座，以及圖畫書插畫獎項等。戰後到經濟起飛前，在升學主義的帶動下，以學業優先，美術專業不受重視。而十分倚重圖象創作的圖畫書，隨著時代的改變，戰後關心兒童讀物創作的公部門，曾以板橋國校教師研習會所主辦的專科研習的兒童文學相關課程，培育小學老師為兒童文學文字創作者，然而在插畫部分並未得到相對的重視與培育。隨著經濟起飛，大環境逐漸改變，生活條件富裕之後，圖象時代來臨，加上著作權法立法之後，版權不再被出版社一次買斷，插畫創作者逐漸獲得重視。

　　民間出版社在培育圖畫書創作人才時，經常以「作中學」作為一邊培訓人才，一邊生產作品的方式進行。解嚴前在英文漢聲出版社出版《中國童話》以及《漢聲小百科》等套書時代，以勞力密集、高度集中管理，聽從集體領導者的方式進行套書的生產，每位繪圖者分別擔任書中的某個部分繪製工作，個人並無創作空間。而相對的，技術方面可快速進入熟練狀態。因此培育出許多以繪畫技巧取勝的畫家，例如王家珠和劉宗慧即是代表人物。在經過磨練之後，追隨郝廣才到遠流出版社，仍然為公司生產，此時卻能以團隊合作單本書和單一故事的方式，進行圖畫書的繪製。書籍出版後，獲得國外大獎而引起注意。然而精彩的故事是圖畫書的靈魂，僅只於具備純熟的技術，或者無意和文字故事創作者合作，則徒有功夫，難有精彩作品。許多當時創作才藝迸發者，因為無法自我突破，而逐漸沈寂。

　　民間出版社以圖畫書獎項為另一種培育人才的方式，經濟起飛之後，許多圖畫書獎項誕生，至今也僅存信誼幼兒文學獎，持續提供新人入行的機會。然而文學獎早年圖畫與文字各有獎項，二〇〇三年取

消文字創作獎之後，獲獎者多是以具有圖象能力者獨自參賽，能與文字創作者合作的繪者並不多，少數除了像林秀穗與廖健宏夫妻檔，文圖合作多年，每年將參賽當作功課，也獲得多次大獎，多數不願與文字創作者合作。在圖象能力表現雖強，而說故事能力普遍不足的情況下，主辦單位也意識到，獎項的設計必須再恢復納入文字創作獎。

一九九二年，在陳璐茜設置手製繪本課程之後，提倡素人創作繪本的生活樂趣，許多人得到鼓勵甚至獲得出版機會，紛紛加入創作行列。創作者非科班出身，帶來新的氣息，然而也容易被誤解為圖畫書很容易創作。實則進入專業領域的圖畫書創作，必須顧及隱含讀者的閱讀心理，而找到具有普世價值的主題，才能引起更多共鳴。

此外，臺灣插畫者經常追逐的義大利波隆那童書插畫展，在媒體的推波助瀾之下，成為創作者嚮往的獎項。然而此獎項的設計，實為出版社和創作者之間的媒介，得獎未必表示對圖畫書的創作已有深刻認識。而臺灣媒體經常不察而予以誇大，也使得獲獎者獲得高度知名，但未必有相對應的圖畫書作品生產。

四　創作主題與風格演變

一九六〇年代，歐美各國藝術設計者和來自學院的創作者加入創作行列，將圖畫書提升至藝術與文學的表現類型，又受到後現代、女性主義等多元思潮衝擊，主題越見反省與批判，逐漸擺脫「為兒童而寫」的限制。在各國重視教育之際，圖畫書藉此在人類漫長的發展史上，於近世紀逐漸創造生產出前所未見的數量。

然而臺灣兒童圖畫書，因民間出版社以套書引進大量翻譯經典圖畫書，而造成書市榮景，於是越發趨向於追逐外國經典或得獎圖畫書。在此同時，原創圖畫書不免受到壓縮，幸好創作者在公部門的出

版品中，找到一些出版機會，例如由臺灣省政府教育廳兒童讀物編輯小組的「中華兒童叢書」，參與的插畫家多數具有教師身分，將圖畫書作為兒童美術教育之用，經常以多元媒材創作，至解嚴後則創作者多以自身擅長媒材運用。隨著經濟和科技發達，創作者運用的材料更多，使用電腦繪圖者越來越多。創作者受到西方美學影響，也從中找到風格發展。

在創作主題方面，自一九四五之後，對於土地的認同和臺灣意識興起，不論民間或公部門充滿許多懷舊主題的圖畫書，例如：在二〇〇〇年之後多套以臺灣為主題的民間出版套書，如「臺灣真少年」以追憶一九五〇至一九七〇為主的童年為題，出現的是農村社會生活；「臺灣兒童圖畫書」也以臺灣民間習俗為題。而其他由公部門製作的圖畫書，更是脫離不了以農村鄉情為主的風情，從一九九一年起由農委會企劃的「田園之春」到各地文化局出版的鄉土風情圖畫書，如一九九九年開始出版的「南瀛之美」，呈現的都是強調或緬懷臺灣過去傳統農村社會文化中的鄉土之情，因而造成原創圖畫書和農村結為一體的印象。僅少數在以適合學齡前兒童閱讀的圖畫書獎項中，偶見與都會生活有關的圖畫書，如孫心瑜的《一日遊》或《午後》以臺北作為故事場景，呈現都會感。

再者，以原住民題材出現的作品仍為少數，許多創作仍由漢人作家或畫家執筆，相較於出版品中出現的翻譯書呈現的多元文化，原創圖畫書在呈現多元文化，如原住民或新住民的相關議題仍為少數，也是未來可加以開拓呈現的主題。

五　全球化壓力之下的展望

　　受限於人口結構，以及近年因為少子化和即將面臨的人口老化等問題，新世代讀者與創作者，已無法感受在臺灣經濟起飛時期，圖畫書的套書動輒上萬銷售量，曾經締造的出版盛況。上個世紀從圖畫書的出版獲致經濟利益的出版社，例如光復書局、新學友書局等，因為經營不善而致結束，或是像英文漢聲出版社，因第二代無意接班，而逐漸縮小營業規模。出版社曾享受因出版帶來的經濟成果，未能提供給下個世代，編輯相關經驗與傳承。多數新興小型出版社的經營，多半靠自我摸索，無法從歷來前輩編輯經驗得到躍升機會，僅能活在「小確幸」之中。

　　市場面臨緊縮，加上全球化的壓力來臨，臺灣圖畫書發展，僅能從個人獲得突圍，例如有志於圖畫書創作的年輕人，仍懷抱夢想，持續以個人能力創作。或者負笈海外，例如英國即有以圖畫書創作為主的研究所提供莘莘學子進修管道。反觀臺灣各大專院校，在美術相關科系，仍以純藝術為主，少數有專業師資者仍極為弱勢。

　　理想的圖畫書創作環境，必須有強而有力的論述環境搭配，才能讓創作者清楚創作中遭遇的問題。由於兒童文學是一個跨領域、跨學科、跨藝術，以及跨文類的論述，而臺灣目前的兒童文學批評和論述，仍以傳統重視教育性以及功能性為主，較少其他相關研究。二〇〇四年洪文瓊在《臺灣圖畫書發展史——出版觀點的解析》認為：「在完成近六十年臺灣圖畫書發展的歷史分期分析探究後，反觀歷史的進程，筆者認為第三期是多元競榮的景象。（案：指交流開創期：1988-2004年）先進國家大軍壓境，但是從市場的環境予以省視，第三期基本上是為臺灣圖畫書市場完成『創造需求』的階段，也提供臺灣業界、創作者觀摩參與世界圖畫書產業體系運作的機會。接著我們

應該開始朝未來第四期建立自我品牌的目標邁進。筆者認為圖畫書出版是臺灣在國際文化產業中最有希望參與一搏的，因為圖象隔離比文字來的少，容易透過視覺，贏得第一印象。」（頁101-120）

　　洪文瓊當時提出的「建立自我品牌為目標」在現今仍未達成。而當時他提出的八項建言：

　　　　一、人才培育應列為第一優先。
　　　　二、設置專業圖畫書美術館（日本稱為繪本館或兒童美術館）。
　　　　三、強化兒童圖書資訊的蒐集、整理、分析。
　　　　四、鼓勵獎助出版專業期刊。
　　　　五、獎勵有關圖畫書專題研究或撰寫教科書。
　　　　六、獎助鄉土題材圖畫書創作出版。
　　　　七、整理資深圖畫書作畫家人才檔。
　　　　八、設置並遴選圖畫書作畫家講座。（頁102-103）

　　上述所言，至今獲得實踐者極少。再者，林文寶在《臺灣兒童圖畫書精彩100》認為：「九〇年代以來的臺灣圖畫書，看似眾聲喧譁、多元共生，其實是缺乏自我品牌的混搭。而所謂的品牌，即是文化的包裝。」他認為全球化正透過各種形式，影響地球上所有人的生活。儘管全球化是無可倖免，但全球化不必然會帶來「西化」，或單一文化。關鍵在於我們是否有立足的自我文化。亦即全球化與在地化之爭，應即是文化之爭。因此，臺灣圖畫書要邁向「自我品牌」之路，無可避免的要面對全球化與在地化的檢驗。而他也提出因應之道：「首先，我們確認臺灣圖畫書是屬於文化創意產業的歸屬。其次，把臺灣圖畫書這種文化產業放置在全球化之下透視之。」（頁27-31）

　　臺灣童書出版社透過跨文化的學習，以後發經濟優勢，快速吸取

外來經驗，在經歷推廣者觀念引導，適讀者年齡層從小到大，逐漸吸引更廣泛的愛好者投入閱讀與推廣。在完成臺灣圖畫書六十餘年的發展分析探究之後，筆者認為在全球化的壓力之下，臺灣兒童圖畫書是兒童文學類型中，最具有對外拓展能力的一種類型，儘管當代圖畫書創作者必須面臨作品一旦進入童書市場，即須面臨與世界第一流創作者的競逐壓力，而透過歷史回顧，可發現臺灣創作者仍有實力發揮，期待有更多力量匯聚，共同強化環境，提供給創作者更多精彩產出的機會。

最後，筆者引述英國首位將兒童文學作為學術門類研究課程的學者彼得・亨特（Peter Hunt, 1945-）在他主編的《理解兒童文學》，於〈解碼圖象：圖畫書如何運作〉的主編導讀指出：「圖畫書通常被認為是嬰幼兒或學前兒童的閱讀領域，形式簡單，不值得嚴謹評論。然而，它們卻是兒童文學貢獻給一般文學最純然、最具原創性的一種創作形式；由於它們具有多音和絃的特質，因而能包容很多符碼、文體、文本手法以及種種互文指涉；它們還經常將慣用手法的疆域往外推展……」（頁230）圖畫書在當代仍是具有吸引力的文類，透過本書對臺灣兒童圖畫書發展歷史的回顧與爬梳，期許臺灣圖畫書產業的從業者，從作者、出版、行銷、讀者等，清楚臺灣兒童圖畫書的發展歷程，以及置身於全球化體系之下，從而找到發展之道。

引用書目

一　圖畫書

丁弋編著、陳慶熇圖　《瑪咪的樂園》　臺北市　童年書店　1956年
　　12月

于慎思（潘人木）著、曾謀賢圖　《小螢螢》　臺北市　臺灣書店
　　1971年12月

小玲著（潘人木）曹俊彥　《龍來的那年》　臺北市　臺灣書店
　　1982年10月

小野著、毛水仙圖　《火童》　臺北市　遠流出版事業公司　1992年
　　5月

五味太郎著、圖；高明美譯　《巴士站到了》　臺北市　臺灣英文雜
　　誌社　1996年6月

心岱著、洪義男圖　《水筆仔》　臺北市　皇冠出版社　1985年4月

方素珍著、仉桂芳圖　《祝你生日快樂》　臺北市　國語日報　1996
　　年3月

方素珍著、仉桂芳圖　《媽媽心，媽媽樹》　臺北市　國語日報
　　2004年5月

方素珍著、郝洛玟圖　《我有友情要出租》　臺北市　上堤文化
　　2001年1月

王宣一著、毛水仙圖　《青稞種子》　臺北市　遠流出版事業公司
　　1992年10月

王家珍著、王家珠圖　《虎姑婆》　臺北市　格林文化事業公司　2006年

王家珍著、王家珠圖　《猴雞狗豬》　臺北市　格林文化事業公司　2007年12月

王家珍著、王家珠圖　《鼠牛虎兔》　臺北市　格林文化事業公司　2005年8月

王家珍著、王家珠圖　《龍蛇馬羊》　臺北市　格林文化事業公司　2006年9月

王家珠著、圖　《星星王子》　臺北市　格林文化事業公司　2001年7月

王漢倬（潘人木）著、立玉（曹俊彥）圖　《小紅與小綠》　臺北市　臺灣書店　1974年2月

文愷著、何雲姿圖　《好女孩》　臺北市　臺灣書店　1987年

王蘭著、張哲銘圖　《鐵馬》　臺北市　國語日報　1996年3月

幼梅著、劉宗慧圖　《布娃娃》　臺北市　國立故宮博物院　1996年6月

白淑著、王碩（曹俊彥）圖　《小蝌蚪找媽媽》　臺北市　臺灣省政府社會處　1973年6月

向陽著、何華仁圖　《春天的短歌》　臺北市　三民書局　2002年2月

向陽著、許文綺圖　《記得茶香滿山野》　臺北市　遠流出版事業公司　2003年6月

向陽著、幾米圖　《鏡內底的囝仔》　臺北市　臺灣新學友書局　1996年9月

多瑪斯・阿漾文、黃鈴馨圖　《泰雅之音》　桃園縣　桃園縣政府文化局　2013年11月

安石榴著、圖　《星期三下午，抓・蝌・蚪》　臺北市　信誼基金出版社　2004年4月

安石榴著、圖　《亂78糟》　臺北市　信誼基金出版社　2010年4月

安徒生著、張水金改寫　《醜小鴨、野天鵝》　臺北市　光復書局
　　　1979年9月

安野光雅著、圖，鄭明進譯　《10個快樂的搬家人》　臺北市　上誼
　　　文化實業公司　1995年2月

朱秀芳著、徐素霞圖　《好吃的米粉》　臺北市　行政院農業委員會
　　　1996年

朱秀芳著、陳麗雅圖　《走，去迪化街買年貨》　臺北市　青林國際
　　　出版公司　2012年1月

朱信著、王鍊登畫　《烏龜跟猴子分樹》　臺北市　寶島出版社
　　　1957年4月

江夏正編譯　《孤雛淚》　臺北市　光復書局　1978年11月

米著、圖　《地下鐵》　臺北市　臺北市　格林文化事業公司　2001
　　　年1月

米雅著，林怡湘圖　《春天在大肚山騎車》　臺北市　青林國際出版
　　　公司　2009年4月

老舍著、黃本蕊圖　《馬褲先生》　臺北市　格林文化事業公司
　　　1995年1月

艾瑞・卡爾著、圖，鄭明進譯　《好餓的毛毛蟲》　臺北市　上誼文
　　　化實業公司　1990年1月

艾德・楊著、圖，馬景賢譯　《七隻瞎老鼠》　臺北市　臺灣英文雜
　　　誌社　1994年7月

西恩・泰勒著、幾米圖、柯倩華譯　《不睡覺世界冠軍》　臺北市
　　　大塊文化出版公司　2011年9月

何奕達等小朋友口述、鄭明進圖　《老鼠偷吃我的糖》　臺北市　信
　　　誼基金出版社　1992年10月

何雲姿著、圖　《小月月的蹦蹦跳跳》　臺北市　行政院農業委員會
　　1993年6月

何雲姿著、圖　《甜橙果園》　臺北市　行政院農業委員會　1993年
　　6月

何華仁著、圖　《鳥兒的家》　臺北市　臺灣英文雜誌社　1993年
　　6月

余光中著、徐素霞圖　《踢踢踏》　新竹市　和英出版社　2006年11月

余麗瓊著、朱成梁圖　《團圓》　北京市　明天出版社　2008年2月

利格拉樂・阿𡠄著、阿緞圖　《故事地圖》　臺北市　遠流出版事業
　　公司　2003年6月

吳念真著、官月淑圖　《八歲，一個人去旅行》　臺北市　遠流出版
　　事業公司　2003年6月

吳承恩原著、洪義男圖　《西遊記》（六冊）　臺北市　幼福文化出
　　版社　1989年3月

吳明季、陳莎拉著、張振松圖　《奇美》　臺北市　聯經出版社
　　2011年11月

呂基正編圖，教育廳編委員會發行　《鳥的生活》　臺北市　華明印
　　書館　1953年2月

呂游銘著、圖　《想畫・就畫・就能畫》　臺北市　小魯文化事業公
　　司　2012年8月

呂游銘著、圖　《糖果樂園大冒險》　臺北市　小魯文化事業公司
　　2011年1月

呂游銘著、圖　《鐵路腳的孩子們》　新竹市　和英文化事業公司
　　2013年5月

宋龍飛著、陳壽美圖　《雅美族的船》　臺北市　臺灣省政府教育廳
　　1966年9月

李如青著、圖　《那魯》　新竹市　和英出版社　2007年10月

李如青著、圖　《雄獅堡最後的衛兵》　臺北市　小天下　2008年6月

李昂著、王家珠圖　《懶人變猴子》　臺北市　遠流出版事業公司　1989年6月

李南衡著、曹俊彥圖　《小黑捉迷藏》　臺北市　信誼基金出版社　1979年4月

李南衡著、曹俊彥圖　《聚寶盆》　臺北市　信誼基金出版社　1982年8月

李惠絨著、洪義男圖　《第一次環島旅行》　臺北市　小魯文化事業公司　1996年5月

李歐・李奧尼著、圖，潘人木譯　《小藍和小黃》　臺北市　臺灣英文雜誌社　1996年6月

李潼著、洪義男圖　《獨臂猴王》　臺北市　國語日報出版部　1988年6月

李瑾倫著、圖　《一位溫柔善良有錢的太太和她的一百隻狗》　新竹市　和英出版社　2001年8月

李瑾倫著、圖　《子兒，吐吐》　臺北市　信誼基金出版社　1993年7月

李瑾倫著、圖　《門，輕輕關》　臺北市　臺灣省政府教育廳　1996年6月

李瑾倫著、圖　《驚喜》　臺北市　信誼基金出版社　1993年4月

汪達・佳谷著、圖　《100萬隻貓》　臺北市　遠流出版事業公司　1997年8月

周姚萍編著、賴馬圖　《狸貓變變變》　臺北縣　臺北縣政府教育局　2009年10月

周菊著（潘人木）、吳昊圖　《汪小小尋父》　臺北市　臺灣書店　1976年10月

周逸芬著、陳致元圖　《米米說不》　新竹市　和英出版社　2008年
　　6月

周逸芬著、黃進龍圖　《冬冬的第一次飛行》　新竹市　和英出版社
　　1999年5月

周逸芬編著　《永遠的楊喚》　新竹市　和英出版社　2008年2月

周逸芬編著、陳全圖　《小球聽國樂全集——永遠的兒歌》　新竹市
　　和英出版社　2008年2月

孟羅・李夫著、羅拔・勞森繪　《猛牛費地南》　臺北市　國語日報
　　社　1963年3月

幸佳慧著、蔡達源圖　《希望小提琴》　臺北市　小天下　2012年5月

林世仁著、李瑾倫圖　《我家住在大海邊》　臺北市　臺灣新學友書
　　局　1996年9月

林戊堃著、曾謀賢圖　《可愛的玩具》　臺北市　臺灣書店　1967年
　　9月

林志興故事採集、陳建年圖　《卑南族：神秘的月形石柱》　臺北市
　　新自然主義　2002年11月

林秀穗著、廖健宏圖　《進城》　臺北市　信誼基金出版社　2010年
　　12月

林良著、矢崎芳則圖　《小鸚鵡》　臺北市　信誼基金出版社　1982
　　年8月

林良著、何雲姿圖　《汪汪的家》　臺北市　民生報社　2006年6月

林良著、呂游銘圖　《小木船上岸》　臺北市　臺灣省政府教育廳
　　1976年12月

林良著、林顯模畫　《舅舅照像》　臺北市　寶島出版社　1957年4月

林良著、張化瑋圖　《我要一個家》　臺北市　民生報社　2006年6月

林良著、陳志賢圖　《犀牛坦克車》　臺北市　親親文化事業公司
　　1988年8月

林良著、趙國宗、瓊綢圖　《小紅鞋》　臺北市　臺灣省政府社會處　1973年12月

林良著、趙國宗圖　《小紅鞋》　臺北市　信誼基金出版社　2006年6月

林良著、趙國宗圖　《我要大公雞》　臺北市　信誼基金會　2008年2月

林良著、趙國宗圖　《我要大公雞》　臺北市　臺灣省政府教育廳　1965年9月

林良著、趙國宗圖　《爸爸》　臺北市　信誼基金出版社　1980年9月

林良著、趙國宗圖　《媽媽》　臺北市　信誼基金出版社　1978年7月

林良著、鄭明進圖　《小紙船看海》　臺北市　民生報社　2006年6月

林良著、鄭明進圖　《小紙船看海》　臺北市　將軍出版社　1975年10月

林良著、鄭明進圖　《小動物兒歌集》　臺北市　民生報社　2006年6月

林良著、鄭明進圖　《小動物兒歌集》　臺北市　將軍出版社　1975年10月

林良著、鄭明進編選　《看畫裡的動物》　臺北市　臺灣英文雜誌社　1993年6月

林良著、鍾易真圖　《農家的一天》　臺北市　行政院農業委員會　1997年9月

林宗賢著、圖　《鷺鷥阿莫》　臺北市　國語日報社　1996年3月

林明子著、圖，汪仲譯　《神奇畫具箱》　臺北市　臺灣英文雜誌社　1998年1月

林武憲著、陳鳳觀圖　《老榕樹搬家》　臺北市　行政院農業委員會　1997年9月

林芳萍著、卓昆峰圖　《紅花仔布的秘密》　臺北市　巴巴文化
2012年6月

林芳萍著、劉宗慧圖　《我愛玩》　臺北市　信誼基金出版社　1997
年3月

林海音著、陳建珍圖　《金橋》　臺北市　臺灣書店　1965年9月

林海音著、曾璧（曾謀賢）圖　《蔡家老屋》　臺北市　臺灣書店
1966年9月

林海音著、鄭明進輯　《請到我的家鄉來》　臺北市　臺灣書店
1976年10月

林煥彰著、呂游銘圖　《咪咪喵》　臺北市　信誼基金出版社　1981
年9月

林煥彰著、施政廷圖　《家是我放心的地方》　臺北市　三民書局
1999年8月

林煥彰著、洪義男圖　《快樂是什麼？》　臺北市　晶音公司　1984
年12月

林煥彰著、曹俊彥圖　《流浪的狗》　臺北市　國語日報出版部
1988年6月

林滿秋著、張又然圖　《少年西拉雅》　臺北市　青林國際出版公司
2007年7月

邱承宗著、圖　《池上池下》　臺北市　天下雜誌公司　2008年9月

邱承宗著、圖　《我們的森林》　臺北市　小魯文化事業公司　2011
年10月

邱承宗著、圖　《昆蟲家族》　臺北市　紅蕃茄文化事業公司　1995
年4月

邱承宗著、圖　《臺灣昆蟲：蝴蝶》　臺北市　紅蕃茄文化事業公司
1999年4月

邵僴著、呂游銘圖　《風姐姐來了》　臺北市　信誼基金出版社
　　　1979年10月

阿爾文・崔賽特著、羅傑・杜沃森圖、林海音譯　《井底蛙》　臺北
　　　市　國語日報　1965年12月

吳念真著、何雲姿圖　《鞦韆、鞦韆飛起來》　臺北市　遠流出版事
　　　業公司　2005年1月

洪義男著、圖　《雅美族的飛魚季》　臺北市　臺灣省政府教育廳
　　　1997年12月

洪義男編繪　《女兒泉》　臺北市　皇冠出版社　1985年4月

珍妮兒・肯儂著、圖，楊茂秀譯　《星月》　新竹市　和英出版社
　　　1999年9月

約翰・伯明罕著、圖，林良譯　《和甘伯伯去遊河》　臺北市　臺灣
　　　英文雜誌社　1996年

凌拂著、黃崑謀圖　《無尾鳳蝶的生日》　臺北市　遠流出版事業公
　　　司　2006年1月

唐茵（潘人木）著、曾謀賢圖　《那裡來》　臺北市　臺灣省政府社
　　　會處　1973年6月

唐茵（潘人木）著、趙國宗圖　《你會我也會》　臺北市　臺灣省政
　　　府社會處　1973年12月

唐逸陶（潘人木）著、趙國宗圖　《冒氣的元寶》　臺北市　臺灣省
　　　政府社會處　1968年1月

夏婉雲著、何華仁圖　《穿紅背心的野鴨》　臺北市　國語日報出版
　　　部　1988年6月

奚淞著、奚淞圖　《三個壞東西》　臺北市　信誼基金出版社　1979
　　　年4月

奚淞著、奚淞圖　《桃花源》　臺北市　信誼基金出版社　1979年4月

奚淞著、奚淞圖　《愚公移山》　臺北市　信誼基金出版社　1979年
　　4月

孫大川著、簡滄榕圖　《姨公公》　臺北市　遠流出版事業公司
　　2003年6月

孫心瑜著、圖　《一日遊》　臺北市　信誼基金出版社　2008年4月

孫心瑜著、圖　《午後》　臺北市　信誼基金出版社　2009年8月

孫晴峰著、市川利夫圖　《葉子鳥》　臺北市　信誼基金出版社
　　1988年6月

孫晴峰著、陳志賢圖　《白石山歷險記》　臺北市　信誼基金出版社
　　1994年3月

孫晴峰著、趙國宗圖　《誰吃了彩虹》　臺北市　信誼基金出版社
　　1994年3月

孫晴峰著、劉宗慧圖　《貓臉花與貓》　臺北市　遠流出版公司
　　1999年8月

徐素霞著、圖　《家裡多了一個人》　臺北市　理科出版社　1990年

徐素霞著、圖　《媽媽，外面有陽光》　新竹市　和英出版社　2003
　　年1月

徐素霞著、圖　《媽媽小時候》　臺北市　臺灣省政府教育廳　1986
　　年4月

徐素霞著、圖　《追尋美好世界的李澤藩》　臺北市　青林國際出版
　　公司　2005年1月

海文・歐瑞著、幾米圖、彭倩文譯　《乖乖小惡魔》　臺北市　大塊
　　文化出版社　2013年8月

海倫・碧雅翠斯・波特著、圖，林海音譯　《小兔彼得的故事》　臺
　　北市　青林國際出版公司　2011年3月

缺著者、林良譯述、戈定邦校訂　《大象》　臺北市　文星書店
　　1957年4月

缺著者、林海音譯述 《小鹿史白克》 臺北市 文星書店 1957年
　　4月

缺著者 《小喜鵲》 臺北市 臺灣東方書店出版社 1961年10月

缺著者、夏承楹譯述 《你和聯合國》 臺北市 文星書店 1957年
　　4月

茱莉亞‧聖‧米格爾編寫、鄒駿昇圖、范月華譯 《勇敢的小錫兵》
　　臺北市 天下遠見出版事業公司 2012年12月

郝廣才著、王家珠、劉宗慧圖 《太陽的孩子》 臺北市 遠流出版
　　事業公司 1988年7月

郝廣才著、王家珠圖 《七兄弟》 臺北市 遠流出版事業公司
　　1992年5月

郝廣才著、王家珠圖 《巨人和春天》 臺北市 臺灣東方出版社
　　1993年8月

郝廣才著、王家珠圖 《白賊七》 臺北市 遠流出版事業公司
　　1989年4月

郝廣才著、王家珠圖 《新天糖樂園》 臺北市 臺灣東方出版社
　　1993年8月

郝廣才著、朱里安諾圖 《一塊披薩一塊錢》 臺北市 格林文化事
　　業公司 1998年2月

郝廣才著、李漢文圖 《起牀啦，皇帝！》 臺北市 信誼基金出版
　　社 1988年4月

郝廣才著、段勻之圖 《小紅帽來啦》 臺北市 臺灣東方出版社
　　1993年8月

郝廣才著、張世明圖 《皇帝與夜鶯》 臺北市 臺灣東方出版社
　　1993年8月

馬休文著、梅田俊作圖、林芳萍譯 《永遠愛你》 新竹市 和英出
　　版社 1999年5月

馬格麗特・懷茲・布朗著、克雷門・赫德圖、黃迺毓譯　《月亮晚
　　安》　臺北市　上誼文化實業公司　2002年12月

馬格麗特・懷茲・布朗著、克雷門・赫德圖、黃迺毓譯　《逃家小
　　兔》　臺北市　上誼文化實業公司　2002年12月

馬景賢著、林傳宗圖　《國王的長壽麵》　臺北市　光復書局　1990
　　年1月

馬景賢著、洪義男圖　《小山屋》　臺北市　國語日報出版部　1988
　　年6月

馬景賢著、鄭明進圖　《我的家鄉真美麗》　臺北市　小魯文化事業
　　公司　2012年6月

高玉菁著、圖　《秘密花園》　臺北市　國語日報社　1996年3月

張玲玲著、王家珠圖　《東港王船祭》　臺北市　遠流出版事業公司
　　1990年4月

張玲玲著、王家珠圖　《媽祖回娘家》　臺北市　遠流出版事業公司
　　1989年4月

張玲玲著、李漢文圖　《賣香屁》　臺北市　遠流出版事業公司
　　1990年1月

張玲玲著、劉宗慧圖　《老鼠娶新娘》　臺北市　遠流出版事業公司
　　1992年1月

張玲玲著、劉宗慧圖　《鹿港百工圖》　臺北市　遠流出版事業公
　　司，1989年11月

張倍菁著、江長芳圖　《我的大陳朋友》　臺北市　聯經出版社
　　2011年11月

張振松著，《阿金的菜刀》　臺北市　聯經出版社　2006年1月

筒井賴子著、林明子圖、漢聲雜誌譯　《第一次上街買東西》　臺北
　　市　英文漢聲出版社　1984年1月

曹俊彥著、曹俊彥圖　《白米洞》　臺北市　信誼基金出版社　1979年10月

曹俊彥著、圖　《大塊頭‧小故事》　臺北市　臺灣新學友書局　1996年9月

曹俊彥著、圖　《小蝌蚪找媽媽》　臺北市　信誼基金出版社　2006年6月

曹俊彥著、圖　《加倍袋》　臺北市　信誼基金出版社　1996年3月

曹俊彥著、圖　《好寶貝》　臺北市　信誼基金出版社　1998年3月

曹俊彥著、圖　《你一半我一半》　臺北市　光復書局　1990年10月

曹俊彥著、圖　《別學我》　臺北市　光復書局　1990年10月

曹俊彥著、圖　《屁股山》　臺北市　信誼基金出版社　1998年3月

曹俊彥著、圖　《赤腳國王》　臺北市　信誼基金出版社　1995年3月

曹俊彥著、圖　《蝴蝶結》　臺北市　臺灣省政府教育廳　1994年6月

曹俊彥著繪、潘人木改寫　《圓仔山》　臺北市　臺灣英文雜誌社　1993年6月

曼羅‧里夫著、羅伯特‧勞森繪、林真美譯　《愛花的牛》　臺北市　遠流出版事業公司　1999年2月

梁淑玲著、圖　《椅子樹》　臺北市　國語日報社　1998年3月

莫凡著、蔡達源圖　《大肚王：甘仔轄‧阿拉米》　臺北市　青林國際出版公司　2009年12月

莫里斯‧桑達克著、圖，漢聲雜誌譯　《野獸國》　臺北市　英文漢聲出版社　1984年1月

許尚德編著　《小杜鵑》　臺北市　臺灣東方書店出版社　1961年10月

許尚德編著　《小南南》　臺北市　臺灣東方書店出版社　1961年10月

許漢章著、徐素霞圖　《水牛和稻草人》　臺北市　臺灣書店　1986
　　年1月

陳小介著、林鴻堯圖　《我家開民宿》　臺北市　聯經出版社　2008
　　年10月

陳月文著、洪義男圖　《臺灣高山之美：玉山》　臺北市　聯經出版
　　公司　2007年10月

陳木城著、邱承宗圖　《大洞洞‧小洞洞》　臺北市　光復書局
　　1990年10月

陳木城著、邱承宗圖　《大洞洞‧小洞洞》　臺北市　光復書局
　　1990年10月

陳玉金著、呂游銘圖　《一起去看海》　新竹市　和英文化事業公司
　　2014年8月

陳玉金著、呂游銘圖　《那年冬天》　新竹市　和英文化事業公司
　　2015年2月

陳玉金著、呂游銘圖　《夢想中的陀螺》　臺北市　維京國際出版公
　　司　2016年11月

陳宏著、林雨樓圖　《太平年》　臺北市　臺灣省政府教育廳　1970
　　年5月

陳宏著、曾謀賢圖　《太平年》　臺北市　信誼基金出版社　2006年
　　6月

陳志賢著、圖　《A Brand New Day 嶄新的一天》　臺北市　誠品書
　　店　2000年

陳志賢著、圖　《逛街》　臺北市　信誼基金出版社　1990年3月

陳志賢著、圖　《腳踏車輪子》　新竹市　和英出版社　2009年12月

陳致元著、圖　《Guji Guji》　臺北市　信誼基金出版社　2003年4月

陳致元著、圖　《一個不能沒有禮物的日子》　新竹市　和英出版社
　　2003年11月

陳致元著、圖　《小魚散步》　臺北市　信誼基金出版社　2001年4月

陳致元著、圖　《阿迪和茱莉》　新竹市　和英出版社　2006年6月

陳致元著、圖　《想念》　臺北市　信誼基金出版社　2000年5月

陳慧縝著、圖　《我們家的長板凳》　臺北市　國語日報社　2002年
　　　3月

陳璐茜著、圖　《三個我去旅行》　臺北市　遠流出版事業公司
　　　1999年8月

陳璐茜著、圖　《皇后的尾巴》　臺北市　信誼基金出版社　1989年
　　　4月

陳麗雅著、圖　《曾文溪的故事》　臺北市　青林國際出版公司
　　　2007年1月

陶樂蒂著、圖　《好癢！好癢！》　臺北市　天下雜誌公司　2006年
　　　5月

傅林統著、陳敏捷圖　《神風機場》　桃園縣　桃園縣政府文化局
　　　2013年11月

傑克・季茲著、圖，柯倩華譯　《下雪天》　臺北市　信誼基金出版
　　　社　2004年4月

傑瑞・史賓納利著、幾米圖、幾米譯　《我會做任何事！》　臺北市
　　　大塊文化出版公司　2009年4月

喬依絲・唐巴著、幾米圖、彭倩文譯　《吃掉黑暗的怪獸》　臺北市
　　　大塊文化出版公司　2008年12月

喻今著、陳又凌圖　《南科考古大發現》　臺東市　國立史前文化博
　　　物館　2013年9月

幾米著、圖　《向左走・向右走》　臺北市　格林文化事業公司
　　　1999年2月

幾米著、圖　《森林裡的秘密》　臺北市　玉山社出版事業公司
　　　1998年8月

幾米著、圖　《微笑的魚》　臺北市　玉山社出版事業公司　1998年
　　8月

幾幾米著、圖　《星空》　臺北市　臺北市　大塊文化出版公司
　　2009年4月

曾益恩編著、鄧雪峰繪圖　《虞舜的故事》　臺北市　童年書店
　　1956年12月

曾陽晴著、萬華國圖　《媽媽，買綠豆！》　臺北市　信誼基金出版
　　社　1988年6月

曾陽晴著、劉宗慧圖　《元元的發財夢》　臺北市　信誼基金出版社
　　1994年3月

湯姆牛著、圖　《Kling kling 庫西的藝想世界》　臺北市　小典藏
　　2011年1月

湯姆牛著、圖　《下雨了！》　臺北市　天下遠見出版事業公司
　　2010年11月

湯姆牛著、圖　《最可怕的一天》　臺北市　天下遠見出版事業公司
　　2012年11月

湯姆牛著、圖　《愛吃青菜的鱷魚》　臺北市　信誼基金出版社
　　2003年5月

湯姆牛著、圖　《像不像沒關係》　臺北市　天下遠見出版事業公司
　　2008年1月

程鶯編著，陳慶熇圖　《赤血丹心》　臺北市　童年書店　1956年
　　12月

程鶯編著，鄧雪峰繪圖　《牛郎織女》　臺北市　童年書店　1956年
　　12月

童叟著，《破棉襖》　臺北市　國語日報社　1962年4月

童嘉著、圖　《想要不一樣》　臺北市　遠流出版事業公司　2004年
　　10月

華霞菱著、呂游銘圖　《五樣好寶貝》　臺北市　臺灣書店　1974年
　　11月

華霞菱著、李林圖　《小糊塗》　臺北市　臺灣書店　1969年10月

華霞菱著、張悅珍圖　《一毛錢》　臺北市　臺灣省政府教育廳
　　1967年4月

華霞菱著、陳壽美圖　《老公公的花園》　臺北市　臺灣省政府教育
　　廳　1965年9月

華霞菱著、廖未林圖　《顛倒歌》　臺北市　信誼基金出版社　2006
　　年6月

華霞菱著、廖未林圖　《顛倒歌》　臺北市　臺灣省政府教育廳
　　1970年5月

華霞菱著、劉中璿圖　《五彩狗》　臺北市　臺灣省政府教育廳
　　1980年11月

雲淙（華霞菱）著、呂游銘圖　《三花吃麵了》　臺北市　臺灣省政
　　府教育廳　1969年6月

馮輝岳著、徐麗媛圖　《油桐花·五月雪》　臺北市　臺灣東華出版
　　公司　2006年12月

黃立佩著、圖　《安靜也可以很美麗》　新竹市　和英出版社　2012
　　年6月

黃春明著、楊翠玉圖　《兒子的大玩偶》　臺北市　臺灣麥克公司
　　1995年1月

黃春明著、圖　《我是貓也》　臺北市　皇冠文學出版公司　1992年
　　10月

黃春明著、圖　《短鼻象》　臺北市　皇冠文學出版公司　1993年11月

黃郁文著、張燈煙圖　《臺灣近海的魚兒》　臺北市　行政院農業委
　　員會　1994年6月

黃郁欽著、圖　《烏魯木齊先生的假期》　臺北市　國語日報社
　　1999年10月

黃迺毓著、陳德馨圖，吳敏嘉、吳敏蘭譯　《我是江蘇六合人──棣
　　慕華的故事》　臺北市　財團法人基督教宇宙光全人關懷機
　　構　2006年7月

黃迺毓著、蔡兆倫圖，吳敏嘉、吳敏蘭譯　《南京的方舟──魏特琳
　　的故事》　臺北市　財團法人基督教宇宙光全人關懷機構
　　2006年7月

黃麗珍著、圖　《不吃魚的怪怪貓》　臺北市　國語日報社　1996年
　　3月

黃麗凰著、黃志民繪　《阿里愛動物》　臺北市　小熊出版社　2011
　　年3月

楊平世著、蔡百峻攝影　《臺灣的蝴蝶》　臺北市　臺灣英文雜誌社
　　1995年5月

楊宗珍著、洪義男圖　《治水與治國》　臺北市　臺灣書店　1982年
　　12月

楊喚著、黃小燕圖　《家》　新竹市　和英出版社　2013年9月

楊喚著、黃本蕊圖　《水果們的晚會》　新竹市　和英出版社　2013
　　年9月

楊喚著、黃本蕊圖　《夏夜》　新竹市　和英出版社　2013年9月

楊麗玲、賴馬合著、圖　《匆忙的一天》　臺北市　臺灣省政府教育
　　廳　1996年6月

葉安德著、圖　《山上的水》　新竹市　和英出版社　2008年4月

葉安德著、圖　《我和我的腳踏車》　新竹市　和英出版社　2006年
　　9月

葉安德著、圖　《彈琴給你聽》　新竹市　和英出版社　2009年1月

葉維廉著、陳璐茜圖　《媽媽樹》　臺北市　三民書局　1997年4月

路寒袖著、何雲姿圖　《像母親一樣的河》　臺北市　遠流出版事業
　　公司　2003年6月

熊亮著、圖　《小石獅》　新竹市　和英出版社　2008年6月

熊亮著、熊亮、李娜、段虹圖　《紙馬》　臺北市　龍圖騰文化公司
　　2011年6月

熊亮著、熊亮、段虹圖　《泥將軍》　臺北市　龍圖騰文化公司
　　2011年6月

瑪麗・荷・艾斯著、圖，林真美譯　《在森林裡》　臺北市　遠流出
　　版事業公司　1996年5

維姬妮亞・波頓著、圖，林良譯　《小房子》　臺北市　國語日報
　　1966年12月

趙天儀著、矢崎芳則圖　《變色鳥》　臺北市　信誼基金出版社
　　1982年8月

劉旭恭著、圖　《好想吃榴槤》　臺北市　信誼基金出版社　2002年
　　4月

劉旭恭著、圖　《誰的家到了？》　臺北市　信誼基金出版社　2013
　　年3月

劉旭恭著、圖　《請問一下，踩得到底嗎？》　臺北市　信誼基金出
　　版社　2006年4月

劉旭恭著、圖　《橘色的馬》　高雄市　讀家文化　2011年3月

劉伯樂著　《野鳥嘉年華》　臺東縣　林務局臺東林管處　2011年2月

劉伯樂著、圖　《天上飛來的魚》　臺北市　東華出版社　2006年
　　12月

劉伯樂著、圖　《我看見一隻鳥》　臺北市　青林國際出版公司
　　2011年5月

劉伯樂著、圖　《我砍倒了一棵山櫻花》　臺北市　臺灣新學友書局　1996年9月

劉伯樂著、圖　《泥水師父》　新竹市　和英出版社　2004年12月

劉伯樂著、圖　《捉鎖管》　臺北市　行政院農業委員會　1992年6月

劉伯樂著、圖　《黑白村莊》　新竹市　和英出版社　2007年3月

劉伯樂著、圖　《黑白村莊》　臺北市　信誼基金出版社　1994年3月

劉克竑著、李瑾倫圖　《瑄瑄學考古——考古學是什麼呢？》　臺北市　雄獅圖書公司　1997年3月

劉宗銘著、圖　《千心鳥》　臺北市　臺灣東華出版公司　1989年4月

劉宗銘著、圖；黃錦堂著、圖　《妹妹在哪裡？奇奇貓》　臺北市　書評書目出版社　1975年4月

劉宗銘著、蔡思益圖　《稻草人卡卡》　臺北市　省政府教育廳　1971年

劉思源著、王家珠圖　《亦宛然布袋戲》　臺北市　遠流出版事業公司　2003年7月

劉思源著、王炳炎圖　《顧米亞》　臺北市　遠流出版事業公司　1992年5月

劉思源著、劉宗慧圖　《射日‧奔月：中秋的故事》　臺北市　天下雜誌公司　2013年8月

劉思源著、劉宗慧圖　《神鳥西雷克》　臺北市　遠流出版事業公司　1989年4月

劉清彥著，林怡湘圖　《阿志的餅》　臺北市　青林國際出版公司　2008年3月

劉清彥著、陳盈帆圖　《弟弟的世界》　臺北市　也是文創／巴巴文化　2012年8月

劉碧雲著、張振松圖　《北海大英雄》　臺北市　聯經出版社　2012年11月

劉興欽著、圖　《沒有媽媽的小羌》　臺北市　臺灣省政府教育廳　1966年5月

潘人木著、徐麗媛圖　《咱去看山》　臺北市　臺灣英文雜誌社　1998年1月

潘人木著、趙國宗圖　《你會我也會》　臺北市　信誼基金出版社　2006年6月

蔡兆倫著、圖　《我睡不著》　臺北市　國語日報社　2001年10月

蔡兆倫著、圖　《看不見》　臺北市　小兵出版社　2012年9月

蔡兆倫著、圖　《杯杯英雄》　臺北市　道聲出版社　2016年6月

蔣家語著、陳志賢圖　《小樟樹》　臺北市　水滴文化　2014年7月

蔣家語著、陳志賢圖　《長不大的小樟樹》　臺北市　東方出版社　1990年4月

鄭宗弦著、九子圖　《草帽飛起來了》　臺北市　也是文創／巴巴文化　2013年5月

鄭明進等編輯　《新一代幼兒圖畫書：水》　臺北市　將軍出版社　1979年10月

鄭清文原著、林婉玉改寫、陳貴芳繪圖　《燕心果》　臺北市　星月書房　2010年2月

鄭清文著、陳建良圖　《精湛兒童之友月刊第五期──沙灘上的琴聲》　臺北市　臺灣英文雜誌社　1998年6月

鄭清文著、幾米圖　《春雨》　臺北市　臺灣麥克公司　1998年12月

魯迅著、黃本蕊圖　《狂人日記》　臺北市　格林文化事業公司　1999月

盧彥芬編寫、希娟‧紗咅燕族語、曹俊彥圖　《小孩與螃蟹》　臺東市　臺東縣政府　2007年11月

盧彥芬編寫、希娟‧紗咅燕族語、曹俊彥圖　《希‧瑪德嫩》　臺東市　臺東縣政府　2008年11月

盧彥芬編寫、希婻‧紗旮燕族語、筆兔圖　《嘎格令》　臺東市　臺
　　東縣政府　2009年11月

盧彥芬編寫、希婻‧紗旮燕族語、劉伯樂圖　《法艾奴達悟》　臺東
　　市　臺東縣政府　2011年12月

蕭蕭著、施政廷圖　《我是西瓜爸爸》　臺北市　三民書局　2000年
　　9月

賴馬著、圖　《早起的一天》　新竹市　和英出版社　2002年1月

賴馬著、圖　《我和我家附近的野狗們》　臺北市　信誼基金會
　　1997年11月

賴馬著、圖　《我變成一隻噴火龍了！》　新竹市　和英出版社
　　2004年11月

賴馬著、圖　《我變成一隻噴火龍了！》　臺北市　國語日報社
　　1996年3月

賴馬著、圖　《帕拉帕拉山的妖怪》　新竹市　和英出版社　2003年
　　2月

賴馬著、圖　《帕拉帕拉山的妖怪》　臺北市　臺灣省政府教育廳
　　1997年4月

賴馬著、圖　《射日》　臺北市　青林國際出版公司　1999年1月

賴馬著、圖　《現在，你知道我是誰了嗎？》　新竹市　和英出版社
　　2006年5月

薛真著、徐素霞圖　《蝴蝶飛，牛兒跑》　臺北市　行政院農業委員
　　會　1999年6月

謝武彰著、洪義男圖　《甘蔗的滋味》　臺北市　青林國際出版公司
　　2006年8月

謝武彰著、陳志賢圖　《池塘真的會變魔術嗎？》　臺北市　水滴文
　　化　2013年8月

謝武彰著、陳志賢圖　《池塘真的會變魔術嗎？》　臺北市　光復書
　　　局　1990年10月

謝新發著、鄭明進圖　《十兄弟》　臺北市　王子出版社　1968年
　　　10月

簡光棹著、鄭明進圖　《小鯨魚游大海》　臺北市　臺灣省政府教育
　　　廳　1975年7月

簡媜著、黃小燕圖　《跟阿嬤去賣掃帚》　臺北市　遠流出版事業公
　　　司　2003年6月

顏志豪著、安致林圖　《少年加弄與狗》　臺東市　國立史前文化博
　　　物館　2013年9月

魏捷著、何耘之圖　《那隻深藍色的鳥是我爸爸》　臺北市　信誼基
　　　金出版社　2011年12月

羅勃・麥羅斯基著、圖，畢樸譯　《讓路給小鴨子》　臺北市　國語
　　　日報　1965年12月

羅傑・杜沃森著、圖，琦君譯　《傻鵝皮杜妮》　臺北市　國語日報
　　　社　1965年12月

嚴友梅著、徐素霞圖　《老牛山山》　臺北市　臺灣省政府教育廳
　　　1987年4月

嚴淑女、李如青著、李如青圖　《勇12──戰鴿的故事》　臺北市
　　　小天下　2008年12月

嚴淑女著、邱千容圖　《人面陶偶的秘密》　臺東市　國立史前文化
　　　博物館　2013年9月

嚴淑女著、張又然圖　《再見小樹林》　臺北市　格林文化事業公司
　　　2008年5月

嚴淑女著、張又然圖　《春神跳舞的森林》　臺北市　格林文化事業
　　　公司　2003年3月

嚴淑女著、鍾易真圖　《臺南食點心》　臺北市　青林國際出版公司
　　2012年8月

二　專書與譯著

Carol Lynch-Brown、Carl M. Tomlinson 著，林文韵、施沛妤譯　《兒
　　童文學理論與應用》　臺北市　心理出版社　2009年5月
三宅興子主編，成實朋子、多田昌美、福本由紀子、王映方等譯
　　《「臺灣圖畫書與日本圖畫書」研討會報告集》　大阪市
　　日本財團法人大阪國際兒童文學館　2007年3月
子敏（林良）著　《小太陽》　臺北市　麥田出版社　1997年1月
中華民國兒童文學學會著　《為兒童為文學:臺灣資深圖畫作家作品
　　研討會論文集》　臺北市　中華民國兒童文學學會　2004年
　　11月
仇重、金近、賀宜、柳風、包蕾、呂伯攸、鮑維湘、邢舜田、何公超
　　等合著　《兒童讀物研究》　上海市　中華書局　1948年9月
方素珍著　《繪本閱讀時代》　杭州市　浙江少兒出版社　2013年2月
古家艷主編　《兒童文學新視界》　臺北市　書林出版公司　2013年
　　2月
司琦著　《兒童讀物研究》　臺北市　臺灣商務印書館　1983年10月
安海姆著，李長俊譯　《藝術與視覺心理學》　臺北市　雄獅圖書公
　　司　1982年6月
佐渡守著　《鄭明進與20個插畫家的秘密通訊》　臺北市　積木文化
　　公司　2010年1月
吳密察監修，遠流臺灣館編著　《臺灣史小事典》　臺北市　遠流出
　　版事業公司　2000年9月

吳鼎等著　《兒童讀物研究第二輯——「童話研究專輯」》　臺北市
　　小學生雜誌畫刊社　1966年5月

吳鼎著　《兒童文學研究》　臺北市　臺灣教育輔導月刊社　1965年
　　3月

吳鼎編著，國立編譯館主編　《國民教育》　臺北市　國立編譯館
　　1974年5月

呂淑恂、鄭淑芬、戴惠珠、陳和凱等　《一起做遊戲書：好玩的繪
　　本》　臺北市　教育之友文化　2004年12月

李公元編著　《繪本花園——臺灣兒童圖畫書百人插畫展》　臺中市
　　國立臺灣美術館　2011年3月

沙利伯來（Martin Salisbury）著，周彥彰譯　《彩繪童書——兒童讀
　　物插畫製作》　臺北縣　視傳文化　2000年

谷本誠剛、灰島佳里著，歐凱寧翻譯　《如何幫孩子選繪本：二十八
　　部世界經典繪本深入導讀》　臺北市　貓頭鷹出版社　2011
　　年5月

周世宗、鄧美雲著　《繪本玩家 DIY》　臺北市　雄獅圖書公司
　　2004年5月

周世宗、鄧美雲著　《繪本教學 DIY》　臺北市　雄獅圖書公司
　　2002年2月

周世宗、鄧美雲著　《繪本創作 DIY》　臺北市　雄獅圖書公司
　　2000年7月

孟樊著　《臺灣出版文化讀本》　臺北市　唐山出版社　2007年9月
　　修訂三版

彼得・亨特主編，郭建玲、周惠玲、代冬梅譯　《理解兒童文學》
　　上海市　上海世紀出版公司少年兒童出版社　2010年4月

松居直著，劉滌昭譯　《再次撒下幸福的種子》　臺北市　青林國際
　　出版公司　2009年7月

松居直著，劉滌昭譯　《幸福的種子：親子共讀圖畫書》　臺北市　青林國際出版公司　1995年10月

林文寶、江學澄、陳玉金、林珮熒、嚴淑女、周惠玲合著　《插畫與繪本》　新北市　國立空中大學　2013年8月

林文寶、邱各容著　《臺灣兒童文學一百年》　臺北市　富春文化事業公司　2011年11月

林文寶、趙秀金著　《兒童讀物編輯小組的歷史與身影》　臺東市　臺東大學兒童文學研究所　2003年10月

林文寶主編　《我們的記憶・我們的歷史》　臺北市　萬卷樓圖書公司　2003年11月

林文寶主編　《臺灣（1945-1998）兒童文學100》　臺東市　臺灣閱讀協會　2000年3月

林文寶計畫主持人　《臺灣原住民圖畫書50》　臺東市　臺東大學兒童文學研究所　2011年8月

林文寶等著　《臺灣兒童圖畫書精彩100》　臺南市　臺灣文學館　2011年12月

林文寶策畫　《彩繪兒童又十年——臺灣1945-1998兒童文學書目》　臺北市　幼獅文化事業公司　2000年6月

林文寶著　《兒童文學工作者訪問稿》　臺北市　萬卷樓圖書公司　2001年6月

林文寶著　《兒童文學與語文教育》　臺北市　萬卷樓圖書公司　2011年11月

林文寶著　《兒童文學論述選集》　臺北市　幼獅文化事業公司　1989年5月

林守為著　《兒童文學賞析》　臺北市　作文出版社　1980年9月

林守為論著　《兒童文學》　臺南市　臺南師專　1964年3月

林良等著　《認識幼兒讀物》　臺北市　天衛文化圖書公司　1995年
　　12月

林良著　《我是一隻狐狸狗》　臺北市　國語日報社　2003年1月

林良著　《爸爸的十六封信》　臺北市　國語日報社　2006年7月

林良著　《淺語的藝術——兒童文學論文集》　臺北市　國語日報
　　1976年7月

林良著、許書寧圖　《林良談兒童文學：小東西的趣味》　臺北市
　　國語日報社　2012年10月

林美琴、穆醹煙著　《手製繪本快樂玩》　臺北市　天衛文化圖書公
　　司　2007年8月

林美琴著　《繪本遊藝場》　臺北市　天衛文化圖書公司　2005年11
　　月

林海音著　《作客美國》　臺北市　大林出版社　1969年6月

林真美等著　《在繪本花園裡：和孩子共享繪本的樂趣》　臺北市
　　遠流出版事業公司　1999年2月

林真美著　《在繪本的花園裡——和孩子共享繪本的樂趣》　臺北市
　　遠流出版事業公司　1999年2月

林真美著　《繪本之眼》　臺北市　天下雜誌　2010年12月

林敏宜著　《圖畫書的欣賞與應用》　臺北市　心理出版社　2000年
　　11月

幸佳慧著　《用繪本跟孩子談重要的事：能獨立思考的孩子，到哪裡
　　都能過得好》　臺北市　如何出版社　2014年10月

河合隼雄、松居直、柳田邦男等著　《繪本之力》　臺北市　遠流出
　　版事業公司　2005年9月

邱各容著　《回首來時路——兒童文學史料工作路迢迢》　臺北縣
　　臺北縣政府文化局　2003年12月

邱各容著　《兒童文學史料初稿1945-1989》臺北縣　富春文化公司
　　　1999年1月

邱各容著　《臺灣兒童文學文學史》　臺北市　五南圖書出版公司
　　　2005年6月

金‧克利姆著、碧雅翠絲‧波特圖、劉清彥譯　《波特女士：小兔彼
　　　得的誕生》　臺北市　青林國際出版公司　2006年11月

信誼幼兒文學委員會策劃　《81-82年幼兒好書書目》　臺北市　信
　　　誼基金出版社　1995年

信誼幼兒文學委員會策劃　《幼兒的110本好書》　臺北市　信誼基
　　　金出版社　1993年

南雲治嘉著、巫玉羚翻譯　《繪本設計》　臺北市　楓書坊　2008年
　　　8月

柯倩華等著　《童書久久》　臺北市　臺灣閱讀協會　2001年1月

柳田邦男、伊勢英子著、林真美譯　《最早的記憶》　臺北市　遠流
　　　出版事業公司　2008年9月

柳田邦男著，唐一寧、王國馨譯　《尋找一本繪本，在沙漠……》
　　　臺北市　遠流出版事業公司　2003年3月

洪文瓊主編　《華文兒童文學小史──民國三十四年～七十九年》
　　　臺北市　中華民國兒童文學學會　1991年5月

洪文瓊著　《兒童文學見思集》　臺北市　傳文文化事業公司　1994
　　　年6月

洪文瓊著　《兒童圖書的推廣與應用》　臺北市　傳文文化事業公司
　　　1994年6月

洪文瓊著　《臺灣兒童文學史》　臺北市　傳文文化事業公司　1994
　　　年6月

洪文瓊著　《臺灣圖畫書手冊》　臺北市　傳文文化事業公司　2004
　　　年7月

洪文瓊著　《臺灣圖畫書發展史──出版觀點的解析》　臺北市　傳文文化事業公司　2004年11月

洪文瓊編著　《臺灣兒童文學手冊》　臺北市　傳文文化事業公司　1999年8月

洪文瓊編著　《臺灣童書插畫奇才洪義男》　臺北市　中華民國兒童文學學會　2012年12月

珍・杜南著、宋珮譯　《觀賞圖畫書中的圖畫》　臺北市　雄獅圖書公司　2006年3月

約翰・洛威・湯森著、謝瑤玲譯　《英語兒童文學史綱》　臺北市　天衛文化圖書公司　2003年1月

徐素霞　《圖畫語言藝術與純繪畫之交融・徐素霞插畫創作理念・一九九四年～一九九八年》　文晟出版社　1998年

徐素霞著　《心靈與視覺的合奏──徐素霞插畫創作理念》　文晟出版社　1994年

徐素霞編著　《臺灣兒童圖畫書導賞》　臺北市　臺灣藝術教育館　2002年1月

格林文化事業公司編輯　《The Best of BIB 布拉迪斯國際插畫雙年展》　臺北市　格林文化事業公司　1995年12月

格林文化事業公司編輯　《卡蜜拉史坦洛娃畫集》　臺北市　格林文化事業公司　1996年4月

格林文化事業公司編輯　《杜桑凱利畫冊》　臺北市　格林文化事業公司　1996年4月

郝廣才著　《好繪本如何好》　臺北市　格林文化事業公司　2006年8月

馬景賢編著　《兒童文學論著索引》　臺北市　目評書目出版社　1975年1月

中央圖書館臺灣分館彩編組著　《兒童讀物研究目錄》　臺北市　中央圖書館臺灣分館　1987年11月

培利・諾德曼、梅維絲・莫萊合著，劉鳳芯譯，吳宜潔增譯，劉鳳芯審訂　《閱讀兒童文學的樂趣》　臺北市　天衛文化圖書公司　2009年3月　3版1刷

培利・諾德曼著，楊茂秀、黃孟嬌、嚴淑女、林玲遠、郭鍠莉譯　《話圖：兒童圖畫書的敘事藝術》　臺東市　財團法人兒童文化藝術基金會　2010年10月

張杏如計畫主持　《十年來我國幼兒讀物出版狀況調查研究》　臺北市　信誼基金出版社　1989年10月

張雪門等著　《兒童讀物研究》　臺北市　小學生雜誌畫刊社　1965年4月

教育部國民教育司、國立中央圖書館編輯　《中華民國兒童圖書目錄》　臺北市　正中書局　1957年11月

曹俊彥、曹泰容著　《臺灣藝術經典大系・插畫藝術卷2：探索圖畫書彩色森林》　臺北市　藝術家出版社　2006年4月

曹俊彥著，林文寶主編　〈圖畫：兒童讀物的先頭部隊〉　《兒童文學論述選集》　臺北市　幼獅文化事業公司　1989年5月　頁69-73

曹俊彥著　《雜繪──曹俊彥兒童文學美術五十年》　臺北市　信誼基金出版社　2011年7月

莫麗・邦著、楊茂秀譯　《圖畫・話圖：知覺與構圖》　臺北市　毛毛蟲兒童哲學基金會　2004年5月

許秋煌總編輯　《金鼎獎二十周年特刊》　臺北市　行政院新聞局　1996年1月

許義宗著　《我國兒童文學的演進與展望》　臺北市　自印本　1976年12月

許義宗著　《兒童文學論》　臺北市　自印本　1978年1月

陳玉金著　〈發現童年——林良先生的兒童文學創作泉源〉　《二〇
　　　　　〇七臺灣兒童文學年鑑》　臺北市　中華民國兒童文學學會
　　　　　2008年6月　頁53-56

陳芳明著　《臺灣新文學史》（上）　臺北市　聯經出版公司　2011
　　　　　年11月

陳芳明著　《臺灣新文學史》（下）　臺北市　聯經出版公司　2011
　　　　　年11月

陳書梅編著　《兒童情緒療癒繪本解題書目》　臺北市　臺灣大學圖
　　　　　書資訊學系　2008年10月

陳璐茜著　《想像力插畫教室》　臺北市　雄獅圖書公司　2004年4
　　　　　月

陳璐茜著　《趣味繪本教室》　臺北市　雄獅圖書公司　2004年4月

陳璐茜著　《繪本發想教室》　臺北市　雄獅圖書公司　2004年4月

幾米著　《幾米故事的開始》　臺北市　大塊文化出版公司　2008年
　　　　　2月

彭懿著　《遇見圖畫書百年經典》　臺北市　信誼基金出版社　2006
　　　　　年12月

琳達・李爾著，張子樟、胡芳慈、邱菀苓、陳瀅如、何采嬪、陳逸茹
　　　　　合譯　《波特小姐與彼得兔的故事》　臺北市　聯經出版公
　　　　　司　2008年3月

華霞菱著　《幼稚園兒童讀物精選》　臺北市　國語日報社　1985月

黃本蕊著　《插畫散步——從臺北到紐約》　新竹市　和英出版社
　　　　　2005年9月

黃迺毓、吳敏蘭等著　《童書久久 IV》　臺北市　臺灣閱讀協會
　　　　　2014年2月

黃迺毓、李坤珊、王碧華合著　《童書非童書——給希望孩子看書的
　　父母》　臺北市　財團法人基督教宇宙光全人關懷機構
　　1994年5月

黃迺毓著　《童書是童書》　臺北市　財團法人基督教宇宙光全人關
　　懷機構　1999年10月

黃迺毓著　《童書與基督教化家庭》　臺北市　財團法人臺灣彩虹愛
　　家生命教育協會　2009年1月

黃惠玲著、古家艷主編　〈臺灣繪本所反映之國家身分與文化認同〉
　　《兒童文學新視界》　臺北市　書林出版公司　2013年2月
　　頁233-267

黃瑞怡等著　《藝出造化・意本自然：Ed Young 楊志成的創作世
　　界》　新竹市　和英出版社　2001年1月

黃應貴著　《「文明」之路——第三卷新自由主義秩序下的地方社會
　　（1999迄今）》　臺北市　中央研究院民族學研究所　2012
　　年6月

楊茂秀、吳敏而著　《觀念玩具——蘇斯博士與新兒童文學》　臺北
　　市　遠流出版事業公司　1993年6月

楊茂秀、黃孟嬌等著　《認識波拉蔻——波拉蔻故事繪本的世界》
　　臺北市　遠流出版公司　2000年2月

楊茂秀著　《重要書在這裡！：楊茂秀的繪本哲學》　臺北市　遠流
　　出版事業公司　2007年7月

楊麗中著　〈透過孩子的眼睛：班雅明與當代圖畫書的美感經驗〉
　　古家艷主編　《兒童文學新視界》　臺北市　書林出版公司
　　2013年2月　頁3-38

落合惠子著、林佩儀翻譯　《繪本屋的一百個幸福處方》　臺北市
　　遠流出版事業公司　2008年6月

葉詠琍著　《西洋兒童文學史》　臺北市　東大圖書公司　1982年12
　　月

葉詠琍著　《兒童文學》　臺北市　東大圖書公司　1986年5月

葉詠琍著　《兒童成長與文學──兼論兒童文學創作原理》　臺北市
　　東大圖書公司　1990年2月

葛琳論著　《師專兒童文學研究（上、下）》　臺北市　華視出版社
　　1973年2月

雷納‧馬可斯著、柯倩華譯　《凱迪克──永不停筆的插畫家》　臺
　　北市　國語日報　2014年5月

漢寶德、呂芳上等著　《中華民國發展史──教育與文化》（下冊）
　　臺北市　臺灣政治大學、聯經出版公司　2011年10月

臺灣閱讀協會等著　《童書久久 II》　臺北市　臺灣閱讀協會　2004
　　年2月

臺灣閱讀協會等著　《童書久久 III》　臺北市　臺灣閱讀協會
　　2006年2月

劉鳳芯主編　《擺盪在感性與理性之間──兒童文學論述選集一九八
　　八～一九九八》　臺北市　幼獅文化事業公司　2000年6月

劉鳳芯著　〈街道、市場、動物園：當代灣兒童圖畫書的空間閱讀〉
　　古家艷主編　《兒童文學新視界》　臺北市　書林出版公司
　　2013年2月　頁39-64

劉錫蘭論著　《兒童文學研究》　臺中市　臺中師專　1963年10月修
　　訂再版

潘人木著　《馬蘭的故事》　臺北市　純文學出版社　1987年12月

潘人木著　《蓮漪表妹》　臺北市　爾雅出版社　2001年4月

鄭明進等著　《認識兒童讀物插畫》　臺北市　天衛文化圖書公司
　　1996年11月

鄭明進著　《鄭明進畫集1950-1993》　鄭明進自費出版　1993年3月

鄭明進著　〈談圖畫書的教育價值〉　林文寶主編　《兒童文學論述選集》　臺北市　幼獅文化事業公司　1989年5月　頁61-68

鄭明進著　《世界傑出插畫家》　臺北市　雄獅圖書公司　1991年10月

鄭明進著　《傑出科學圖畫書插畫家》　臺北市　雄獅圖書公司　2002年9月

鄭明進著　《傑出圖畫書插畫家——亞洲篇》　臺北市　雄獅圖書公司　1999年11月

鄭明進著　《傑出圖畫書插畫家——歐洲篇》　臺北市　雄獅圖書公司　1999年11月

鄭明進著　《鄭明進與20個插畫家的秘密通訊》　臺北市　積木文化　2010年1月

鄭明進編　《安野光雅的藝術世界》　臺北市　青林國際出版公司　2002年

鄭明進編著　《圖畫書的美妙世界》　臺北市　臺灣藝術教育館　1998年5月

鄭明進導賞　《魔法花園——安徒生童話‧繪本原畫展導賞手冊》　臺北市　青林國際出版公司　2002年1月

鄭蕤著　《談兒童文學》　臺北市　光啟社　1966年

賴文心著　《插畫——圖文‧圖畫‧書》　臺北市　臺灣藝術教育館　2005年11月

瞿述祖主編　《國語及兒童文學研究——研習叢刊第三集》　臺中市　臺中師範專科學校　1966年12月

蘇昭英、蔡季勳主編　《臺灣社區總體營造的軌跡》　臺北市　行政院文化建社委員會　1999年5月

蘇振明總編輯　《南瀛之美圖畫書學術研討會論文集》　臺南市　臺
　　　南縣政府　2010年1月

三　學位論文

王利恩著　《《中華幼兒叢書》與《中華幼兒圖畫書》研究》　臺東
　　　師範學院兒童文學研究所碩士學位論文　2005年7月
王琬婷著　《臺灣圖畫書中的自然書寫——以《南瀛之美》圖畫書系
　　　列為例》　臺北教育大學語文與創作學系碩士論文　2009年
　　　3月
朱沛緹著　《臺灣兒童圖畫書風格分析：以賴馬自寫自畫的作品為
　　　例》　臺北市立教育大學視覺藝術系碩士論文　2007年12月
吳宜玲著　《由《東方少年》月刊論五○年代臺灣的兒童文化》　臺
　　　南大學臺灣文化研究所碩士論文　2009年4月
吳宜霈著　《《繪本棒棒堂》中的圖畫書論述內涵探究》　臺東師範
　　　學院兒童文學研究所碩士論文　2012年1月
吳芸蕙著　《記憶、書寫與再現——以認同為主軸探討《臺灣真少
　　　年》圖畫書》　臺東大學兒童文學研究所碩士論文　2008年
　　　1月
吳麗君著　《「陳致元」繪本作品及讀者反映之分析研究》　屏東科
　　　技大學幼兒保育系所碩士論文　2008年6月
吳麗芬著　《「繪本童話中國」研究》　臺東大學兒童文學研究所碩
　　　士學位論文　1995年6月
李公元著　《劉伯樂的圖畫世界》　臺東師範學院兒童文學研究所碩
　　　士論文　2004年9月
李治國著　《《國語日報兒童文學牧笛獎》圖畫故事書研究》　臺東
　　　大學兒童文學研究所碩士論文　2003年7月

周敏煌著　《眾聲喧嘩中的一種聲音──從《田園之春叢書》到故事的誕生》　臺東大學兒童文學研究所碩士論文　2004年6月

幸佳慧著　《兒童圖畫故事書的藝術探討》　成功大學藝術研究所碩士論文　1998年6月

林羿均著　《臺灣圖畫書的文化風貌──以和英文化「我們的故事」系列圖畫書為例》　2010年6月

林哲璋著　《「國語日報」的歷史書寫》　臺東大學兒童文學研究所碩士論文　2005年6月

林德姮著　《圖畫故事書中的後設策略》　臺東大學兒童文學研究所碩士論文　1994年6月

林慧雅著　《一九八七年至二〇〇三年信誼基金會以外──臺灣民間出版之兒童圖畫書插畫風格演變與時代意義》　臺灣科技大學設計研究所碩士論文　2005年1月

紀采婷著　《現代版不朽童話研究》　臺東師範學院兒童文學研究所碩士論文　2003年6月

紀亭如著　《臺灣圖畫書附錄導讀個案現象之研究──以三之三圖畫書出版品為例》　臺東大學兒童文學研究所碩士論文　2009年6月

胡怡君著　《曹俊彥與臺灣圖畫書研究》　臺東師範學院兒童文學研究所碩士論文　2002年6月

高曉寧著　《藝術與人文的繽紛世界──青林版《臺灣兒童圖畫書》研究》　雲林科技大學視覺傳達設計系碩士論文　2005年6月

張佳涵著　《格林《新世紀童話繪本》之敘事與角色研究》　雲林科技大學視覺傳達設計系碩士論文　2011年6月

張婉琪著　《洪義男、曹俊彥、趙國宗三位臺灣兒童圖畫書插畫家插畫風格之演變》　臺灣科技大學工程技術研究所設計學程碩士論文　2000年6月

郭玉鳳著　《《新世紀童話繪本》主題與角色探析》　屏東教育大學
　　　　中國語文學系碩士論文　2012年12月

陳美貞著　《一九四五年來臺灣兒童讀物出版業之演變──東方出版
　　　　社的個案》　臺東大學兒童文學研究所碩士論文　2007年7月

陳麗雲著　《幾米繪本研究》　臺灣師範大學國文系碩士專班碩士學
　　　　位論文　2011年6月

黃子臻著　《童話繪本衝突研究──以《新世紀童話繪本》為例》
　　　　臺南大學國語文學系國語文研究所碩士論文　2008年6月

黃永宏著　《信誼基金會出版之兒童圖畫書插畫風格分析》　臺灣科
　　　　技大學設計研究所碩士論文　2002年7月

楊杰龍著　《圖畫書中擬人化動物角色研究──以信誼幼兒文學獎得
　　　　獎作品為例》　臺東大學兒童文學研究所碩士論文　2009年
　　　　7月

董惠芳著　《析探臺灣原創圖畫書舊書重出現象之創作策略變易──
　　　　以曹俊彥、賴馬、李瑾倫與林小杯作品為例》　臺東大學兒
　　　　童文學研究所碩士論文　2012年1月

詹小青著　《陳致元自寫自畫圖畫書中兒童觀研究》　臺東大學兒童
　　　　文學研究所碩士論文　2008年1月

趙秀金著　《兒童讀物編輯小組及其出版品研究（1964-2002）》　臺
　　　　東師範學院兒童文學研究所碩士論文　2002年12月

劉安然著　《現行臺灣兒童讀物研究》　中國文化學院家政研究所碩
　　　　士學位論文　1965年6月

劉廉玉著　《馬景賢兒童文學創作研究》　臺東大學兒童文學研究所
　　　　碩士學位論文　2004年7月

劉瑋婷著　《臺灣兒童圖畫書插畫創作者之現況調查研究》　臺灣科
　　　　技大學設計研究所　2005年6月

賴素秋著　《臺灣兒童圖畫書發展研究（1945-2001）》　臺東師範學院兒童文學研究所碩士論文　2002年6月

魏珮如著　《圖畫故事書文學要素研究——以郝廣才作品為例》　臺中師範學院語文教育學系碩士論文　2005年7月

四　期刊、研討會論文

Peter Hollindale 著，劉鳳芯譯　〈意識形態與兒童書〉　《中外文學》　第2卷第17期　1999年4月　頁4-24

三宅興子主編　《「臺灣圖畫書與日本圖畫書」研討會報告集》　日本財團法人大阪國際兒童文學館　2007年3月

伊彬、鄧逸平、黃永宏著　〈從中華兒童叢書（1965-1999）到信誼基金會（1979-2001）出版兒童圖畫書插畫風格之演變及其意義〉　《藝術教育研究》　第7期　2004年　頁23-53

成實朋子著　〈世界華文兒童文學中的「臺灣圖畫書」——歷史轉折中的圖畫書概念的演變〉　三宅興子主編　《「臺灣圖畫書與日本圖畫書」研討會報告集》　日本財團法人大阪國際兒童文學館　2007年3月　頁167-171

林文茜著　〈臺灣兒童文學發展史的研究現況與課題〉　《兒童文學學刊》　第6期（上）　2004年11月　頁174-195

林文寶著　〈兩岸兒童文學文體分類比較研究〉　《兒童文學學刊》　第14期　2005年12月　頁1-45

林文寶著　〈臺灣兒童文學的建構與分期〉　《兒童文學學刊》　第5期　2001年5月　頁6-42

林文寶著　〈臺灣兒童文學研究「外來論述」的現象考察〉　《兒童文學學刊》　第11期　2004年7月　頁149-187

林德姮著　〈圖畫書故事書的意義與界說〉　《為兒童為文學：臺灣資深圖畫作家作品研討會論文集》　中華民國兒童文學學會　2004年11月　頁9-55

張桂娥著　〈日本兒童圖畫書在臺出版發展史與其影響力──臺灣圖畫書發展從「圖畫書」時代邁向「繪本」時代的推手〉　《「臺灣圖畫書與日本圖畫書」研討會報告集》　2007年3月　頁191-199

曹俊彥著　〈聽故事、畫故事、編故事、說故事──我的圖畫書體驗〉　《「臺灣圖畫書與日本圖畫書」研討會報告集》　日本財團法人大阪國際兒童文學館　2007年3月　頁172-177

郭建華、游珮芸著　〈「南瀛之美」系列圖畫書的臺灣兒童文化意義〉　《南瀛之美圖畫書學術研討會論文集》　臺南市　臺南縣政府　2010年1月　頁30-55

郭建華著　〈從後殖民觀點評論臺灣兒童圖畫書的臺灣文化再現〉　《兒童文學學刊》　第16期　2006年11月　頁1-29

陳玉金著　〈「漢聲精選世界最佳兒童圖畫書」媽媽手冊看鄭明進的圖畫書論述〉　《臺灣資深圖畫書工作者鄭明進作品研討會論文集》　2008年3月　頁155-183

陳玉金著　〈一定要導讀嗎？──臺灣圖畫書導讀現象探討〉　臺東大學「族群、性別、跨國文化與兒童文學國際學術研討會」　2010年11月12日發表

陳玉金著　〈試析曹俊彥自寫自畫民間故事圖畫書所建構之臺灣文化圖象〉　「天真與視野──曹俊彥兒童文學美術五十年」研討會論文　2011年8月10日發表

陳玉金著　〈臺灣科學圖畫書研究──以「漢聲小百科」為例〉　《兒童文學學刊》　第10期　2003年11月　頁97-12

陳玉金著　〈民俗・草根・鄉土情──談洪義男的鄉土圖畫書〉
　　《經眼・辨析・苦行──臺灣文學史料集刊》　第3輯　2013
　　年7月　頁233-252

游珮芸著　〈解讀臺灣的「幾米現象」〉　三宅興子主編　《「臺灣圖
　　畫書與日本圖畫書」研討會報告集》　成實朋子、多田昌
　　美、福本由紀子、王映方等譯　大阪市　日本財團法人大阪
　　國際兒童文學館　2007年3月　頁178-190

劉鳳芯著　〈一九四八～二○○○兒童圖畫書在臺灣的論述內
　　涵、發展與轉變〉　《兒童文學學刊》　第12期　2004年
　　12月　頁53-94

賴素秋著　〈臺灣兒童圖畫書理念流變〉　《兒童文學學刊》　第10
　　期　2003年11月　頁1-21

五　報紙雜誌

阮本美著　〈媽媽手冊的價值──畫龍點睛或畫蛇添足？〉　《精
　　湛》季刊　第16期　1992年8月20日

林文寶著　〈臺灣兒童文學的歷史與記憶〉　《全國新書資訊月刊》
　　第128期　2009年8月　頁4-14

林文寶著〈臺灣圖畫書的歷史與記憶〉　《全國新書資訊月刊》　第
　　143期　2010年11月　頁4-12

林桐著　〈談幼兒畫本〉　《國語日報》第3版「兒童文學」　1975
　　年5月18日

威廉・梅比爾斯（William Moebius）著　〈圖畫書符碼概論〉　馬祥
　　來譯　《兒童文學學刊》　第3期　2000年　頁160-182

郝廣才著　〈油炸冰淇淋──繪本在臺灣的觀察〉　《美育》　第91
　　期　1998年1月1日　頁11-18

張子樟著　〈圖象與文字孰重孰輕──中文文本繪本化的回顧〉
　　　　《文訊》　第259期　2007年　頁50-61

章子鈞著　〈聽李夫講兒童文學散記〉　《教育文摘》　第10卷第2
　　　　期　1965年2月　頁16-19

陳玉金著　〈文學作品繪本化──拓展或限制？〉　《文訊》　2007
　　　　年5月　頁80-81

陳玉金著　〈方素珍──盡情散播美麗的圖畫書種子〉　《國語日
　　　　報》兒童文學版「臺灣圖畫故事書和人」　2010年9月12日

陳玉金著　〈臺灣圖畫書吹起本土復古風〉　《全國新書資訊月刊》
　　　　第95期　2006年11月　頁8-9

陳玉金著　〈邱承宗──用圖象為臺灣紀錄生態〉　《全國新書資訊
　　　　月刊》　第120期　2008年12月　頁28-34

陳玉金著　〈洪義男──以插畫傳遞土風情〉　《全國新書資訊月
　　　　刊》　第98期　2007年2月　頁8-17

陳玉金著　〈唐唐──畫風細膩編寫畫全能〉　《國語日報》兒童文
　　　　學版「臺灣圖畫故事書和人」　2011年8月21日

陳玉金著　〈孫心瑜──畫出都會幸福感〉　《國語日報》兒童文學
　　　　版「臺灣圖畫故事書和人」　2012年8月26日

陳玉金著　〈徐素霞──從生活中汲取創作靈感〉　《全國新書資訊
　　　　月刊》　第111期　2008年3月　頁4-10

陳玉金著　〈堅定向前的圖畫作家──李瑾倫〉　《毛毛蟲兒童哲學
　　　　基金會月刊》　頁154-156

陳玉金著　〈張杏如──關懷幼兒教育培育圖畫書創作人才〉　《國
　　　　語日報》兒童文學版「臺灣圖畫故事書和人」　2010年8月
　　　　15日

陳玉金著　〈曹俊彥──臺灣圖畫書發展的推手〉　《全國新書資訊
　　　　月刊》　第89期　2006年5月　頁12-22

陳玉金著　〈陳壽美——畫出童年夢想〉　《國語日報》兒童文學版
　　　　「臺灣圖畫故事書和人」　2012年5月13日

陳玉金著　〈陳麗雅——以苦行僧精神彩繪臺灣風土〉　《國語日
　　　　報》兒童文學版「臺灣圖畫故事書和人」　2012年2月12日

陳玉金著　〈曾謀賢張悅珍——用顏色、構圖與情感畫出濃濃東方
　　　　味〉　《國語日報》兒童文學版「臺灣圖畫故事書和人」
　　　　2011年5月8日

陳玉金著　〈童書出版現象觀察——銜接圖象，進入文字閱讀的橋梁
　　　　書〉　《全國新書資訊月刊》　第100期　2007年4月　頁
　　　　32-35

陳玉金著　〈華霞菱——從童心出發，為兒童寫作〉　《國語日報》
　　　　兒童文學版「臺灣圖畫故事書和人」　2012年6月10日

陳玉金著　〈傳遞知識的科學圖畫書〉　《文化視窗》　第54期
　　　　2003年8月　頁38-39

陳玉金著　〈資深圖畫作家專輯——用繪畫和文字探索生命的奚淞〉
　　　　《中華民國兒童文學學會會訊》　第21卷第5期　2005年9月
　　　　頁14-18

陳玉金著　〈跟隨邱承宗進入蟲蟲世界〉　《小作家月刊》　第176
　　　　期　2008年12月　頁38-43

陳玉金著　〈趙國宗——臺灣圖畫書的開拓者〉　《全國新書資訊月
　　　　刊》　第83期　2005年11月　頁4-10

陳玉金著　〈劉旭恭：辛勤耕耘大豐收〉　《小作家月刊》　第178
　　　　期　2009年2月　頁38-43

陳玉金著　〈劉伯樂——關愛鄉土，以生活入畫〉　《全國新書資訊
　　　　月刊》　第107期　2007年11月　頁9-16

陳玉金著　〈劉宗銘——以漫畫創作開啟繪畫生涯〉　《全國新書資
　　　　訊月刊》　第104期　2007年8月　頁8-15

陳玉金著　〈鄭明進圖畫書中的兒童畫風格──以《小紙船看海》為例〉　《兒童哲學月刊》　第19期　2012年8月　頁154-156

陳玉金著　〈鄭明進──臺灣圖畫書發展的領路人〉　《全國新書資訊月刊》　第81期　2005年9月　頁4-13

陳玉金著　〈鍾易真──用圖畫書傳遞鄉土之愛〉　《國語日報》兒童文學版「臺灣圖畫故事書和人」　2011年6月12日

陳玉金著　〈繪本的世界裡你，看見了什麼？〉　《東海岸評論》第176期　2003年3月　頁11-17

陳玉金著　〈關懷本土生態的繪本畫家張又然〉　《小作家月刊》第175期　2008年11月　頁38-43

新聞稿　〈「猛牛費地南」作者今晚上電視表演兒童繪畫的方法〉《國語日報》　第4版　1964年4月18日

新聞稿　〈美兒童讀物作家李夫今在電視表演繪畫節目〉　《中央日報》　第4版　1964年4月18日

新聞稿　〈商討兒童讀物問題名天開座談會中美兩國作家多人參加〉《國語日報》　第4版　1964年4月28日

鄭明進著　〈雖然晚了二十年──從日本看國內圖畫書的出版〉《精湛》　第17期　1992年　頁4-12

六　西文部分

Charlotte S. Huck, *Children's Literature in the Elementary School*, New Jersey: Brown & Benchmark.1997.

David Lewis, *Reading Contemporary Picturebooks—Picturing text*, London: Routledge Falner, 2001.

Jacobs, james S. & Tunnell, Michael O. *Children's Literature, Briefly*. Englewood Cliffs, New Jersey: A Simon and Schuster. 1996.

Martin Salisbury & Morag Styles, *Children's Picturebooks—The art of visual storytelling*, London: Laurence King Publishing Ltd, 2012.

Rebecca J. Lukens, *A critical Handbook of Children's Literature*, Boston: Addison Wesley Longman, Inc., 1999.

Robert Klanten & H. Hellige, *little big books: Illustrations for Children's Picture Books,* Berlin: Gestalten, 2012.

Wolfgang Iser, *The act of reading: a theory of aesthetic response*, Baltimore: Johns Hopkins University Press, 1978.

Zena Sutherland, *Children & Books*, Boston: Addison-Wesley Educational Publishers Inc, 1997.

附錄
臺灣兒童圖畫書發展大事記

按出版、得獎、展覽、研討會、活動等事項整理

一九五六年

　　童年書店發行「童年故事畫集」，包括《赤血丹心》、《虞舜的故事》、《瑪咪的樂園》，《牛郎織女》等四冊。寶島出版社發行「小學生國語課外讀物」，低年級讀物一年級《小貓兒逮耗子》、《舅舅照相》（林良、文，林顯模、圖），二年級《小美的狗》、《聰明的阿智》、《小狗兒老想出去》，三年級《大公雞和肥鴨子》、《打老虎救弟弟》，四年級《鸚鵡為什麼會光會學舌》、《四青年》等。

一九五七年

　　寶島出版社發行「小學生國語課外讀物」，低年級讀物一年級《烏龜跟猴子分樹》（王鍊登、圖），二年級《天要塌下來了》（潘瀛峰、圖）、《小老鼠兒》（王鍊登、圖），三年級用《王老頭兒》等。

一九六五年

　　臺灣省政府教育廳兒童讀物編輯小組，策畫出版「中華兒童叢書」，首冊《我要大公雞》（林良／文、趙國宗／圖）。

一九六六年

《小學生畫刊》以「圖畫故事書專輯」方式出版。

一九六八年

王子出版社繪本形式《十兄弟》（鄭新發／編寫、鄭明進／圖）出版。

一九七〇年

臺灣省政府教育廳出版《太平年》（陳宏／文、曾謀賢／圖），《顛倒歌》（華霞菱／文、廖未林／圖）。

一九七三年

臺灣省政府教育廳「中華幼兒叢書」出版《哪裡來》（曾茵／文、曾謀賢／圖）、《小紅鞋》（林良／文、趙國宗／圖）等十一冊。

一九七四年

第一屆「洪建全兒童文學獎」圖畫故事首獎，由劉宗銘《妹妹在哪裏》，黃錦堂《奇奇貓》獲得。

一九七五年

將軍出版社《小紙船看海》、《小動物兒歌集》（林良／文、鄭明進／圖）出版。

一九七六年

國語日報出版林良作品《金魚一號，金魚二號》、《白狗白，黑貓黑》，陳雄繪圖。

一九七七年

鄭明進《小動物兒歌集》（林良、文）中的「螢火蟲」等三件插畫參加日本志光社主辦第十二屆世界兒童圖畫書原作展。

一九七八年

信誼基金會出版第一本圖畫書《媽媽》（林良／文、趙國宗／圖）。

一九八五年

洪義男繪圖《女兒泉》、《水筆仔》（心岱／文），皇冠出版社出版。

「慈恩兒童文學研習營」第五期以「圖畫書製作」為專題，邀請鄭明進、曹俊彥、吳英長、林良、林武憲等老師演講。

一九八六年

理科出版社開始出版「創作兒童圖畫書」系列第一輯十冊。

一九八七年

農業建設委員會、國語日報出版「自然生態保育叢書」圖畫書共十五冊。

一九八八年

信誼「幼兒文學獎」第一屆首獎《起床啦，皇帝！》（郝廣才／文、李漢文／圖）。

「中華兒童文學獎」第一屆美術類得主何雲姿。

親親文化公司出版「親親幼兒圖畫書」系列共十二冊。

一九八九年

　　遠流出版社出版「繪本臺灣民間故事」,「繪本臺灣風土民俗」各
十二冊。

　　徐素霞《水牛和稻草人》入選一九八九年義大利波隆那國際童書
原畫展,臺灣第一人。

一九九〇年

　　光復書局出版「光復幼兒圖畫書」四大系列共四十冊。

一九九一年

　　農委會《田園之春》系列圖畫書開始出版。遠流出版社《繪本童
話中國》系列開始出版,首冊為王家珠《七兄弟》。

　　王家珠《懶人變猴子》獲亞洲插畫雙年展首獎。陳志賢《長不大
的小樟樹》入選一九九一年義大利波隆那國際童書原畫展。劉宗慧
《老鼠娶新娘》獲西班牙加泰隆尼亞國際插畫首獎。

一九九二年

　　王家珠《七兄弟》,段勻之《小桃子》入選一九九二年義大利波
隆那國際童書原畫展。

一九九三年

　　陳國政兒童文學新人獎第一屆圖畫書故事類首獎《彩虹山》（黃
永宏／圖）。

　　王家珠《巨人和春天》入選西班牙加泰隆尼亞國際插畫展、布迪
拉斯國際插畫雙年展、巴塞隆納插畫家大獎。

一九九四年

臺灣省教育廳「中華幼兒圖畫書」開始出版。信誼基金會開始出版「信誼圖畫書創作系列」。光復書局出版「光復幼兒成長圖畫書」系列共四十冊。

王家珠《新天糖樂園》入選一九九四年義大利波隆那國際童書原畫展。劉宗慧《元元的發財夢》原畫入選義大利 Sarmedi 歐洲巡迴展。

一九九五年

佛光出版社出版「百喻經」系列圖畫書共二十冊。

「國語日報兒童文學牧笛獎」圖畫故事組首屆優等《鐵馬》（王蘭／文、張哲銘／圖），《我變成一隻噴火龍了！》（賴馬）。

劉宗慧《元元的發財夢》入選一九九五年義大利波隆那國際童書原畫展。劉伯樂《黑白村莊》原畫入選義大利Sarmedi歐洲巡迴展。

一九九六年

天衛出版社「小魯成長圖畫書」共十冊。新學友出版「彩虹學習圖畫書」系列共三十五冊。

楊翠玉《兒子的大玩偶》入選一九九六年義大利波隆那國際童書原畫展，西班牙加泰隆尼亞國際插畫展。

「陳璐茜繪本教室」學生成立「圖畫書俱樂部」，舉辦首次聯展。

一九九七年

三民書局出版「兒童文學叢書小詩人」系列圖畫書共二十冊。

臺東師院「兒童文學研究所」，成立國內第一所兒童文學研究所。

一九九八年

文化建設委員會與雄獅圖書股份有限公司合作《兒童文化資產叢書》，出版《瑄瑄學考古》等十二冊。鄭明進《圖畫書的美妙世界》由國立臺灣藝術教育館出版。臺灣英文雜誌《精湛兒童之友》開始出版。

「福爾摩沙童書原畫展」於臺北中正藝廊展出。

一九九九年

臺南縣文化局《南瀛之美》圖畫書開始出版。國語日報出版「中國民俗節日故事」系列圖畫書共二十五冊。

二〇〇〇年

邱承宗《蝴蝶》入選二〇〇〇年義大利波隆那國際童書原畫展，臺灣首度入選「非文學類」畫家。陳志賢《嶄新的一天》參加波隆那千禧四頁圖畫故事書特展。鄭明進二十本圖畫書在義大利波隆那兒童書展臺灣主題館展出。

二〇〇一年

文化建設委員會、青林出版社出版「臺灣兒童圖畫書」系列共十冊。

李瑾倫《一位溫柔善良有錢的太太和她的一百隻狗》由英國 Walker Books 出版英文版《*The Very Kind Rich Lady and Her One Hundred Dogs*》。中文版為和英出版。

王家珠《星星王子》、張又然《春神跳舞的森林》、龐雅文《小狗阿疤想變羊》、閔玉貞《青春泉》、吳月娥與王美玲《大比爾和小比利》，入選二〇〇一年義大利波隆那國際童書原畫展。

臺中「小大繪本館」成立。「童書作家與插畫家協會（SCBWI）臺灣分會」成立。

二〇〇二年

崔永嬿《小罐頭》入選二〇〇二年義大利波隆那國際童書原畫展。

臺東師院兒童文學研究所碩士論文《臺灣兒童圖畫書發展研究（1945-2001）》（賴素秋）完成。

徐素霞《臺灣兒童圖畫書導賞》國立臺灣藝術教育館出版。

鄭明進誠品書店辦「我和我站立的村子——鄭明進七十圖畫文件展」。

二〇〇三年

遠流「臺灣真少年」系列圖畫書出版共六冊。

陳致元《小魚散步》獲美國圖書界權威《出版人週刊》評選為二〇〇三年最佳童書獎。

和英出版社開始出版「我們的故事」圖畫書系列。

張哲銘《小路》、陳致元《小魚散步》、張上祐《發現》入選二〇〇三年義大利波隆那國際童書原畫展。

臺東師院兒童文學研究所主辦「臺灣兒童圖畫書學術研討會」。

二〇〇四年

陳致元《Guju Guji》榮登美國圖書暢銷排行榜前十名。洪文瓊《臺灣圖畫書手冊》、《臺灣圖畫書發展史——出版觀點的解析》出版。

官孟玄《關於這個男人》、蔡其典《元宵》、陳志賢《腳踏車輪子》入選二〇〇四年義大利波隆那國際童書原畫展。

二○○五年

遠流出版「福爾摩沙自然繪本」系列共五冊。金門縣文化局、聯經出版社開始出版金門兒童繪本。

文化總會，藝術家出版社出版「臺灣藝術經典大系」插畫家藝術卷一《臺灣插畫圖象美學》（陳永賢著）、插畫家藝術卷二《探索圖畫書彩色森林》（曹俊彥曹泰容著）、插畫家藝術卷三《寫實的風華》（翁清賢、劉敏敏著）。

臺灣第一本討論圖畫書專業雜誌《繪本棒棒糖》創刊。

潘昀珈《拇指姑娘》入選二○○五年義大利波隆那國際童書原畫展。

二○○六年

國立臺灣美術館，東華書局出版「文化臺灣繪本系列」圖畫書共十本。連江縣政府，聯經出版社出版第一本馬祖繪本《馬祖卡蹓卡蹓》。

財團法人國家文化藝術基金會調查研究專案《臺灣兒童文學插畫家一百》第一輯完成，由李公元、蔡孟嫻，郭婉伶整理研究，第二輯二○○八年九月完成。郝廣才《好繪本如何好》出版。

陳致元《一個不能沒有禮物的日子》獲二○○六年日本圖書館協會年度最佳童書獎。

周瑞萍《去誰家買空氣》、施宜新《四個願望》、王家珠《虎姑婆》、王書曼《回到那個地方》、邱承宗《昆蟲新世界——臺灣保育類昆蟲》，蘇子云《臺灣火車的故事》等，入選二○○六年義大利波隆那國際童書原畫展。

二○○七年

臺東縣政府文化局開始出版「雅美（達悟）族語系列繪本」。

蔡達源《廖添丁》入選二○○七年義大利波隆那國際童書原畫展。

中華民國兒童文學會於臺北市立圖書館舉辦「鄭明進先生作品研討會」。

二○○八年

臺北縣政府教育局開始出版「多元文化繪本」系列圖畫書，第一輯「東南亞篇」共十冊。二○○九年出版第二輯共十冊，兩輯圖畫書會者皆為賴馬與楊麗玲。高雄市文化局，青林出版社出版「美麗的紅毛港」圖畫書。臺中市文化局，青林出版社出版「大墩圖畫書系列」第一套共四冊。

陳麗雅《曾文溪的故事》獲第一屆韓國「CJ圖畫書特展」一百件入選作品。

蔡達源《*A Love Story in the Time*》，謝佳晏《*Where are you，Denny？*》鄒俊昇《*Chip & Fishs*》入選二○○八年義大利波隆那國際童書原畫展。信誼幼兒文學獎進入第二十屆，《癩蛤蟆與變色龍》（林秀穗、文，廖健宏、圖）獲首獎。

誠品書店信義兒童館舉辦「臺灣本土插畫家黃崑謀紀念原畫展」。

臺中教育大學美術系主辦「圖文並茂：二○○八年繪本創作研討會」。

二○○九年

國立臺灣歷史博物館出版《彩虹紋面》原住民故事圖畫書。

好書大家讀最佳少年兒童讀物開始設置「年度優秀繪圖者」，二

○○九年度獎項獲獎：林小杯《騎著恐龍去上學》、伊誕‧巴瓦瓦隆《土地和太陽的孩子》。

陳致元《阿迪和朱莉》獲得二○○九年美國國家教師會年度最佳童書獎。

吳欣憓《熊貓躲在哪裡？》入選二○○九年義大利波隆那國際童書原畫展。

賴馬《現在，你知道我是誰了嗎？》、《我變成一隻噴火龍了！》，安石榴《星期三下午，捉‧蝌‧蚪》，童嘉《想要不一樣》，葉安德《我和我的腳踏車》，邱承宗《池上池下》獲第一屆豐子愷兒童圖畫書獎佳作。

高雄舉辦「愛不『紙』息」大個兒李漢文紀念紙雕展。

臺南縣政府文化處舉辦「二○○九年『南瀛之美』圖畫書學術研討會」。

二○一○年

張振松《田都元帥》由遠流出版，為國內首次結合動畫，數位多媒體教材的繪本。

好書大家讀年度優秀繪圖者為湯姆牛《下雨了》、李如青《雄獅堡最後的衛兵》。

鄒駿昇《玩具槍》入選二○一○年義大利波隆那國際童書原畫展。

「重尋赤心國──第一屆豐子愷兒童圖畫書獎巡迴展」臺灣誠品信義店展出。

積木出版社出版《鄭明進與二十個插畫家的祕密通訊》。

毛毛蟲兒童哲學基金會舉辦「圖‧話‧作家國內研討會」。

二○一一年

好書大家讀年度優秀繪圖者為李如青《紋山》、邱承宗《我們的

森林》、李長青《海少年》。

陳盈帆《如果我有寵物》，張哲銘《浯島四月迎城隍》，鄒駿昇《羽毛》，入選二〇一一年義大利波隆那國際童書原畫展，鄒駿昇獲得SM基金會新人獎。

國立臺灣美術館辦「繪本花園——臺灣兒童圖畫書百人插畫展」。

國立中央圖書館臺灣分館、信誼基金會與毛毛蟲兒童哲學基金會聯合主辦，「天真與視野——曹俊彥兒童文學美術五十年回顧展」，並舉辦「曹俊彥兒童文學美術五十年回顧研討會與座談會」。

二〇一二年

《希望小提琴》（幸佳慧／文、蔡達源／圖）為白色恐怖受難者陳孟和的故事。

臺東縣文化局「社區文化繪本計畫」由臺東縣故事協會執行出版，共計二本。

臺南縣市合併後，臺南市文化局與青林國際出版社合作「臺南之美圖畫書」，共計四本。

好書大家讀年度優秀繪圖者為李如青《不能靠近的天堂；遇見無國界的自由之翼》、陳麗雅《荷花池》、陳致元《很慢很慢的蝸牛》。

蘇意傑以 Cycle 入選二〇一二年義大利波隆那國際童書展。

國立中央圖書館臺灣分館與毛毛蟲兒童基金會舉辦「繪本阿公‧圖畫王國～鄭明進八十創作展」。

第四十九屆義大利波隆那國際童書展，鄒駿昇在臺灣館舉辦個展，並發表新作《勇敢的小錫兵》。

二〇一三年

黃郁欽《好東西》、陶樂蒂《我沒有哭》為反核繪本。

　　好書大家讀年度優秀繪圖者為蔡兆倫《小喜鵲與岩石山》、邱承宗《我們去釣魚》、鄒駿昇《勇敢的小錫兵》。

　　施政廷以「月光」系列作品入選義大利波隆那國際童書展。

　　第三屆豐子愷兒童圖畫書獎獲獎五部作品皆來自臺灣，劉伯樂《我看見一隻鳥》獲首獎。佳作：陳致元《很慢很慢的蝸牛》、湯姆牛《最可怕的一天》、蔡兆倫《看不見》、黃麗凰著、黃志民繪《阿里愛動物》。

　　幾米獲得童書界最高榮譽二〇一四林格倫紀念獎入選提名。

　　文化部指導，小魯出版社、趨勢教育基金會、國家圖書館共同主辦「臺灣原創圖畫書研討會」在國家圖書館舉行。

二〇一四年

　　宜蘭縣文化局舉辦「蘭陽繪本創作營」，分別由聯經出版事業公司與小魯文化承辦，前者邀繪本創作者，後者以繪本學校概念，結業學員合作出版三本繪本。

　　臺東大學兒童文學研究所博士論文《臺灣兒童圖畫書發展史論（1945-2013）》（陳玉金）完成。

　　幸佳慧《用繪本跟孩子談重要的事：能獨立思考的孩子，到哪裡都能過得好》出版。

好書大家讀年度優秀繪圖者為呂游銘《一起去看海》、林小杯《喀噠喀噠喀噠》、六十九《大象大象去郊遊》。

湯姆牛《最可怕的一天》、洪意晴《來自外星的訪客》，入選二〇一四義大利波隆那國際童書原畫展。臺灣插畫家作品入選「插畫家畫廊」新加坡兒童讀物節「插畫家畫廊」，包括劉旭恭、湯姆牛等超過二十位。

　　劉旭恭《誰的家到了？》獲得二〇一四年度陳伯吹國際兒童文學

獎年度圖書（繪本）獎。

幾米《星空》獲得瑞典國際兒童圖書評議會頒發「銀星獎」。

二〇一五年

好書大家讀年度優秀繪圖者為九子《亞斯的國王新衣》。

陳又凌、林廉恩、劉旭恭、徐銘宏、王書曼等人，入選二〇一五年義大利波隆那國際童書原畫展。

施政廷《池塘裡的小紙船》、劉旭恭《誰的家到了？》、達姆《地圖上沒有的村莊》等，獲得二〇一五年韓國第二屆南怡島國際圖畫書插畫大賽入圍。

孫心瑜《北京遊》榮獲義大利波隆那兒童書展拉加茲獎（Ragazzi Award）非小說類佳作、德國德國國際青年圖書館白烏鴉大獎（White Ravens），為臺灣首位獲選義大利青少年獎非文學類特別獎的繪本作家。

陳致元《Guji Guji》獲得由瑞典國際兒童圖書評議會（IBBY）頒發「彼得潘獎」。

第四屆豐子愷兒童圖畫書獎，首獎由林小杯文、圖《喀噠喀噠喀噠》獲得，劉清彥文、蔡兆倫圖《小喜鵲和岩石山》、李如青著《拐杖狗》獲得佳作。

二〇一六年

臺灣文學館與國語日報社出版「臺灣兒童文學叢書」，將資深作家林良、馬景賢、傅林統、黃郁文、華霞菱、趙天儀的作品以繪本形式出版。

好書大家讀年度優秀繪圖者為江明恭《小桃妹》、王書曼《火燒厝》。

　　信誼幼兒文學獎暌違七年的「首獎」，由文學創作者郭乃文和周見信共同創作的繪本《小白》獲得獎項。

　　九子（黃鈴馨）、陳又凌、鄒駿昇、王書曼、黃雅玲、吳欣芷及黃郁欽，入選二〇一六年義大利波隆那國際童書展原畫展，其中鄒駿昇四度入選、王書曼三度入選、陳又凌二度入選。蔡兆倫以《看不見》得到拉加茲獎特殊主題「Disability類」佳作。

　　臺東大學兒童文學研究所主辦「森林行者——邱承宗生態繪本原畫展」、「Michael Leu vs. 呂游銘：逐夢與懷鄉展」工作坊與座談。

　　國立中正紀念堂、國際兒童圖書評議會、閣林文創共同主辦「最高榮譽小諾貝爾獎——國際安徒生插畫大獎五十周年展」在中正紀念堂展出。

　　瑞典斯德哥爾摩大道劇團（Boulevard Teatern）來臺演出改編自臺灣繪本作家陳致元作品《Guji Guji》。

文學研究叢書·兒童文學叢刊 0809025

臺灣兒童圖畫書的興起與發展史論（1945-2016）

作　　者	陳玉金
責任編輯	陳胤慧、楊家瑜

發 行 人	林慶彰
總 經 理	梁錦興
總 編 輯	張晏瑞
編 輯 所	萬卷樓圖書股份有限公司
	臺北市羅斯福路二段 41 號 6 樓之 3
	電話 (02)23216565
	傳真 (02)23218698

發 　 行	萬卷樓圖書股份有限公司
	臺北市羅斯福路二段 41 號 6 樓之 3
	電話 (02)23216565
	傳真 (02)23218698
	電郵 SERVICE@WANJUAN.COM.TW
香港經銷	香港聯合書刊物流有限公司
	電話 (852)21502100
	傳真 (852)23560735

ISBN 978-986-478-361-8

2020 年 10 月初版三刷

2020 年 06 月初版二刷

2020 年 05 月初版一刷

定價：新臺幣 420 元

如何購買本書：

1. 劃撥購書，請透過以下郵政劃撥帳號：

　帳號：15624015

　戶名：萬卷樓圖書股份有限公司

2. 轉帳購書，請透過以下帳戶

　合作金庫銀行 古亭分行

　戶名：萬卷樓圖書股份有限公司

　帳號：0877717092596

3. 網路購書，請透過萬卷樓網站

　網址 WWW.WANJUAN.COM.TW

大量購書，請直接聯繫我們，將有專人為您服務。客服：(02)23216565 分機 610

如有缺頁、破損或裝訂錯誤，請寄回更換

版權所有·翻印必究

Copyright©2020 by WanJuanLou Books CO., Ltd.

All Rights Reserved　　　　Printed in Taiwan

國家圖書館出版品預行編目資料

臺灣兒童圖畫書的興起與發展史論(1945-2016)
/ 陳玉金著. -- 初版. -- 臺北市：萬卷樓,
2020.05

　面 ；　公分. -- (文學研究叢書 ；0809025)

ISBN 978-986-478-361-8(平裝)

1.兒童文學　2.繪本　3.臺灣文學史

　　863.099　　　　109005046

本書榮獲國家文藝基金會贊助出版